Suche nach Heimat

Über den Autor:

Theo Richter wurde 1935 in einem schlesischen Dorf unweit von Breslau geboren, erlebte dort eine glückliche Kindheit, bis er nach dem Krieg aus seiner tief verwurzelten Heimat vertrieben wurde. Die elementare Not in den ersten Jahren nach der deportationsartigen Ausweisung und das zerstörte Leipzig boten ihm kein neues Zuhause, sondern verstärkten die Sehnsucht nach seiner dörflichen Heimat.
Nach Abitur und Abschluss des Maschinenbaustudiums in Chemnitz arbeitete er noch einige Jahre in seinem Beruf, bis er sich 1967 mit seiner Frau entschloss, eine neue Heimat in Westdeutschland zu suchen. Er hat sie in Südostbayern gefunden und lebt dort seit 1972.

Theo Richter

Suche nach Heimat
Vertreibung, Flucht, Stasi – mein Trauma

Bibliografische Information der Deutschen Nationalbibliothek: Die Deutsche Nationalbibliothek verzeichnet diese Publikation in der Deutschen Nationalbibliografie; detaillierte bibliografische Daten sind im Internet über dnb.dnb.de abrufbar.

© 2017 Theo Richter
Cover-Foto: Grenzlandmuseum Schnackenburg

Herstellung und Verlag:
BOD – Books on Demand, Norderstedt

ISBN: 978-3-7412-8274-4

Meine Heimat

Aus meinem Kinderparadies vertrieben, aus einem Bauerndorf zwischen Breslau und Riesengebirge. Also nichts Außergewöhnliches! Und doch war dieser Dorfflecken meine Welt. Ich kannte nichts Anderes: Nie woanders geschlafen, nur in meinem Geburtshaus, einem kleinen bäuerlichen Anwesen am Dorfrand. Alle Ersterlebnisse und Erinnerungen an die frühe Kleinkinderzeit sind prägend mit diesem Fleckchen Erde verbunden. Das Kasperletheater in der Spielschule, der Mittagsschlaf, danach das Schaufeln und Baggern im Sandkasten. Bald erweiterte sich mein Horizont. Ich nahm größere Kinder hinter dem Maschendrahtzaun außerhalb des Spielgartens wahr.
Die erste Schulstunde ist mir gegenwärtig: Ein farbenprächtiger Hahn auf der ersten Seite des Lesebuches schreit mir mit weit aufgesperrtem Schnabel ein lang gedehntes Kikeriki...i....i mit lauter Sütterlin Buchstaben entgegen. Der Unterricht dauerte nur neunzig Minuten, danach die wenigen Hausaufgaben, Mittagessen und Freizeit, Freizeit ... Kartenspielen mit Geschwistern und Freunden aus dem Dorf im Kuhstall, schummrige Höhlen im aufgestapelten Heu bauen, gruselige Geschichten erzählen oder auch einfach austoben. Im Sommer vergnügten wir uns in den vielen aufgelassenen Tonschächten. Jeder versuchte, so schnell wie möglich das Schwimmen zu erlernen. Mit Tauchen machten wir uns mit dem Wasser vertraut, ahmten dem Hund das Schwimmen nach und erreichten anfangs auch mit dem sogenannten Hundstappen das rettende Ufer. Unsere guten Freunde waren sogar bereit, bei kleinen Feldarbeiten mitzuhelfen, wie Disteln stechen, Getreide einfahren oder Kartoffeln lesen. Die Natur und die bäuerlichen Arbeiten bestimmten den Jahresrhythmus. Lediglich die Sonntage und die kirchlichen Feiertage ließen die vielen fleißigen Hände der Erwachsenen ruhen.

Erst die nahende Front im Januar 1945, die letzten Kriegsmonate und die anschließende Vertreibung zerstörten diese heile Kinderwelt elementar und unvorstellbar total. Ich kam mir vor wie ein Vogelkind aus dem warmen Nest geworfen: In eine zerbombte Großstadt vertrieben, zwei schräge Dachkammern, ohne Heizung, ohne Wasseranschluss, ohne Toilette für eine Familie mit sechs Personen, davon drei schulpflichtige Kinder! Keine heimatlichen Freunde mehr und nichts als Hunger, Hunger, Hunger ... Alles war mir fremd: Das Großstadtmilieu, der sächsische Dialekt, die elementare Not, die Schule nach über zwei Jahren Unterrichtsausfall. Wie oft wurde ich wegen des schlesischen Dialektes ausgelacht. Wir klammerten uns an unseren heimatlichen Glauben. Er half uns, unterstützt durch spätere schulische Erfolge nicht den Lebensmut zu verlieren. Trotz der staatlichen Propaganda für die Oder-Neiße-Friedensgrenze gaben wir die Hoffnung und den Wunsch nicht auf, irgendwann unsere schlesische Heimat wiederzusehen.

Nach langen fünfzehn Jahren endlich für zwei Stunden im heimatlichen Beckern! Wie kam es dazu? Ich hatte über das DDR-Reisebüro eine Reise ins schlesische Riesengebirge gebucht, einzig und allein mit dem Ziel, mein Geburtsort Beckern wiederzusehen. Die Reisegruppe setzte sich im Wesentlichen aus Vertriebenen zusammen. Sie hatten alle den gleichen Wunsch zu sehen, was aus ihrer Heimat geworden ist. Das ahnte der polnische Reiseleiter, ein ehemaliger KZ-Häftling. Wir sollten bei ihm unsere Wünsche anmelden. Er helfe uns, den Besuch zu ermöglichen. Es vergingen Tage, ohne etwas zu hören. Endlich fragten wir ihn:
„Dürfen wir unsere Heimatorte besuchen?"
„Ich habe noch keinen Bescheid aus Hirschberg erhalten."
Nach einer Woche wurden wir ungeduldig.
„Die Erlaubnis erteilt Breslau. Noch keine Antwort"
Wir wurden skeptisch. Die ersten Reiseteilnehmer zweifelten an der Ehrlichkeit seiner Aussage. Sie besuchten ihre nahe gelegenen Heimatorte ohne Erlaubnis mit dem Bus oder Taxi zwischen zwei Mahlzeiten. Unser Kapo, so nannten wir ihn, weil er während seiner KZ-Zeit eine Arbeitsgruppe unter sich hatte, kontrollierte unsere Anwesenheit zu den Tischzeiten. Wer zu spät kam, machte sich bereits verdächtig.

Mein Beckern liegt mindestens sechzig Kilometer östlich vom Riesengebirge. In Richtung Breslau. Auch zwischen zwei Essenszeiten mit dem Taxi nicht erreichbar: Keine Autobahn! Kurvenreiche Gebirgsstraße! Ich glaubte an das Gute im Menschen und fragte nochmals den Kapo:
„Haben Sie schon Antwort aus Breslau?"
„Die Erlaubnis kann nur Warschau geben."
Tief enttäuscht ergab ich mich der schicksalhaften Antwort. Nur wenige Tage noch bis Reiseende! Wie konnte ich ihm nur so blind vertrauen! Sollte ich es dennoch wagen, mit dem Taxi zu fahren? Zum Mittagessen nicht anwesend zu ein? Leider reicht mein limitiertes Taschengeld nicht aus. Was tun? Ich war sehr verärgert, auf diese Weise behandelt zu werden. Ich suchte Kontakte zu polnischen Menschen. Vielleicht fährt jemand privat in Richtung Breslau und könnte mich mitnehmen. Eines Abends unterhielt ich mich mit der sympathischen Dame an der Rezeption längere Zeit. Da kam Kapo ins Hotel, warf einen prüfenden Blick auf uns und ging auf sein Zimmer. Keine zehn Minuten später erschien ein Polizist an der Rezeption, sprach meine Dame mit ernster Miene auf Polnisch an und verschwand wieder. Die Hotelangestellte nahm das Buch mit der Zimmerbelegung, blätterte verlegen hin und her und tat so, als ob ich nicht da wäre.
„Was ist los?"
Eine abweisende Handbewegung und ein entschuldigender Gesichtsausdruck sagten alles. „Machen wir Schluss?"
Sie nickte und ich ging in mein Zimmer, allein gelassen mit meinem Heimweh. Ich dachte lange nach über die Gefühle unseres Reiseleiters. Er hat zwar nie über seine KZ-Zeit gesprochen. Die Demütigungen und Verletzungen müssen ihm wieder gegenwärtig geworden sein. Allein unsere deutsche Sprache hat ihn wahrscheinlich an die Nazizeit erinnert.
Ich hörte, die letzten zwei Tage der Reise verbringen wir in Breslau. Neue Hoffnung kam auf. Leider zu früh. Kapo begleitete uns im Bus. Unterbringung im Hotel „Vier Jahreszeiten" in der Gartenstraße unweit vom Hauptbahnhof. Wir bekamen eine neue Reiseleiterin. Kapo verabschiedete sich von uns. Gott sei Dank!

Jetzt muss schnell gehandelt werden: Für Morgen fünfzehn Uhr am Hauptbahnhof Taxi reserviert. Mein Anzug auf dem Schwarzmarkt verkauft, damit ich das Taxi bezahlen kann. Vormittags die geplante Stadtbesichtigung mitgemacht. Mittagessen und ab ging´s mit dem Taxi über die Autobahn bis Kostenblut, weiter auf der Straße über Berholdsdorf und Gäbersdorf nach meinem geliebten Beckern.
Ich war sehr aufgeregt. Der Fahrer – ein Pole aus Weißrussland. Er sei erst 1956 nach Breslau übergesiedelt. Hat sein Vaterhaus dort verkauft. Vom Geld dieses Taxi gekauft. Ein Pobjeda. Es kam mir alles sehr eigenartig vor. Bin ich in eine Falle des polnischen Sicherheitsdienstes geraten? Die Situation wurde zusehend dramatischer. Er fragte nach dem Ausweis: „Passport?"
Ich hatte kein Einzelvisum, sondern die Gruppe nur ein Sammelvisum. Ich durfte mich von der Gruppe nicht trennen. Ich zeigte ihm meinen DDR-Pass. Er war damit zufrieden. Mir fiel ein Stein vom Herzen. Anscheinend wollte er sicher sein, mit wem er es zu tun hat. So unterstellte er mir keine bösen Absichten. Ich erinnerte mich: Die Polen aus der Ukraine und Weißrussland wurden bereits 1945 entschädigungslos nach Schlesien vertrieben. Seltsam, dass mein Taxifahrer bleiben durfte. Das machte mich neugierig. Leider verstand er kein Deutsch. Nachdem er meinen Pass gesehen hatte, gab ich mich zu erkennen und fragte ihn auf Russisch:
„Warum durftest du in Weißrussland bleiben?"
„Ich war Partisan. Da durfte ich bleiben."
Langes Schweigen auf beiden Seiten.
„Besuchst du deine Eltern?"
Seine Frage war mir äußerst peinlich.
„Nein."
„Onkel? Tante?"
Ich wusste nicht, was ich antworten sollte.
„Nein - Freunde."
Ich war unsicher, ob ich überhaupt von unseren Polen empfangen werde. Im ungünstigsten Fall jagen sie mich davon. Deshalb meine Ergänzung:
„Ich weiß nicht, ob meine Freunde noch dort wohnen."

Damit beendeten wir unser Gespräch.
Wir näherten uns dem Nachbardorf. Die innere Erregung stieg und stieg. Was wird mich erwarten? Nur nicht auffallen in meinem Heimatdorf! Auf keinen Fall mit dem Taxi vor unserem Haus halten! Schon allein ein Auto mit Breslauer Kennzeichen im kleinen Bauerndorf ist ungewöhnlich. All die bangen Gedanken schwirrten mir durch den Kopf. Die ersten Häuser, unsere Siedlung und schon hatten wir die Straßengabelung im Dorf erreicht. Ich war total verwirrt. Mir kam alles so nah vor. Als Kind musste ich doch bis zum Bahnhof weit gehen! Und jetzt ein Katzensprung. Auch die Häuser schienen mir kleiner geworden zu sein. Ich musste mein Dorf als Kind verlassen und hatte mit Kinderaugen meine Heimat abgespeichert. Nun kehre ich nach fünfzehn Jahren zurück, nehme Raum und Zeit mit den Augen eines Erwachsenen wahr: Alles kleiner, näher!
Kein Mensch auf der Straße! Wir können unmöglich auf der Straßengabelung stehen bleiben. Also wenden und auf dem Sandweg zu meinem Haus im Abstand von einer halben Länge eines Fußballplatzes halten. Das ging mir spontan durch den Kopf. Ich ging langsamen Schrittes bis zu unserem Hoftor. Was wird mich erwarten? Kein Mensch im Hof zu sehen. Es waren lange, bange Minuten. Endlich erschien eine mir unbekannte junge Frau.
„Ich bin hier geboren."
Ich sprach sie auf Russisch an. Keine Reaktion! Ich holte von mir ein Kinderfoto aus der Geldbörse heraus und zeigte es ihr. Fragend schaute sie mich an. Inzwischen kam eine der drei älteren Frauen über den Hof. Mit ihnen wohnten wir über ein Jahr gemeinsam in unserem Haus. Sie waren aus Galizien vertrieben worden. Die Frau erkannte mich auf dem Kinderfoto. Ein kurzes Gespräch zwischen Beiden. Die junge Frau holte eine deutsche Frau, die nicht vertrieben wurde. Ein kurzer Blick aufs Kinderfoto:
„Wu kummst denn du ha?"
Mit dieser üblichen Begrüßungsfrage im heimatlichen Dialekt legte sich meine Nervosität.
„ Mit´m Taxe vu Breslau."

Kein Mensch konnte das schlesisch-deutsche Beckern besser aufleben lassen als unsere allseits geschätzte Liesel Übermuth.
„Du bist aber gruß gewurn!"
Bald erschien Josef auf dem Hof, der Sohn von der ältesten der drei Frauen. Er lud mich ein, ins Haus zu kommen. Die junge Frau folgte ihm. Es stellte sich heraus: Sie war seine Frau. Ich konnte sie natürlich nicht kennen. Damals war sie wie ich noch ein Kind gewesen. Ich blieb im Hausflur stehen und war überrascht. Es hatte sich nichts verändert: Der gleiche Laubenvorbau. Die schwere Haustür mit demselben großen Schlüssel. Der Steinfußboden im Flur. Die Holztreppe nach oben, rotbraun gestrichen. Die Farbe an den Trittstellen abgenutzt wie damals ... Es wurden Kleinkindheitserinnerungen wach. Wenn Weihnachten der Jusuf an der Haustür erschien, floh ich eilig auf allen Vieren die Treppe hoch. Zu klein, um aufrecht hoch zu laufen.
Josef und seine Frau Janka luden mich oben in die gute Stube ein und feierten mit mir Wiedersehen. Sie verstanden meine Gefühlslage. Beide waren aus dem Lemberger Gebiet in der Nähe von Stanislaus vertrieben worden. Sie servierten mir Brot, Ei und Schinken, dazu ein Gläschen Wodka. Ich war sehr, sehr glücklich, so empfangen zu werden. Es gesellte sich der polnische Pfarrer dazu. Bei ihm war ich noch die letzten Monate vor der Vertreibung Ministrant gewesen. Er sprach ein exzellentes Deutsch. Liesel begleitete mich zur Kirche. Das Gotteshaus machte einen gepflegten Eindruck. Die deutschen Grabsteine standen noch, auch der Grabstein der Pflegeeltern meines Vaters. Sogar den Grabhügel meines Bruders Eberhard fand ich neben dem Grab von Regina Klapper nach sechzehn Jahren wieder. Regina ist die Tochter unseres Lehrers und starb an Wundstarrkrampf im Kindesalter. Nachdenklich betrachtete ich die Gräber der früheren und jetzigen Bewohner von Beckern. Sie haben alle nebeneinander auf demselben Friedhof Ruhe und Frieden gefunden.

Mit diesem positiven Gedanken verabschiedete ich mich von Liesel und unseren Polen. Dankte meinem Taxifahrer fürs geduldige Warten. Er brachte mich pünktlich vor dem Abendbrot nach Breslau zurück. Der Sehnsuchtswunsch, mein geliebtes Heimatdorf nach so vielen Jahren wiederzusehen, ist in Erfüllung gegangen. Ob sich aus diesem kurzen Wiedersehen mit den neuen Bewohnern unseres Hauses eine freundschaftliche Verbindung entwickeln kann? Josef und Janka werden Kinder haben wollen, für die Beckern ihre Heimat sein wird. Ich werde doch nicht die in unserem Dorf geborene Generation verdrängen wollen! Nein, auf keinen Fall! Meine nachlassende Rückkehrhoffnung schmerzte mich. Im Innersten wünschte ich mir für die jungen Polen eine ähnlich starke Gefühlsbindung an Beckern, wie ich sie noch heute spüre. Mein Verstand korrigiert mein Wunschdenken. Unser Leben spielte sich hauptsächlich in unserem Dorf ab. Wenige Male im Jahr fuhren wir mit unserer Kutsche ins Übernachbardorf zu Verwandten. Nur an Sonntagnachmittagen zwischen zwei Fütterungszeiten. Oder zwölf Kilometer bis Striegau zum Einkaufen, zum Schuhmacher, Zahnarzt. Das lokale, tief wurzelnde Heimatgefühl wird die neue Generation nicht kennen lernen. Ihr Heimatbegriff wird umfassender, breiter angelegt sein. Allein schon durch ihre Mobilität. Das Verstandesdenken beruhigte mich. Ich war zufrieden und dankbar für den ereignisreichen, gelungenen Tag. Die letzte Nacht in meiner schlesischen Heimat schenkte mir einen erholsamen Schlaf.

Mit einem neuen Gemisch aus Empfindung und Vernunft fuhr ich nach Hause und berichtete meinen Eltern und Geschwistern von unserer verlorenen Heimat. Ich verzichtete auf einen detaillierten Bericht. Es würde sonst meine Eltern zu sehr schmerzen. Sie hatten es sehr schwer, nach dem Ersten Weltkrieg eine Existenz aufzubauen. Nur so viel sei im Telegrammstil berichtet: Vater aus englischer Kriegsgefangenschaft heimgekehrt. Heirat 1920. Umwandlung des Pferdefuhrunternehmens in eine Landwirtschaft. Fünf Hektar Land gekauft. Großfamilie mit acht Kindern. Krieg und Vertreibung als Ergebnis der Hitler-Stalin-Politik.

Mauerbau

Kaum zwanzig Tage zu Hause, da machten die Mächtigen des Ostens das letzte Fenster nach dem Westen am 13. August 1961 zu. Anfänglich zweifelten nicht wenige daran, ob es möglich sei, Westberlin mit zwei Millionen Menschen hermetisch abzuriegeln. Wir wurden eines Besseren belehrt. Es begann eine ideologische Eiszeit, die Welt in zwei Blöcke aufgeteilt. Die Hoffnung, beide Systeme könnten sich aufeinander zu entwickeln, gab ich nicht auf: Der Kapitalismus wird sozialistischer und der Sozialismus kapitalistischer, zumindest marktorientierter. So verspricht es die Konvergenztheorie. Ich glaubte, die sogenannte Industriepreisreform sei der erste Schritt, die Preise den Kosten anzupassen. Dagegen setzte die SED ihre Subventionspolitik weiterhin fort und verletzte eklatant die ökonomischen Gesetze. Ich beschloss, dem System den Rücken zu kehren, eine neue Heimat nach meiner Wahl zu suchen. Unter diesen Gegebenheiten war ich außerstande, in der DDR tief zu verwurzeln. Letztlich ist unsere Familie zwangsvertrieben worden in die damalige russische Zone. Wir äußerten keine Wünsche, wo unser neues Zuhause mal sein sollte. Lange hofften wir, in unsere schlesische Heimat zurückkehren zu dürfen. Nun begann die lange Suche nach einer Fluchtmöglichkeit.

Die DDR-Staatsmacht war bemüht, so schnell wie möglich Westberlin abzuriegeln. Am Anfang halfen die Kampfgruppen, die Sektorengrenze mit Stacheldraht abzusperren und zu bewachen. Nach und nach lösten Grenztruppen der Nationalen Volksarmee die vormilitärisch ausgebildeten Mannschaften ab. Sie hatten die Grenze nach Westberlin in wenigen Wochen hinreichend abgesichert und mit hohem Personalaufwand gut bewacht. Flüchtlinge, die die Absicht hatten, den Stacheldraht durchzutrennen, stellten die Bewacher bereits im Vorfeld. Natürlich bewachten die Soldaten auch die Wasserwege, die zugleich auch Grenze zwischen Westberlin und DDR bildeten. Anfangs gelang einigen DDR-Bürgern die Flucht über den Teltow-Kanal im Süden Berlins, bis später das Bewachungspersonal verstärkt wurde. Trotzdem glückte einer kleinen Gruppe die Flucht in diesem Abschnitt mit einem Trick. Die Flüchtlinge stellten ein Tonbandgerät mit lautem Hilfeschrei in Kanalnähe auf. Der Wachdienst eilte dorthin, um angeblich den Menschen in einer Notsituation zu helfen. Nun galt kein Zögern. Die Flüchtlinge beobachteten aus ihrem Versteck heraus die weggelaufenen Posten und nutzten den kurzen Augenblick, um an dieser Stelle über den Teltow-Kanal nach Westberlin zu gelangen.

Diese List regte meine Fluchtphantasie an. Ich erinnerte mich an einen Berliner Stadtplan, den mir meine Cousine in Westberlin mal geschenkt hatte. Ich kramte ihn hervor und suchte auf dem Plan nach einem ähnlichen Schlupfloch. Ausgangspunkt war die Wohnung meiner Schwester in Johannisthal. Nur drei S-Bahnstationen nördlich von da befindet sich der Haltepunkt Treptower Park unmittelbar an der Spree. Dort ist es nicht weit bis zur Sektorengrenze. Mein Entschluss stand fest: Bei nächster Gelegenheit besuche ich meine Schwester Elisabeth mit dem Ziel, das Gebiet näher kennen zu lernen. Der Westen unternahm nichts Wirkungsvolles gegen den Mauerbau. Mit preußischer Perfektion führte die SED-Führung den sogenannten antifaschistischen Schutzwall aus. Rigorose Gesetze schüchterten die Menschen ein, beschlossen in wenigen Wochen von der Volkskammer. Man bedenke: Sie ist nicht durch eine demokratische Wahl zustande gekommen, sondern durch Abgabe eines Zettels mit den Namen der Kandidaten. Ohne Wahlmöglichkeit ließ die SED nur solche Vertreter zu, die nichts gegen ihre Politik unternehmen. So wurde im Handumdrehen die Wehrpflicht beschlossen und das Gesetz auf Arbeitsrecht in Arbeitspflicht umgewandelt. Wer den Wehrdienst ablehnte, musste mit einer Gefängnisstrafe bis drei Jahre rechnen. Ostberliner, die bisher in Westberlin gearbeitet hatten, nahmen aus Protest anfangs keine Arbeit an. Lehnten sie weiterhin ab zu arbeiten, drohten ihnen harte Strafen. Die Staatsmacht ging ebenfalls gegen Westfernsehantennen vor. Wer sich widersetzte, soll im Schnellverfahren abgeurteilt worden sein. Die SED musste mit passivem Widerstand rechnen, wie redu-

zierte Arbeitsleistung, Streiks oder gar Sabotageakte. Sie beschloss im Frühjahr 1962: Angehörige in verantwortlichen Positionen hatten nächtliche Kontrollgänge in allen Betriebsteilen eines volkseigenen Betriebes durchzuführen. So war ich eingeplant, an einem Donnerstag zu Freitag im Mai 1962 nachts in unseren zwei Werken nach dem Rechten zu sehen. Ich schrieb rechtzeitig an meine Schwester Elisabeth, ob ich sie an dem nämlichen Freitag übers Wochenende besuchen könnte. Nach dem Nachtdienst brauchte ich nicht ins Büro. Mir stand also ein verlängertes Wochenende zur Verfügung, um die Umgebung des Treptower Park zu inspizieren. Wenige Tage später erhielt ich ein Telegramm:
„Kommen erwünscht – Elisabeth."
Warum telegrafiert sie? Eine Karte hätte mich auch noch rechtzeitig erreicht, sagte ich mir. Die Nacht war ruhig in beiden Werken. Ohne besondere Vorkommnisse. Nach einem erholsamen Schlaf bis Mittag schwang ich mich auf meine Jawa und ab ging's nach Berlin. Das Motorrad hatte mir Elisabeth in Berlin besorgt. In Leipzig oder Chemnitz hätte ich länger darauf warten müssen. Die Ostberliner wurden nicht nur besser bezahlt als die Bevölkerung in der DDR, sondern bisher auch bevorzugt beliefert mit hochwertigen technischen Produkten. Der Staat versuchte, sie bei guter Laune zu halten, um vor dem Mauerbau ein verstärktes Abwandern zu verhindern.

Elisabeth wohnte in Untermiete in der Greifstraße in ruhiger Lage. Ein Zimmer mit Küchen- und Badbenutzung. Am Samstag fuhr ich mit der S-Bahn bis Treptower Park und schlenderte am Spreeufer entlang in Richtung Landwehrkanal. Die Örtlichkeiten hatte ich mir genauestens auf dem alten Stadtplan eingeprägt: Der Landwehrkanal zweigt in zwei Armen von der Spree ab, umschließt die langgezogene Lohmühleninsel und verläuft einarmig weiter nach Westen in Richtung Kreuzberg. Nach dem Stadtplan gehört die Insel zu Westberlin. Ich beabsichtigte, in die Nähe des Landwehrkanals zu kommen. Mich interessierte natürlich besonders der Bereich, wo der Kanal von der Spree abzweigt. Ob zwischen dem Westberliner Kanalarm und der Insel überhaupt eine flache Ausstiegsstelle vorhanden ist. Die Spree ist nämlich in der Stadt auch in diesem Abschnitt beidseitig gefasst in senkrechten Natursteinmauern. Der Flüchtling kann demnach nicht aus dem Wasser kommen. Je mehr ich mich von der S-Bahn entfernte, um so menschenleerer wurde die Straße an diesem Sonnabendmorgen. Ist die Gegend überhaupt noch bewohnt, dachte ich. Alles wie ausgestorben. Kein Mensch auf der Straße. Ein mulmiges Gefühl machte sich in meinem Bauch bemerkbar. Nur noch wenige hundert Meter bis zum Straßenende. Rechts ein Gebäude, ein paar Bäume. Ich wurde immer unsicherer. Was erwartet mich? Ich bekam Angst, ging aber dennoch langsamen Schrittes weiter. Klar Denken war für mich unmöglich. Endlich sah ich einen Menschen hinter dem Haus vorkommen. Oh Gott, ein junger Mann in olivgrüner Uniform der Nationalen Volksarmee. Wie ein bedingter Reflex schoss es mir durch den Kopf: Hier darfst du nicht weitergehen. Ich hielt inne für einen Moment. Er sah mich etwa aus vierzig Meter Entfernung an, als ob er fragen wollte: Was suchst du hier? Kam aber nicht auf mich zu, sondern blieb stehen, völlig ruhig und unaufgeregt. Meine momentane Starrheit löste sich langsam und ich ging zum S-Bahnhof zurück.

Nach und nach begann ich wieder zu denken. Ich hätte auf ihn zugehen sollen, ihn fragen können: Komme ich hier zum sowjetischen Ehrenmal? Als DDR-Bürger musste ich ja immer den Personalausweis dabeihaben. Ich könnte ihm also zeigen, ich wohne nicht in Berlin, weiß daher nicht, wo das Denkmal für die gefallenen Sowjetsoldaten sei. Ich hätte mich dumm stellen sollen. Ich sei nur in die falsche Richtung gegangen. Weshalb bin ich nicht auf den Grenzer zugegangen? Dann hätte ich einen kurzen Blick auf den Landwehrkanal mit der Insel werfen können, ärgerte ich mich. Ich lebe zwar dreizehn Jahre in diesem Staat, ein gesundes Selbstvertrauen konnte sich aber vor lauter Einschränkungen nicht entwickeln. Bei Entscheidungen hatte ich mich stets zu fragen, ob sie mit der offiziellen Politik übereinstimmen.

Ich schüttelte all die reflektierenden Gedanken ab und fragte mich, was kann ich unternehmen, um Einzelheiten von der Insel zu erkunden. Ich ging gemächlich über die Spreebrücke, rechts daneben die S-Bahnbrücke. Immer wieder wendete ich meinen Kopf nach links flussabwärts. An dieser Stelle ist die Spree recht breit. Man meint, sie sei ein stehendes Gewässer. So gering ist ihre Fließgeschwindigkeit. Die Insel ist von hier aus nicht zu sehen, viel zu weit weg. Ich entschied mich deshalb, nach der Brücke links die Stralauer Allee weiter zu gehen. Unauffällig wendete ich meinen Kopf zur Spree hinüber. Die Hafengebäude zwischen Straße und Fluss gaben ab und zu den Blick zum gegenüberliegenden Ufer frei. Einzelheiten waren nicht erkennbar. Auf den Zäunen und alten Mauern vor dem Hafenbereich entlang der Straße befand sich Stacheldraht, um so ein Überklettern zu verhindern. Der ganze Streifen zwischen Spree und Stralauer Straße machte auf mich einen trostlosen Eindruck, als ob das ganze Hafengebiet stillgelegt worden sei. Kein Mensch zu sehen. Alles dem Verfall preisgegeben. Mir begegneten kaum Fußgänger. Ab und zu ein paar Fahrzeuge auf der Straße. Mit Mühe und Not erahnte ich den einmündenden Landwehrkanal am gegenüberliegenden Ufer, ohne Einzelheiten der Insel zu erkennen. Wie sieht die Uferbefestigung an dieser Stelle aus? Flach- oder Steilufer? Absperrungen? Ohne Fernglas nichts zu erkennen! Ich durfte auf keinen Fall stehen bleiben, um mir wichtige Einzelheiten einzuprägen. Es könnte mich in dieser abgelegenen Gegend doch jemand beobachten.

Ich ging noch ein paar Minuten am Hafen flussabwärts und überlegte: Ist es ratsam, ins abgesicherte Hafengelände einzudringen und von dort über die Spree zur Insel zu schnorcheln? Das Gebiet kann sogar nachts bewacht sein. Zu riskant! Ich entschied, in der Nähe der Spreebrücke meine Flucht zu beginnen. Das ist zwar weiter, aber sicherer. Ich kehrte um. Am gegenüberliegenden Landwehrkanal angekommen, begann ich meine Schritte zu zählen. Hundert, zweihundert ... tausend ... An der Spreebrücke angekommen: Siebzehnhundert Schritte. Ich rechne etwa mit zwölfhundert Metern von der Brücke bis

zur Insel. Ein Zuschlag von dreihundert, wenn ich im Treptower Park in die Spree gehe. Das ist mit Flossen und Schnorchel zu schaffen. Für mich keine große Anstrengung. So schlussfolgerte ich. Die Gefahr, der Kanaleingang sei durch Unterwasserhindernisse abgesperrt, schob ich beiseite. Mit diesem konstruktiven Plan kehrte ich zu Elisabeth zurück, ohne ihr ein Wörtchen von meinen Beobachtungen zu erzählen. Den Nachmittag verbrachten wir in entspannter Plauderatmosphäre. Sobald sich die Dunkelheit auf die Stadt senkte, sagte ich ihr:
„Lisbeth, ich fahre nochmals in die Stadt."
„Du warst doch heute schon unterwegs."
„Ich möchte Berlin auch bei Nacht kennen lernen. Ich bin nicht lange. Gib mir trotzdem deine Schlüssel mit!"

So verabschiedete ich mich von ihr, fuhr mit der S-Bahn wiederum zum Treptower Park, einzig und allein mit der Absicht, die Spree an dieser Stelle bei Dunkelheit zu betrachten. Eine Flucht kann ich nur bei Nacht riskieren, stand für mich fest. Ohne zu zögern, begab ich mich auf die Spreebrücke. Keine Fußgänger zu sehen. Ich schaute auf die Spree, mein Blick in Richtung Landwehrkanal gerichtet. Hinter mir hin und wieder ein Auto vorüberfahrend. Auf den kleinen Kräuselungen des Flusses spiegelte sich das fahle Licht der Umgebung wider. Die Wasseroberfläche erschien mir recht dunkel, von unzähligen Lichtpunkten unterbrochen. Mit tänzelnden Lichtreflexen bewegte sich die Spree sehr träge Westberlin entgegen. Ich fühlte mich unbeobachtet, innerlich ausgeglichen und genoss die milde Maiennacht. Weit und breit keine zusätzliche Beleuchtung oder gar Scheinwerfer, die die Wasserfläche nach Grenzverletzern absuchten. Fast euphorisch kam mir der Gedanke: Das ist für mich das richtige Plätzchen, nach Westberlin zu kommen. Doch bald gewann mein kritischer Geist wieder die Oberhand. Könnten nächtliche Grenzwächter vom Ufer aus die Bahn meines Schnorchels an der Wasseroberfläche entdecken? Das Schnorchelende ragt wenige Zentimeter aus dem Wasser heraus und verändert verräterisch die schaukelnde Lichtspiegelung, sagte ich mir. Und wie orientiere ich mich? Halte ich die Richtung ein? Ich müsste ab und zu mit der Tauchermaske an die Wasseroberfläche kommen, möglichst in Flussmitte bleiben und erst in Höhe des Landwehrkanals nach links zur Insel schwimmen. Und was ist, falls mich irgendwelche Sperren im Wasser daran hindern? Ich suchte nach Alternativen, um all diese Bedenken beiseite zu schieben. Die Flucht unternehme ich nur bei regnerischem Wetter. Bei Unterwassersperren kehre ich um und ziehe meine Kleidung an, die ich zuvor im Treptower Park versteckt habe. Ist das Flusswasser kalt, schmiere ich meinen Körper mit Fett ein. Außerdem plane ich, aus Neoprenresten einen Kälteschutzanzug puzzleartig zusammen zu kleben. Ich kam zum Ergebnis: Die Spree ist eine gute Fluchtmöglichkeit. Ich will sie nicht jetzt nutzen sondern in ein paar Jahren. Eine gewisse Zeit habe ich noch vor, für diesen nicht geliebten Staat zu arbeiten. Als Dank für das kostenlose Hochschulstudium.

Vor Mitternacht kehrte ich zu Elisabeth zurück. Zufrieden mit meinen Erkundungen schlief ich bald ein. Sonntags fuhr ich mit meiner Jawa nach Aschersleben. Am nächsten Tag saß ich wieder wie üblich im Konstruktionsbüro am Zeichenbrett. Als ich nach Feierabend mein möbliertes Zimmer aufsuchte, empfing mich meine Vermieterin an der Wohnungstür ganz aufgeregt:
„Herr Richter, heute Vormittag waren zwei Männer da. Die haben gefragt, wo sie sind."
„Was haben Sie da gesagt?"
„Der ist im Werk."
„Ja und?"
„Dann wollten sie wissen, wo Sie am Wochenende gewesen waren."
„Was haben Sie da geantwortet?"
„Gehen Sie doch ins Werk! Fragen sie ihn selbst."
Ich war erstaunt, wie klug sich meine Wirtin mit nahezu achtzig Jahren verhalten hat.
„Sagen Sie ihm nicht, dass wir da waren!"
Mit dieser Bitte verschwanden die beiden jungen Männer. Ganz offensichtlich hatte Elisabeths Telegramm diese Stasiaktion ausgelöst. Es ist demnach kein Gerücht, dass auf der Post

eine Person sitzt, die sich von den eingehenden Sendungen eine bestimmte Auswahl vorlegen lässt. Keiner weiß, welche Schreiben unbemerkt geöffnet, kontrolliert und kopiert werden. Die Telegramme werden diesem Kontrolleur anscheinend generell vorgelegt. Das Postgeheimnis gilt also nicht für mögliche Feinde der Gesellschaft. Was hatte Lenin gesagt?
„Vertrauen ist gut, Kontrolle besser!"

Mein Leben ging wie gewohnt weiter: Früh gegen sieben ins Büro. Fußweg etwa zehn Minuten. Standard-Portalhobelmaschine dem Kundenwunsch entsprechend abändern. Das bedeutet, eine gute Idee haben, berechnen, entwerfen und zeichnen lassen. Bei der Endmontage schaute ich schon gern mal in die Werkshalle, ob alles wie vorgesehen gefertigt und montiert worden ist. Als ich mich wenige Tage nach dem Stasibesuch bei meiner Wirtin wieder mal in der Montagehalle aufhielt und nach dem Rechten sah, versuchte ein junger Betriebsingenieur recht freundlich mit mir ins Gespräch zu kommen.
„Es gibt bei der Montage der Maschine für Indien keine großen Probleme", lobte er mich.
„Das freut mich. Ich habe vernommen, die abgeänderte Bühne an der Traverse sei nicht steif genug."
„Das stimmt. Wir haben am U-Träger einen zweiten angeschweißt. Der so entstandene Rechteckquerschnitt ist verdrehungssteifer. Die Bühne gibt nicht mehr nach."
„Danke. Das habt ihr gut gemacht."
Nach einer Weile fragte er mich:
„Was machst du so am Wochenende?"
Seit wann interessiert er sich für mein Privatleben, dachte ich. Ich kannte ihn lediglich von der Arbeit. Das Du unter jungen Kollegen war üblich. Ich hatte ihn in meiner Freizeit bisher nie getroffen, erst recht nichts mit ihm unternommen. Ganz offensichtlich hatte ihn die Stasi beauftragt, mich auszuhorchen.
„Mit meinem Motorrad mache ich kleine Ausflüge. In die nähere Umgebung. In den Harz."
Er hörte mir interessiert zu und hoffte, von mir mehr zu erfahren. Er sollte natürlich nicht spüren, ich hätte seine Absicht

erkannt. Deshalb ergänzte ich zum Schluss mein Gespräch, aber nur dem Anschein nach bereitwillig.
„Auch besuche ich manchmal meine Eltern in Leipzig. Übers Wochenende."

Etwa drei Wochen nach meinem Besuch bei Elisabeth hörte ich im Westfernsehen von einer gelungenen Flucht eines Ausflugdampfers der weißen Flotte. Dem Fahrgastschiff gelang es, auf spektakuläre Weise an der Schleuseneinfahrt des Landwehrkanals anzulegen. Die Anlegestelle gehört bereits zu Westberlin. Erst nach der Wende erfuhr ich Einzelheiten aus dem Internet: Unter der S-Bahnbrücke Treptower Park stoppt ein Grenzboot das Schiff. Der Dampfer legt eine Sondergenehmigung zum Osthafen vor, um angeblich dort Transformatoren aufzunehmen. Die Besatzung des Grenzbootes erlaubt die Durchfahrt. Der Dampfer setzt seine Fahrt auf der Spree langsam fort, um dann kurz vor der Einmündung des Landwehrkanals nicht rechts am Osthafen anzulegen, sondern links zur Lohmühleninsel beschleunigt abzubiegen. Das Polizeiboot jagt hinterher. Andere Wachboote folgen. Die Polizei beschießt den Dampfer, der inzwischen an der Westberliner Böschung angelegt hatte. Als Westberliner Polizisten vor den Bug des Wachbootes ins Wasser schießen, dreht es ab. Alle Passagiere, insgesamt dreizehn Personen, darunter ein Baby, bleiben im Westen. Nur der zuvor gefesselte Kapitän und der erste Maschinist kehren nach Ostberlin zurück.
Die Grenzsicherung wird keine Kosten scheuen, um eine Wiederholung der gut vorbereiteten und mit viel Glück gelungenen Flucht in diesem Abschnitt zu verhindern. Davon war ich überzeugt. Wie Recht ich damals hatte, kann man unter DDR-Wassersperren dem Internet entnehmen. Die Grenzsicherung baute 1962 einen 430 Meter langen Grenzüberwachungssteg auf 260 Pfählen. Er beginnt gegenüber der Lohmühleninsel und verläuft parallel zum Spreeufer hin zur Stralauer Spreebrücke. Ein 55 Meter langer Zugangssteg verbindet ihn mit dem Treptower Spreeufer. Die Grenzer hatten ein leichtes Spiel, jeden Fluchtversuch vom Steg aus zu verhindern.

Die Flucht über die Spree schlug ich mir aus dem Kopf. Schade, dachte ich. Ich grübelte über andere Möglichkeiten nach. Zum Beispiel über die Ostsee bei Boltenhagen in Richtung Lübecker Bucht. Kann ich mir das zutrauen? Ich verglich die Ostsee mit der Spree. Der Seeweg ist vergleichbar mit einem Marathonlauf und die Spree mit einem Tausendmeterlauf. Ich verwarf die Variante nicht total, habe sie allerdings nicht näher in Erwägung gezogen. Sportlich fühle ich mich. Doch darf ich meine Kondition nicht überschätzen. Intensives Training ist Grundvoraussetzung, so schlussfolgerte ich.
Ich hörte, Flüchtlinge verstecken sich in Interzonenzügen. Westbesucher erzählten mir: Alle möglichen Nischen zwischen Wagendach und Zwischendecke werden geöffnet und überprüft. So kam ich auf die Idee, mich im Tender unter Braunkohlenbriketts zu verkriechen. Ohne zu bedenken, wie ich unbemerkt in den Tender komme, lud ich einen Freund aus Stuttgart nach Leipzig ein und erzählte ihm von meinem Vorhaben. Glücklicherweise reist er mit dem Zug an.
„Wenn du zurückfährst, achte mal darauf, ob die Lok gewechselt wird, bevor der Zug die DDR verlässt."
„Willst du wirklich nach dem Westen kommen?"
„Nicht sofort. Aber irgendwann später. Ich habe die Hoffnung aufgegeben. Hier bessert sich nichts."
Das Thema hatten wir während seines Besuches bereits mehrmals angesprochen. Er meinte: „Andersdenkende sollten dableiben. Sonst ändert sich erst recht nichts."
„Was können wir schon bewirken? Konnten wir den Mauerbau verhindern? Selbst der Westen hat nichts dagegen unternommen. Wir fühlen uns hier wie eingesperrt. Wie in einem großen Gefängnis."
Mein langjähriger Freund hatte vielleicht recht, falls man in historischen Dimensionen denkt.
„Die Polen haben hundertfünfzig Jahre warten müssen, bis es für sie wieder einen selbstständigen Staat gab. Ähnlich kann es den Menschen hier ergehen. So lange lebe ich aber nicht."
Das Thema besprach ich mit ihm, wenn wir allein waren. Ich wollte meine Eltern nicht beunruhigen. Mein Freund erfüllte mir meinen Wunsch.

Er schrieb:
„Bevor wir die DDR verließen, wurde die Lokomotive gegen eine westdeutsche ausgetauscht."
Ich hörte nicht auf, mir weitere Fluchtalternativen einfallen zu lassen.

Die Menschen in der DDR wollen nicht nur arbeiten, sondern auch reisen. Das sprach sich auch unter den Genossen herum. So bot das staatliche Reisebüro Schiffsfahrten mit der „Freundschaft" an, zunächst in der Ostsee zu den Bruderländern wie Polen und Sowjetunion. Später sogar vom Schwarzen Meer durch den Bosporus, das Mittelmeer und Gibraltar bis in die Ostsee nach Rostock. Ich interessierte mich für die Schiffsreise und dachte daran, am Bosporus über die Reling ins Meer zu springen. Die „Freundschaft" legte in keinem kapitalistischen Land an. Man könne die Sehenswürdigkeiten und historischen Stätten vom Schiff aus betrachten, so versprach es der Reiseprospekt. Bevor ich ein Ticket für die begehrte Reise bekam, war sie bereits aus dem Programm gestrichen. Die offizielle Sprachregelung gab an: Wir können die Sicherheit für unsere Reisegäste nicht garantieren. Das heißt, andere sind auf dieser Reise in gleicher Weise geflohen, wie ich es geplant hatte.
Ich verlor eine Fluchtmöglichkeit nach der anderen. Die alles auf Gewalt und Absperrung bedachte Staatsmacht war stärker als mein kleiner Geist, ausgerichtet auf mehr Freiheit für ein selbstbestimmtes Leben. Die Lebenswirklichkeit entspricht nicht meiner Vorstellung. Ich habe zu wenig Möglichkeiten, mein Leben nach meinen Wünschen und Bedürfnissen zu gestalten. Oder ist es nicht bequemer, die von der Partei vorgegebene Lebensweise anzunehmen? Beruflich und privat. Hier weiß ich, was ich habe: Ein relativ bescheidenes Leben in sozialer Sicherheit. Was mich im Westen erwartet, ist ungewiss. Lieber den Spatz in der Hand als die Taube auf dem Dach, sinnierte ich. Sollte ich wirklich meine Eltern, Geschwister und Freunde aufgeben für eine ungewisse Zukunft? Gefängnis oder gar mein Leben riskieren? In mir kamen starke Zweifel auf. Brauche ich in meinem abgesicherten Leben ohne die Gefahr, arbeitslos zu werden, einen gewissen Adrenalinstoß? Ich kann

wohl ohne Risiko nicht leben, fragte ich mich ernsthaft. Meine aufgewühlte Seele fand keine Ruhe. Ich erinnere mich an Menschen in meinem Bekanntenkreis, die den Bau der Mauer nicht total ablehnten. So bedauerten Lehr- und Ausbildungskräfte, dass gerade in den Sommermonaten an Wochenenden Tausende junge Menschen nach Abschluss ihrer Ausbildung der DDR über Westberlin den Rücken kehrten. Ein bodenständiger Ingenieur meines Werkes meinte mir gegenüber, die DDR wäre ohne Mauer ausgeblutet.
„Willst du denn, dass dann Chinesen hierherkommen?"

Keiner wagte öffentlich zu erklären, die DDR-Politik sei schuld an der Massenflucht. Tausende Jugoslawen arbeiten in Westdeutschland, kehren nach Jahren in ihre Heimat zurück und bauen sich mit ihrem ersparten Geld eine Existenz auf. Solch eine liberale Wirtschaftspolitik lehnte das Politbüro der SED ab. Oelsner, Schirdewan und Wollweber, die Reformideen vertraten und die Wirtschaftspolitik Ulbrichts kritisierten, wurden 1958 aus dem Politbüro ausgeschlossen und aller Parteiämter entbunden. Wohlgemerkt, sie waren bereits nach dem Ersten Weltkrieg der KPD beigetreten. Also Altkommunisten. Emigrierten wegen der Nazis ins Ausland. Von dort arbeiteten sie gegen Hitler. Ulbricht duldete keine parteiinterne Opposition. Da sollten wir auf Veränderung hoffen, wenn sogar alte Genossen kaltgestellt wurden!

Eines Tages schnappte ich im Büro ein Gespräch zwischen zwei Zeichnerinnen auf.
„Wie geht´s deinem Mann bei der Armee?"
„Stell dir vor, der ist jetzt zur Grenztruppe versetzt worden."
Mich interessierte das Gespräch sehr stark. Ich wollte aus zuverlässigem Mund erfahren, wie die Stimmung unter den Grenzern und die innerdeutsche Grenze abgesichert ist. Erstaunt war ich, dass gerade ihr Mann an die Grenze abkommandiert worden ist. Ich wusste, sie war keineswegs begeistert von der totalen Absperrung zwischen Ost und West. Bald ergab sich die Gelegenheit, mit ihr ohne andere Zuhörer über dieses Thema zu sprechen.

„Ich habe gehört, Ihr Mann soll die innerdeutsche Grenze bewachen. Wo ist er denn?"
„In Thüringen."
„Ich nahm an, die nehmen nur ganz zuverlässige Leute."
„Da haben sie nicht genug."
Nach einer Weile hakte ich nach.
„Aber warum gerade ihr Mann?"
„Irgendwie haben die Vorgesetzten an seinem ersten Standort erfahren, dass er sehr an unserem Kind hängt. Vielleicht auch, dass wir glücklich verheiratet sind."
„In jeder Ehe gibt es auch mal Krisen. Hauen da nicht welche ab?"
„Das ist gar nicht so leicht möglich. Die haben immer zu zweit Wache. Und mit wem sie Wache schieben müssen, das erfahren sie vom Vorgesetzten erst kurz davor. Eine Absprache ist da kaum möglich."
„Würde ihr Mann auch auf Flüchtlinge schießen?"
„Zuerst müssen sie versuchen, den Grenzverletzer festzunehmen. Wenn das nicht mehr geht, haben sie ihn gezielt zu vernichten."
„Die können doch auch gewollt danebenschießen."
„Das ist nicht so einfach. Der Vorgesetzte merkt das."
„Wieso?"
„Die Soldaten müssen bei Übungen gezielt auf menschengroße Figuren schießen. Das Ergebnis wird dokumentiert. Dann stellen sie durch den Vergleich fest: Der hat absichtlich danebengeschossen."
Das hat mich sehr nachdenklich gestimmt.
„Ist das schon mal vorgekommen, dass ein Grenzverletzer erschossen wurde?"
„Mein Mann ist noch nicht so lange an der Grenze."
„Was wäre, wenn ...?"
„Derjenige kriegt Sonderurlaub. Auf Wunsch wird er auch an einen anderen Grenzabschnitt versetzt."
„Weshalb?"
„Es könnte sich ja unter den Leuten rumgesprochen haben, dass er jemand erschossen hat."

Während des Gespräches wurde sie zurückhaltender und sorgte sich um ihren Mann.
„Sie brauchen doch keine Angst um ihren Mann haben. Der westdeutsche Zoll hat meines Wissens noch nie geschossen, außer von Westberlin aus."
„Das meine ich auch nicht."
Ich merkte, sie wollte nicht über ihre Bedenken sprechen. Da sie aber meine Einstellung zu diesem Thema kannte und mir vertraute, erzählte sie mir abschließend:
„Im Grenzabschnitt meines Mannes sind zwei angetrunkene junge Männer auf die Grenze zu gerannt und haben dabei mit der Pistole mehrmals in die Luft geschossen. Sie hätten genauso gut auf meinen Mann schießen können."
Ich versuchte, sie zu beruhigen.
„Das war sicherlich eine einmalige unüberlegte Ausnahme. Die sind doch gewiss festgenommen worden."
„Das stimmt."
Das Gespräch mit ihr war für mich sehr aufschlussreich. Ich wagte einfach nicht zu fragen, wie die Grenze in seinem Abschnitt abgesichert sei. So viel wusste ich: Vor der eigentlichen Grenze befindet sich eine fünf Kilometer breite Sperrzone. Die darf man nur mit Genehmigung betreten. Ich schlug mir eine Flucht über die westdeutsche Landgrenze aus dem Kopf. Ich muss davon ausgehen, dass sie stark abgesichert ist. Das Risiko, bereits im Sperrgebiet erwischt zu werden, war mir zu groß.

Urlaub in Bulgarien

Ein Jahr nach dem Mauerbau hatte ich Gelegenheit, meinen ersten Urlaub in Bulgarien zu verbringen. Ich lud meine fünf Jahre jüngere Schwester Maria dazu ein. Sie studierte in Leipzig Medizin und freute sich sehr auf den Dreiwochenurlaub am Goldstrand bei Warna. Ein Touristikzug brachte uns zu sechst in einem Abteil ab Dresden nach Warna. Nachts schliefen je zwei Mann auf den Sitzbänken, den hochgeklappten Rückenlehnen und den Gepäckbrettern. Maria war im benachbarten Frauenabteil untergebracht. Tagsüber unterhielt ich mich viel mit ihr auf dem Gang. Das fiel den jungen Damen aus dem Frauenabteil auf. Sie nahmen an, Maria sei meine Freundin. Ich sah sie nur alle paar Wochen, wenn ich zu unseren Eltern nach Leipzig fuhr. So erklärt sich mein aufgestautes Mitteilungsbedürfnis Maria gegenüber. Warum schildere ich diese scheinbar so belanglose Situation recht ausführlich? In ihrem Abteil saß auch eine junge Frau, die mein weiteres Leben so unvorstellbar dramatisch mitgestaltete.

Zurück zu den Herren in meinem Abteil! Ich teilte es mit zwei Schulleitern, je einem Dozenten, Diplombiologen und einem jungen, unverheirateten Lehrer, meinem späteren Schlafpartner im Campinghäuschen. Die Berufe zeigen: Es war eine begehrte, bevorzugte Urlaubsreise, eine der ersten nach Bulgarien. Gewissermaßen als Ersatz für die nicht mehr möglichen Besuchsreisen nach Westdeutschland. Wenn ich heute nach mehr als sechzig Jahren mein Tagebuch lese, fällt mir auf, nicht nur gebadet, gesonnt, getaucht und geschnorchelt sowie abends getanzt zu haben, sondern auch bemüht war, viele Kontakte zu Einheimischen zu suchen und zu knüpfen. Eine besondere Rolle spielte Stefan, ein stattlicher Mann mittleren Alters aus Sofia. Er machte am Goldstrand Urlaub und war sehr interessiert, Urlauber aus der DDR kennen zu lernen. Er hoffte, eine enge freundschaftliche Verbindung zu einer Frau aus der DDR ermögliche ihm eine Reise dorthin. Maria und ich sollten ihm diese Brücke bauen. Nach und nach entstand ein Vertrauensverhältnis zwischen uns. Er erzählte uns den Grund seines ersehnten Wunsches. Er meinte, nach einem Jahr Mauerbau ein Schlupfloch nach Westberlin finden zu können. Ich konnte ihn nicht davon überzeugen, Westberlin sei bereits perfekt abgeriegelt. Nach wenigen Tagen gestand er, seine Frau sei schon in Wien von einem Kongress der Mathematiker nicht zurückgekehrt und arbeite für ihn, damit er ihr folgen könne. Vorsicht! Erzähle ihm bloß nichts von meinen Fluchtabsichten! Er könnte für den bulgarischen Geheimdienst arbeiten und mir eine Falle stellen! So ist es Erika, einer Mitreisenden unserer Gruppe in Warna auf dem Basar ergangen: Ein fremder Mann wollte von ihr Schmuck kaufen. Als sie sich über den Preis einig waren, outete er sich als Zollfahnder, zeigte seinen Ausweis und drohte mit der Polizei.

Stefan wusste von meinem Tauchhobby. Ich tauchte öfter mit dem Schnorchel bei den Zwillingsfelsen nördlich vom Goldstrand und bewunderte die noch intakte Unterwasserwelt. Ohne mich verdächtig zu machen, offenbarte ich ihm, ich wolle einen Taucheranzug kaufen. Wir fuhren gemeinsam nach Warna, klapperten alle Sportgeschäfte ab. Leider ohne Erfolg. Er meinte, in Sofia gäbe es solche Kälteschutzanzüge. Er schlug vor, mit Maria hinzufliegen. Ich wollte es ihm kaum glauben und meinte, er wolle lediglich seine Verbindung zu ihr intensivieren, um sie so in der DDR mal besuchen zu können. Nach kurzem Aufenthalt in Sofia kam sie allein zurück. Leider ohne Schutzanzug.
Das Ende der Bekanntschaft mit Stefan: Maria erhielt nach einigen Jahren einen Brief von ihm aus Wien. Er sei bei seiner Frau. Ein Reisepass habe ihm das ermöglicht. Erst jetzt war mir klargeworden, weshalb Stefan unbedingt in die DDR reisen wollte: Weil er unauffälliger mit gefälschten Papieren von Ostberlin nach Westberlin gekommen wäre.

Ich komme zurück auf die Frauen im benachbarten Zugabteil. In Leipzig stellte sich heraus, zwei junge Damen aus Marias Abteil benutzten denselben Zug nach Aschersleben wie ich. Ich kam näher ins Gespräch. Katharina, die ältere wohnte mit ihrer

Mutter und Schwester in meiner unmittelbaren Nähe. Eines Tages sprach sie mich an:
„Kannst du mir helfen? Mein Motorroller springt schlecht an."
„Ich will´s versuchen."
Da ich selbst Motorrad fuhr, gelang es mir. Nach wenigen Tagen stellte mich Katharina ihrer gesprächigen Mutter vor. Als ich das Wohnzimmer betrat, machte mich Katharina mit ihrer etwas jüngeren Schwester bekannt. Ihr mag mein Besuch unpassend gewesen sein, denn sie floh alsbald ins benachbarte Zimmer und nahm die Unterlagen für die Unterrichtsvorbereitung mit. Beide Schwestern unterrichteten an örtlichen Schulen. Nach nur wenigen Wochen besuchte ich Katharina nahezu täglich abends kurz vor acht, um die Tagesschau zu sehen. Ich war politisch sehr interessiert und bevorzugte Westnachrichten. Selbst besaß ich keinen Fernseher. Natürlich nahm ebenso Bärbel, Katharinas Freundin und Warnaurlauberin, am abendlichen Stelldichein teil. Sie war ebenso im Lehramt tätig und zwar an der Schule für geistig behinderte Kinder. Sie hatte eine sportliche Figur, war vier Jahre jünger als ich. Brünetter Typ mit dunklen Haaren. Äußerlich so ganz nach meinem Geschmack. Und dennoch nicht Liebe auf den ersten Blick. Warum wohl? Die Gefahr ist groß, Bärbel subjektiv darzustellen, sie aus meiner Sicht zu charakterisieren. Jeder Vergleich kann verletzen. Ich wage es dennoch. Sie ist fröhlich, nicht grüblerisch und tiefgründig. Weidet sich nicht an Problemen, die man nicht ändern kann. Sehr kontaktfreudig. Dem Leben zugewandt und optimistisch. Bei Enttäuschungen sucht sie nach Alternativen. Gerät sie in eine Sackgasse, lehnt sie eine Notlüge nicht ab, um sich zu befreien. Manche würden sie als oberflächlich bezeichnen. Das darf sie wegen ihres Berufes nicht sein.
Halt! Diese Frau muss ich näher kennen gelernt haben. Sonst könnte ich sie nicht so detailliert beurteilen. Das trifft zu. Ich habe mich verraten. Weshalb beschreibe ich Bärbels Wesensart in der Zeitform der Gegenwart? Hat sie sich nicht verändert? Oder ist mir ihre damalige Art zu leben noch heute nach so vielen Jahren gegenwärtig? Hört mir bitte alle zu und habt Geduld! Am Ende wird euch eine Antwort gegeben werden.

Kubareise – eine Möglichkeit

Ich will mit der Beschreibung meines Lebensabschnittes fortfahren. Bald gesellte sich mein Freund Uli zu dem neuen Bekanntenkreis dazu. Wir trafen uns in Katharinas großem Garten, wanderten und zelteten im Harz. Auf die vielseitige gemeinsame Freizeitgestaltung will ich hier nicht eingehen. Durch meine Vorliebe zu reisen hatte ich einen guten Kontakt zum Aschersleber Reisebüro. Ich ließ mich für eine vierwöchige Schiffsreise nach Kuba vormerken mit dem Hintergedanken zu fliehen. Es hieß, die Route ginge durch den Ärmelkanal, unweit an Dover vorüber. Ich freute mich schon, an dieser Stelle vom Schiff zu springen. Die Reise war für März und April 1963 geplant, zu kalt, um im Wasser zu überleben. Ich bat meinen Hamburger Freund Alfred, mir Verschnittreste von Neopren-Taucheranzügen mit dem entsprechenden Kleber zu schicken. Daraus bastelte ich mir einen zweiteiligen Kälteschutzanzug. Eine sehr aufwendige Geduldsarbeit, die Reste so zuzuschneiden und puzzleartig zusammenzukleben, dass daraus eine eng anliegende, körpernahe Schutzkleidung entsteht. Das alles ohne Schneiderkenntnisse! Ich kam in Zeitnot, die Arbeit bis Reisebeginn fertig zu bekommen. Da „half" mir die Reisebürodame:

„Die Kubareise wird storniert. Die Sicherheit für die Reiseteilnehmer ist nicht garantiert", rief sie mich an. Im Klartext: Kubareisende haben bei früheren Reisen den gleichen Gedanken gehabt wie ich und sind geflohen. Das Reisebüro bot mir als Ersatz wiederum eine Reise nach Warna für zwei Personen an. Den zweiten Platz bekam nicht Katharina, sondern Bärbel. Sie stand bereits auf der Vormerkliste. Gott sei Dank nahm mir das Reisebüro die Entscheidung ab.

Bärbel und ihr Schulfreund

Ich wünschte mir natürlich Bärbel als Begleitung, ließ mir das nach außen hin nicht anmerken. Sie erhoffte sich eine etwas eindeutigere Zuneigung von mir. So ergaben sich zeitweise Spannungen zwischen uns. Ich unterhielt mich in ihrem Beisein manchmal zu intensiv mit Gudrun, einer attraktiven Bekannten von ihr. Das missfiel ihr, obwohl sich Gudrun mir gegenüber stets neutral verhielt und kein besonderes Interesse an mir zu erkennen gab. Auf jeden Fall muss ich Bärbels Gefühle verletzt haben; denn sonst hätte sie nicht Volkmar, ihren früheren Schulfreund, nach Aachen geschrieben, zur gleichen Zeit am Goldstrand Urlaub zu machen. Ihre Einladung machte mich nachdenklich. Ich hoffte, es dürfte in Warna keine großen Probleme zwischen Volkmar, Bärbel und mir geben. Zumindest hatte Bärbel erreicht, was sie beabsichtigte: Ich unterließ das Flirten mit Gudrun. Bärbel beruhigte mich:
„Volkmar ist nur ein Schulfreund. Ich empfand nie große Gefühle zu ihm. Und außerdem passt er nicht zu mir."
Sie fühlte, ihre Argumente überzeugten mich nicht.
„Er studiert in Aachen Bauingenieurwesen."
Nach wenigen Sekunden ergänzte sie:
„Volkmar kehrt nie in die DDR zurück."
Soll das heißen: Für Bärbel und Volkmar gibt es keine gemeinsame Zukunft? Vielleicht könnte ich Volkmar für meine Fluchtpläne instrumentalisieren? Ich stornierte die Reise nicht und flog mit Bärbel am 11. Juli mit der IL 18 von Berlin nach Warna. Wir genossen den ruhigen Flug. Die Sichtverhältnisse verbesserten sich zunehmend. Wir erkannten sogar die Donau und landeten abends in Warna. Der Bus brachte uns an den Goldstrand ins Hotel Obsor. Der Reiseleiter teilte die Gruppe in Zweibett-Zimmer auf. Bärbel bekam mit Sigrid ein Zimmer. Sie mussten sich erst kennen lernen.
„Herr Richter und Fräulein N. N. Zimmer 317", ertönte es durch die Hotelhalle.
Verwundertes Staunen und Neugierde meinerseits. Ein lautes Lachen von Bärbel aus dem Hintergrund. Wie mag sie nur aus-

sehen? Jung? Hübsch? Es meldete sich niemand aus der Gruppe. Inzwischen kam Bärbel zu mir mit fragender Miene. Wir wandten uns an den Reiseleiter.
„Das hat Berlin so eingeteilt."
Die Antwort genügte uns nicht.
„Sind Sie mit Fräulein N. N. nicht bekannt?"
Ich zögerte und wollte erst mal sehen, wer die Dame ist.
„Wollen Sie bei dieser Gelegenheit mit ihr bekannt werden?"
Macht er mit mir einen Spaß oder meint er das im Ernst? Ich schaute Bärbel an und gab mich unentschlossen. Nun wandte er sich an Bärbel:
„Oder wollen Sie mit ihm zusammenwohnen?"
Bärbel musste lachen und verneinte die Frage. Sie dachte an Volkmar. Hat der Reiseleiter mit uns einen Spaß gemacht oder haben sich die bisher etwas strengen Moralvorschriften geändert? Im Nachhinein stellte sich heraus: Die Dame war gar nicht mitgeflogen. Ich dummer Esel hätte schweigen sollen. Dann hätte ich ein Zimmer für mich allein gehabt. So musste ich mein Zimmer mit einem Herrn aus einer anderen Gruppe teilen.

Die ersten vier Tage verbrachten Bärbel und ich mit Schwimmen, Schnorcheln, Tauchen und Sonnen am feinen goldgelben Sandstrand. Bärbel stellte sich beim Tauchen an den Zwillingsfelsen recht geschickt an. Dort entdeckten wir eine üppige Unterwasserwelt: Krabben, Sehpferdchen, Krebse, Seesterne, viele bunte Fische. Die Felswände überwuchert mit Unterwasserpflanzen. Anschließend ließen wir uns im feinen Sand von der Sonne erwärmen. Das phantastische Schnorchelerlebnis regte sie an, mir erstmals von Volkmar ausführlicher zu erzählen. Über die gemeinsame Schulzeit. Das bevorstehende Wiedersehen mit ihm und mehr.
„Mit welchen Erwartungen wird Volkmar nach Warna kommen?"
Das bewegte Bärbel sehr stark und sie erwartete von mir eine Antwort.
„Das kann ich nicht sagen. Ich kenne ihn nicht."

Weshalb fragt sie mich? Sollte vielleicht ich sie bitten, mir Volkmars Hoffnungswünsche zu verraten? Sie bitten, seine Vorstellungen zu begrenzen? Sich ihm gegenüber zurückzuhalten? Sie sprach über Zuneigung, zwischenmenschliche Beziehung, Liebe ... Sie erwartete von mir eine Erklärung, wie ich zu ihr stehe, wie stark meine Gefühle ihr gegenüber seien. Zu diesem Thema blieb ich im Allgemeinen hängen. Ich wusste es in diesem Augenblick selbst nicht, wie stark ich mich mit ihr verbunden fühlte. Das weiß man erst dann, wenn einem eine liebe Person so richtig weh tut und man befürchten muss, sie zu verlieren.
Zu guter Letzt kam Bärbel wiederum auf Gudrun zu sprechen. Mit ernstem Gesichtsausdruck und festem Ton sagte sie:
„Jedes Mal, wenn wir Gudrun in der Stadt treffen, gibst du ihr einen Kuss auf die Wange!"
„Ist das so schlimm?"
„Es reicht doch, wenn du ihr die Hand gibst. Uli küsst sie doch auch nicht."
„Mit dem neuen Schuljahr zieht sie weg. Da hat sich das Problem erledigt."
Nach dem weniger erfreulichen Gespräch trafen Bärbel und ich am nächsten Tag Volkmar vor seinem Hotel Rodina. Die Begrüßung war herzlich, durch meine Gegenwart keineswegs überschwänglich. Volkmar machte auf mich einen positiven Eindruck: Kontaktfreudig und sportlich. Ich ließ beide allein und fuhr mit dem Bus nach Warna, besuchte den Sonntagsgottesdienst, schlenderte am Bahnhof und Hafen vorüber und fotografierte. Nachmittags badeten wir zu Dritt und nach dem Abendbrot ließen wir im Restaurant Meeresauge den Tag in gemütlicher Runde bei Tanz und Wein ausklingen. Sigrid und Ingrid – beide aus unserer Reisegruppe – genossen den Abend mit uns gemeinsam. Bärbel und Volkmar gingen noch eine Runde spazieren, nachdem die Musik aufgehört hatte zu spielen.

Eifersuchtsqualen

Am nächsten Tag schwamm ich mit Flossen und Schnorchel wie üblich bis zu den Felsen. Inge und Heinz aus unserer Gruppe begleiteten mich sogar bis zum Leuchtturm. Nach dem Mittagessen ruhte ich auf meinem Zimmer etwas aus, genoss von meinem Balkon den Blick auf die Weite des Meeres, wie sich die Sonnenstrahlen schaukelnd im Auf und Ab der Wellen widerspiegelten. Im Vordergrund der feine, saubere Goldsand, wie ich ihn von unserer Ostsee kannte. Obgleich die Sonne noch ziemlich hoch im Zenit stand, sonnten sich einige Urlauber am heißen Strand.

Was ist das für ein junges, schlankes Pärchen, dicht aneinander auf einer Decke liegend? Unmittelbar meinem Balkon gegenüber. Kaum dreißig Meter von mir entfernt. Nur die schmale Flanierstraße dazwischen. Beide lagen auf dem Bauch, ließen sich den Rücken bräunen. Die Gesichter nicht erkennbar. Die müssen doch mal ihre Köpfe heben, dachte ich. Mich interessierte ab nun nichts Anderes als diese zwei Menschen. Endlich – ein Insekt stach womöglich den schlanken Frauenkörper. Das Pärchen richtete sich auf. Es war in der Tat Bärbel mit Volkmar. Ich trat von der Balkonbrüstung zurück, wollte nicht erkannt werden und wählte meinen Beobachtungspunkt so, dass meine Augen ungehindert jede Kleinigkeit wahrnahmen.

Bald tat sich etwas. Sie cremten sich gegenseitig ein. Die Sonne brannte unaufhörlich. Meine Eifersuchtsphantasie ließ in den kreisenden Bewegungen Streichelmomente erkennen. Obwohl ich kein Wort verstand, verrieten mir ihre Gestiken und ihr Verhalten zueinander: Zwei Liebende genießen ihr Urlaubsglück am Schwarzmeerstrand. Meine verletzten Gefühle entschieden: Du gehst nicht mehr an den Strand, erledigst Urlaubspost. Es fiel mir schwer, mich zu konzentrieren. Ich war nicht Herr meiner Gedanken. In meinem Kopf drehte sich alles um Volkmar und Bärbel. Hatte sie mir in einem vertrauten Gespräch nicht mal offenbart, Volkmar passe nicht zu ihr? Er wäre nicht der Richtige!

„Wieso denn?"

Auf eine so persönliche Frage gab sie mir damals keine Antwort. Sie kannte allerdings meine Hartnäckigkeit und suchte nach einer passenden und doch mehrdeutigen Antwort.
„Wir haben zu unterschiedliche Gefühlserwartungen."
War ich mit so einer Antwort zufrieden? Natürlich nicht! Ich wusste, sie ist kein verschlossener Typ, kann auch über sehr Persönliches sprechen. Mit der Umschreibung „Gefühlserwartung" konnte sie damals was ganz Intimes gemeint haben. Deshalb unterließ ich es seinerzeit, ihre Gefühlswelt aufzudröseln.

Nach jeder Urlaubskarte schlich ich auf den Balkon, richtete ohne zu zögern meine Augen auf das Liebespärchen. Es war nur mit sich beschäftigt, ohne die Sonnenhungrigen um sich wahrzunehmen. Das miteinander Flirten ging mir auf die Nerven. Meine verletzten Gefühle verzerrten die objektiven Wahrnehmungen. Das Kartenschreiben glättete die Wogen der Eifersucht nicht. Wie kam ich nur auf die absurde Idee, Bärbel könnte mir mit Volkmar nicht wehtun? Wie ein Stasimann belauerte ich beide und kam zum Ergebnis: Bärbel muss ihre Meinung über Volkmar geändert haben! Das ist keine gespielte Liebelei. Meine aufgewühlte Seele suchte die Schuld bei mir. Habe ich Bärbels Weg zurück zu Volkmar vielleicht geebnet durch meine demonstrierte Sympathie zu Gudrun? Was weiß ich schon von ihr? So gut wie nichts! Ihre Neigungen, Vorlieben, Eigenarten, Hobbys – alles ist mir unbekannt. Zugeben, jede unscharfe Einschätzung aus ihrem Bekanntenkreis saugte ich nahezu süchtig auf. So vernahm ich, sie ließe Männer nicht näher an sie herankommen, hätte bislang keinen Freund gehabt. Womöglich ein gestörtes Verhältnis zur Männerwelt, folgerte ich. Die wenigen Informationssplitter erhöhten meine Neugier an ihr. Der Wahrhaftigkeit wegen muss ich es endlich gestehen: Ich lud Gudrun ein einziges Mal zu einer kleinen Spitztour mit meinem Motorrad in den Harz ein. Wir machten eine kurze Rast am Hang einer Waldlichtung. Von dort hatten wir einen wunderschönen Blick über das Selketal. Das warme Wetter, die Sonne und die Ruhe luden zum Verweilen ein. Das Surren der Insekten, das Singen der Vögel umrahmten die idyllische Situation. Auch Gudrun gefiel das traumhafte Plätzchen und genoss es sichtlich. Wer aber meint, sie wäre bereit gewesen, in diesen langen hoffnungsglücklichen Minuten Gefühle auszutauschen, der irrt. Nur eine einzige verdächtige Handbewegung wies sie mit einem freundlichen Lächeln eindeutig und bestimmt zurück.

Was hatte mich an ihrem zurückhaltenden Verhalten so fasziniert? Meine augenblicklich nahezu krankhafte Eifersucht veranlasste mich, darüber nachzudenken. Mir gefielen an Gudrun ihr ovales Gesicht und das dunkle Haar. Diese zwei Merkmale waren bei mir auffallend oft Sympathieauslöser Frauen gegenüber. Weshalb bin ich so unfrei bei der Wahl eines Lebenspartners, fiel mir auf. Wichtig sei, im Wesen und in den Eigenarten zusammen zu passen. Gleiche Interessen und Ziele zu haben. Gewissermaßen in die gleiche Richtung zu schauen. Ich grübelte nach und fragte mich, weshalb ich die zwei äußeren Merkmale überbewerte, obwohl mein Verstand den passenden Wunschpartner realistischer bewertet. Ich kam zum Ergebnis, mein Unterbewusstsein muss dafür verantwortlich sein. Habe ich in meiner Kleinkinderzeit ein Frauengesicht mit diesen zwei Besonderheiten in meinem Gehirn abgespeichert, ohne mich daran zu erinnern? Das Gesicht eines Kindermädchens? Nein, meine Eltern hatten keine fremde Betreuung für uns Kinder. Eine meiner drei älteren Schwestern? Ja, Lenchen! Sie besaß dunkle Haare, jedoch eher eine runde, slawische Gesichtsform. Meine Mutter? Soweit ich mich zurückerinnere, war ihr dunkles Haar von einer grauen Strähne durchzogen. Und sonst? Eine längliche, schöne Kopfform. Und die Strähne? Die habe ich als Kleinkind nicht wahrgenommen. Sie war sicherlich erst ansatzweise zu sehen. Endlich vermochte ich meinen Neigungszwang zu erklären. Die Psychologie besagt, das Unterbewusstsein wirkt stärker als das Bewusstsein. Das Unterbewusste sollte künftig nicht allein mein Leben bestimmen, insbesondere nicht bei der Partnerwahl. Die spitzfindige Analyse meiner Erinnerungen vermochte nicht meine aufgewühlten Gefühle zu beruhigen. Bärbel hatte dunkle Haare. Und ihr Gesicht? Eher slawisch! Wie ihre Mutter mir erzählte, war der Urgroßvater von Bärbel im neunzehnten Jahrhundert von Polen

nach Deutschland ausgewandert. Das verrät Bärbels Familienname. Michalak ist die polnische Form von Michael. Am Abend meines Eifersuchtstages fragte mich Bärbel:
„Warum bist du nachmittags nicht an den Strand gekommen?"
„Ich habe Post erledigt."
Die knappe Antwort und die Augen verrieten meinen Gemütszustand. Sie bohrte nicht nach. Darüber war ich froh. Ich bin nicht sicher, ob ich ruhig geblieben wäre.

Am nächsten Tag war eine Gruppenwanderung zu einem Männerkloster geplant. Die Kapelle und die Mönchszellen seien in den Sandkalkstein einer Felswand gehauen. Das interessierte mich und wird mich von meinem Kummer etwas ablenken. Leider verpasste ich die Gruppe. Auf eigene Faust wanderte ich von der Küste aus durch den dichten Wald hoch ins Landesinnere. Auf dem romantischen Waldweg traf ich keinen einzigen Menschen. Die Bäume zu beiden Seiten des Pfades von lianenartigen Rankengewächsen umschlungen. Bald lichtete sich der urwaldähnliche Laubwald. Er wurde niederstämmiger und ging in eine trockene, steppenartige Landschaft über, bewachsen mit kargen, harten Gräsern, Disteln und Buschwerk. Ab und an zierte eine Königskerze – eine hohe, gelb blühende Blume – die magere, wasserarme Ebene. In der Übergangszone zur offenen Landschaft fielen mir die vielen Vogelarten auf, die an der Wand eines Erdrutsches umherschwirrten: Bunte Vögel mit grünlicher Brust und rotbraunem Rücken, ähnlich einem Eichelhäher; Vögel mit gelbem Brustgefieder, so groß wie ein Spatz; Dohlen und auch wilde Tauben. Insgesamt kamen sie mir alle recht scheu vor. Auch eine grüne Eidechse entdeckte ich, etwa 20 Zentimeter lang. Ich ließ an diesem sommerlichen Vormittag die Natur auf mich zeit- und beziehungslos einwirken. Sie war für mich ein guter Wegbegleiter des Friedens und beruhigte meine aufgewühlten Eifersuchtsgefühle ein klein wenig. Von Insekten umsummt nahm ich lediglich das Schwirren der umherfliegenden Vögel wahr.

Meine Nachdenklichkeit und Einsamkeit unterbrachen im Weitergehen zwei Schäfer mit etwa hundert Schafen und zwei

Hunden. Die Hunde bellten zur Mittagszeit die Schafherde in ein kreisrundes Gehege, umgrenzt mit abgeschnittenem, dürrem Astwerk. Dort wurden die Schafe gemolken, etwa eine Tasse Milch je Tier im Sommer. Ein älterer Herr brachte die Schafsmilch mit einem Esel ins nächste Dorf. Die drei Männer waren sehr freundlich und luden mich zum Mittagessen ein: Salzheringe in Olivenöl und Essig eingelegt. Dazu Tomaten und Zwiebeln – alles auf einem großen Blechteller. Wir aßen zu viert mit den Händen vom Blechteller, tunkten mit dem Weißbrot das Öl- und Essiggemisch auf und verspeisten die kleinen Fischlein mit Eingeweide. Lediglich den Kopf warfen wir weg. Als Beigabe ließen wir uns salzigen Schafskäse und kleine, harte Birnen schmecken. Als Getränk gab es selbstgemachten, herben Rotwein und Wasser. Wir tranken alle nacheinander aus derselben Konservendose. Ein anderes Trinkgefäß habe ich nicht entdeckt. Auf dem aus Holzleisten selbstgezimmerten, speckigen Tisch befand sich ein einziges Besteck, ein verrostetes, kleines Taschenmesser.
Die drei Männer waren politisch interessiert und fragten mich: „Du Kommunist?"
Nur gut, dass ich mich mit Russisch etwas verständigen konnte. Sie waren mit der Kollektivierung unzufrieden. Entlohnt wurden sie mit Geld, Milch und Feldprodukten. Sie wollten wissen, ob ich Westdeutschland kenne. Für uns unverwöhnte DDR-Bürger mutete das Leben der Schäfer extrem bescheiden an. Sie schlafen bei ihren Tieren im Freien auf Stroh und Zeltbahnen. Bei Kälte verwenden sie einen Schafspelz oder schlafen in einer Hütte aus Ästen, beworfen mit Schafskot. Auf einer Feuerstelle haben sie die Möglichkeit, Milch zu erwärmen. Je nach Witterung beginnt dieses naturnahe Leben ab Februar und endet im Oktober. Das extrem einfache Leben dieser bulgarischen Schäfer stimmte mich sehr nachdenklich. Es gibt demnach heute noch Menschen in Europa, die ähnlich bescheiden leben, wie man es dem altgriechischen Philosophen Diogenes nachsagt. Und das alles nur wenige Kilometer vom Hotelleben an der Schwarzmeerküste entfernt! Ich verabschiedete mich sehr herzlich von ihnen und sollte nochmals zu ihnen hochkommen.

Bärbel hatte sich sehr viel Sorgen um mich gemacht, weil ich zum Mittagessen nicht da war. Ich traf erst abends gegen sechs am Hotel ein.
„Ich glaubte, dir sei etwas passiert", sagte sie.
Nach dem Abendbrot gingen Bärbel, Volkmar, Sigrid, Ingrid und mein Zimmerkollege ins „Meeresauge" tanzen. Bärbel kümmerte sich auffallend mehr um mich als um Volkmar. Das mag er registriert haben.
„Zwischen euch beiden ist was."
Ich tat so, als ob ich die Bemerkung überhörte. Bärbels Urlaubsfreundinnen unterhielten sich ebenfalls mehr mit mir als bisher. Sie wussten sicherlich von Bärbels Ängsten um mich. Ingrid wurde sogar deutlicher, indem sie feststellte:
„Am Anfang war es für dich schwierig, das Wiedersehen mit Volkmar zu tolerieren."
Bärbels Damen mussten meine deprimierte Stimmung bemerkt haben, obschon ich meine Eifersucht nicht zur Schau tragen wollte. Ingrid kommentierte die veränderte Situation recht zutreffend:
„Na ja, jetzt ist Bärbel nicht nur für Volkmar, sondern auch für dich wieder da."
Der Wein löste die Zungen und der gemeinsame Abend wurde zunehmend gemütlicher. Volkmar ließ den Tag mit der nicht ganz ernst gemeinten Frage an mich ausklingen:
„Wie fühlst du dich, von so vielen Frauen geliebt zu werden?"
Eine Stunde vor Mitternacht servierte mir Bärbel mein Mittagessen, das sie auf ihr Zimmer gebracht hatte.

In den nächsten Tagen kümmerte sich Bärbel nicht nur um Volkmar. Wir unternahmen vieles gemeinsam, gingen Schwimmen, Schnorcheln und Tauchen. Abends tanzten wir. Bärbels Urlaubsfreundinnen genossen mit uns die angenehmen Abende auf der Tanzfläche unter freiem Himmel. Volkmar bemerkte natürlich Bärbels verändertes Verhalten mir gegenüber. Als wir etwas abseits von der Tanzfläche standen, fragte er mich:
„Sag mal, wie stehst du zu Bärbel?"

„Ich habe sie vor einem Jahr hier erstmals gesehen, als ich mit meiner Schwester Urlaub machte."
Er wollte mehr wissen. Ich überlegte, was ich ihm sage, ohne ihm weh zu tun.
„Weißt du, ein halbes Jahr vor Bärbel habe ich in Leipzig eine Studentin kennen gelernt."
„Was hattest du in Leipzig zu tun?"
„Dort wohnen meine Eltern. Wenn ich sie alle vier bis sechs Wochen besuche, gehe ich manchmal mit dieser Bekannten aus. Wir sind auch schon mal zu Dritt baden gewesen."
„Wieso zu Dritt?"
„Da war ihre Mitstudentin dabei. Zu zweit haben sie ein Zimmer in Untermiete"
„Also keine sturmfreie Bude", bemerkte Volkmar.
„Das stimmt. Ich kenne inzwischen Bärbel besser. Wir wohnen in der gleichen Stadt und sehen uns öfter."
Volkmar verstand, was ich sagen wollte. Nicht die Zeitdauer ist Maß für das Kennenlernen einer Person, sondern wie oft man sich in unterschiedlichen Lebenssituationen begegnet und sie gemeinsam erlebt.
Volkmar dachte an seine persönliche Situation, indem er sich fragte:
„Hat es noch Sinn, mit Bärbel in Verbindung zu sein? Könnte sie von irgendjemand früher oder später ausgespannt werden?"
Ich schwieg. Findet er, ich sei der Jemand? Bislang hatte ich darüber nicht nachgedacht. Er seufzte:
„Es geht mir auf die Nerven zu warten."
Es fiel mir nicht schwer, mich in seine Gemütslage zu versetzen. Mit Bärbel, Inge, Ingrid und Sigrid gingen Volkmar und ich in die Casinobar Eis essen. So fanden die Turbulenzen des Tages nach Mitternacht einen geglätteten Abschluss.

Liberalere Moralvorstellungen

Zu unserer Reisegruppe gehörten zwei Medizinstudenten: Reiner – mediterraner Typ, äußerst attraktiv und Heinz, ein sympathischer Mitteleuropäer. Sie schliefen gemeinsam in einem Zweibettzimmer, waren sich nicht immer einig, wenn Reiner das Zimmer für Damenbesuch zu oft allein beanspruchen wollte. Während Heinz meistens mit uns etwas unternahm, erfuhr ich von Reiner kaum etwas. Nur Bärbel erzählte mir einiges, was sie von ihren Freundinnen erfahren hatte. Durch sein gutes Aussehen und selbstsicheres Auftreten – manche Frauen bezeichneten ihn sogar als arrogant, ist eine junge Frau aus Bärbels Freundeskreis schwach geworden. Danach hat Reiner sie geschnitten, nicht mehr beachtet und gegrüßt. Auch Ingrid, unsere junge Mutti, wollte er vernaschen. Sie hatte vor wenigen Monaten entbunden. Ihr Mann hütete zu Hause das Baby. Sie sollte sich am Schwarzen Meer etwas erholen. Reiner entdeckte an Ingrids Körper die typischen Schwangerschaftsstreifen, als sie im Bikini badete. Er warb um sie ausdauernd und hartnäckig.
„Sag mal Bärbel, weshalb war Reiner so scharf auf Ingrid?"
„Er behauptete, eine Frau sei nach einer Schwangerschaft besonders empfänglich für erotische Gefühle."
Ingrid gesellte sich dazu.
„Was der sich einbildet. Wie kommt er bloß auf den Gedanken! Ich bin schließlich verheiratet."
Sie war empört und blieb ihrer Auffassung treu. Reiner spielte den Beleidigten. Erst am Schluss des Urlaubes wechselte er ein paar freundliche Worte mit ihr.

Eines Nachmittags hielt ich mich mit Bärbel und ihren Freundinnen in der Empfangshalle unseres Hotels auf. Wir besprachen miteinander, was wir nach dem Abendbrot gemeinsam unternehmen könnten. Just in dem Moment kam Reiner die Hoteltreppe herab, dicht hinter ihm eine nette, braungebrannte, junge Frau. Etwas verwundert fragte er uns:
„Was habt denn ihr hier für ein Stelldichein?"

„Nur so", gab eine von uns die nichtssagende Antwort. Unsere Blicke konzentrierten sich auf die uns unbekannte Schönheit. Sie leicht verlegen. Er mit dem zur Schau getragenen Selbstbewusstsein. So verließen beide das Hotel, ohne stehen zu bleiben. Bärbel nahm mich zur Seite und fragte mich mit verhaltener Stimme:
„Hast du die Frau angesehen?"
„Na ja, sie sah gut aus."
„Ich meine ihr Gesicht."
„Da ist mir nichts aufgefallen."
Bärbel zögerte, bevor sie mich aufklärte.
„Das erotisch angeregte Gesicht. Die rotbraune Hautfärbung. Ist dir die nicht aufgefallen?"
Ich widersprach ihr nicht und nahm an, es sei die natürliche Hautfarbe. Bärbel vertrat die Meinung, Reiner sei mit ihr in seinem Zimmer gewesen. In diesem Urlaub stellte ich fest: Das Tabuthema Sexualität begann sich zu lockern. Vor etwa fünf Jahren war es in der DDR nicht erlaubt, mit einer Freundin oder guten Bekannten ein Hotelzimmer zu betreten, geschweige denn zu mieten.

Die kontaktfreudige Bärbel verhielt sich in der zweiten Urlaubshälfte sehr geschickt. Sie brachte es fertig, allen gerecht zu werden und niemanden vor den Kopf zu stoßen. Ihre Gespräche mit den erst kennen gelernten Urlaubsdamen führte sie offen und persönlich vertraut, als ob sie sich bereits jahrelang kannten. Im Beisein von Volkmar zeigte sie mir gegenüber keinen auffallenden Zuneigungsgefühlen. Als ich eines Abends mit Bärbel bereits tanzte und Volkmar etwas verspätet von seinem Hotel kommend in der Nähe der Tanzfläche erschien, entschuldigte sie sich und ging zu ihm hin. Sie lud ihn ein, an unseren Tisch zu kommen. Die Tischgespräche grenzten Volkmar keineswegs aus. Dennoch fühlte er: Der bisherige Mittelpunkt sei er nicht mehr, obwohl Bärbel sich wohlwollend ihm gegenüber verhielt. Beim Tanzen gestand sie mir:
„Versteh mich bitte! Ich will Volkmar nicht weh tun."
„Ich sehe es ein. Du hast Volkmar nach Warna eingeladen. Ich war nicht dagegen. Es ist schon gut."

Die Gedanken der Versöhnung taten mir sehr gut, obwohl sich über die spannungsgeladene Zeit der Eifersucht noch keine Patina des Vergessens gebildet hatte.
Einen Tag später traf ich Bärbel zufällig allein auf dem breiten, langen Gang ihres Hotelzimmers. Spontan umarmten wir uns. Nichts war zwischen uns, was uns trennte. Wir nahmen uns mit all unseren Sinnen wahr und genossen unser überhöhtes Versöhnungsbedürfnis, bis uns näherkommende Schritte in die Wirklichkeit zurückholten.

Fluchtdrama

Bis jetzt habe ich fast tagebuchartig genau über meinen zweiten Warnaurlaub berichtet. Er verlief wegen der Anwesenheit von Volkmar für mich unerwartet sehr emotional. Im Nachhinein frage ich mich, weshalb ich mir einbildete, zu Dritt einen ungetrübten, erholsamen Urlaub zu erleben. Die Erfahrung lehrt: Emotionen sind nicht berechenbar! Ohne zu hoffen geschah ein kleines Wunder. Dank des geschickten Verhaltens von Bärbel normalisierte sich unsere Dreierkonstellation. Das für unmöglich gehaltene nahezu problemfreie Zueinander begünstigte den weiteren Ablauf unseres Urlaubs. Wir vernahmen von irgendeiner Seite, einige hundert Meter vor der Mole des Hafens von Warna liege ein türkischer Frachter vor Anker. Er soll bulgarischen Zement nach Spanien liefern und warte auf einen Verladetermin. Am nächsten Tag fuhren Bärbel, Volkmar und ich mit dem Bus zum Hafen. Auf der Mole stehend sahen wir ungefähr siebenhundert Meter von uns entfernt ein großes Schiff in der breiten, trichterförmigen Hafeneinfahrt liegen. An der Steuerbordseite lasen wir in großen Lettern „Anadolu Istanbul". Euphorisch dachten Bärbel und ich an Flucht, Freiheit, neues Leben im Westen, obwohl ich mit ihr über meine Fluchtabsicht nicht direkt gesprochen hatte. Selbst für sie wäre es keine große Anstrengung, die kurze Distanz mit Flossen, Taucherbrille und Schnorchel bei Dunkelheit unbemerkt zu überwinden. Urplötzlich und spontan schoss mir der Gedanke durch den Kopf: Mit wem will Bärbel ein neues Leben im Westen beginnen? Mit Volkmar? Mit mir? Die einladende Fluchtgelegenheit verdrängte meine Zweifel. Bärbel hatte mir ja gestanden: Volkmar passe nicht zu ihr. Sie verstand es, all mein destruktives Denken zu vertreiben.
„Wir müssen unbedingt einen Matrosen der Anadolu auftreiben", schlussfolgerte sie.
„Unmöglich in einer Stadt mit zweihunderttausend Einwohnern. Finde mal eine Stecknadel im Heuhaufen! Das wäre sogar einfacher. Du weißt, wie eine Stecknadel aussieht", gab ich zu bedenken.

„In Aachen studieren auch Türken. Ich weiß, wie die aussehen", erklärte Volkmar.
Wir mochten Volkmar nicht so recht glauben, begaben uns dennoch ins Stadtzentrum, klapperten eine Gaststätte nach der anderen ab, bis Volkmar in einer Kaschemme in Rathausnähe zwei Türken erkannt zu haben glaubte. Leider entpuppten sie sich als Bulgaren türkischer Abstammung. Enttäuscht fuhren wir an unseren Urlaubsstrand zurück und fielen todmüde gegen Mitternacht ins Bett.

Am nächsten Tag ist Volkmar mit einem Bekannten nach Warna gefahren. Dort lernten sie einen Türken kennen, der jemand von der Anadolu kannte. Sie vereinbarten einen Termin für morgen. Inzwischen trainierten Bärbel und ich das Flossenschwimmen mit Schnorchel von einer Landungsbrücke zur anderen bei bewegter See. Bärbel schaffte zwei Kilometer.
„Das ist ungeübt eine gute Leistung", lobte ich sie.
Zwei Tage vor Abflug nach Berlin fuhren Bärbel, Volkmar und ich nach Warna. Wie vereinbart trafen wir am Hauptbahnhof einen türkisch aussehenden, untersetzten Mann. Er stellte sich als Emal, der Koch von Anadolu vor. Die Verständigung war äußerst schwierig. Er verstand kein Russisch. Sein Englisch beschränkte sich auf wenige Worte. Ist er tatsächlich ein Mann des türkischen Frachters oder tappen wir hier in eine Falle? Ein Mann vom bulgarischem Geheimdienst? Wir riskieren mehrere Jahre DDR-Gefängnis. Sollten wir wirklich unsere sicheren und gesellschaftlich anerkannten Arbeitsplätze, Bärbel als Lehrerin und ich als Konstrukteur, aufs Spiel setzen? Eigentlich blanker Leichtsinn! Trotz allem vertrauten wir ihm und nahmen das Risiko auf uns. Wir erklärten ihm mit Händen und Füßen unseren Fluchtplan. Er lehnte ihn nicht ab. Wir vereinbarten für morgen Nachmittag um drei ein Treffen an der Mole. Wird er kommen? Oder wird die Polizei im Hintergrund auf uns lauern, um uns zu verhaften? Wiederum verdrängten wir die aufkommenden Zweifel und glaubten an das Vorrecht junger Menschen, optimistisch sein zu dürfen.

Pünktlich trafen Bärbel, Volkmar und ich an der Mole ein. Emal kam wenige Minuten später dazu. Anhand einer kleinen Skizze erklärte er uns, er hänge eine Strickleiter am hinteren Teil des Schiffes backbordseitig gegen neun abends runter. „Einverstanden! Da können wir uns auf der vom Ufer abgekehrten Seite an der Schiffsaußenwand hoch hangeln."
Wir verabschiedeten uns von Volkmar ohne große Emotionen. Er fliegt nämlich schon vor uns nach Deutschland zurück. Wir bedankten uns für die große Mithilfe und hofften auf ein baldiges Wiedersehen. In der Stadt kauften wir Folienbeutel, verstauten darin wasserdicht unsere zwei Spiegelreflexkameras und die Ausweispapiere. Sicherheitshalber verwendeten wir jeweils zwei Beutel, schnürten sie zu und verstauten sie in einer Aktentasche. Geplant war, uns die Aktentasche umzuhängen und sie schwimmend zum Schiff zu bringen. Als Belohnung wollten wir Emal die zwei wertvollen Fotoapparate übergeben.
Jetzt ist alles gut vorbereitet, glaubten wir. Wir ließen uns in unserem Hotelrestaurant das Abendbrot gut schmecken und fuhren danach mit dem Bus voller Zuversicht und guter Dinge zum Hafen. Die Sonne ging hinter der Stadtsilhouette unter und die schützende Dämmerung senkte sich friedlich auf das Meer und die Küste. Das mediterrane Wetter und die ruhige See stimmte uns optimistisch: Die kurze Strecke bis zum Schiff – ein Sonntagsspaziergang! Die Strickleiter hochklettern. Auf Deck Emal und Bärbel im Hochgefühl des Glückes umarmen, so träumte ich.

Kurz nach neun trafen wir an der Mole ein. Bald darauf tauchte Emal hinter dem Damm auf. Große Enttäuschung! Anadolu ist wieder im Hafen. Dritter Anlegeplatz am Kai. Emal zeigte uns die Position. Wir durften den Frachthafen nicht betreten. Trotz der erschwerten Situation hielten wir an unserem Plan fest und spielten im Passagierhafen an der Absperrung zum Verladehafen ein verliebtes Pärchen. In den nächsten zwei Stunden bot sich keine günstige Gelegenheit, ins Wasser zu steigen und zur Anadolu zu schnorcheln. Wir fühlten uns zwar nicht gezielt

beobachtet, jedoch wiederholt gestört durch Spaziergänger und Schaulustige. Sie genossen den sommerlichen Abend.
Sicherlich hatte Emal wie vereinbart die Strickleiter an der Außenwand des Frachters hinabgehängt und geduldig auf uns gewartet. Etwa eine Stunde vor Mitternacht tauchte er auf und fragte mich:
„Warum nicht kommen?"
„Nicht gut. Menschen! Gefährlich!"
Ich zeigte auf paar restliche Spaziergänger auf der Mole. Es wurde zunehmend ruhiger im Hafen. Wir waren überzeugt: In der nächsten Stunde müsste es klappen. Mit diesem hoffnungsvollen Gespür übergab ich Emal die Tasche mit den Fotoapparaten. So können wir im nächstgünstigen Moment unbeobachtet ohne Gepäck ins Wasser gleiten. Ich schlug Bärbel vor:
„Setzen wir uns auf die unterste Stufe der Anlegestelle da vorn! So brauchen wir nicht von der oberen Kante der Kaimauer ins Wasser springen. Das fällt zu sehr auf."
Ohne Widerspruch nahmen wir dicht nebeneinander Platz, nur wenig über dem Wasser. Mein rechter Arm auf Bärbels Schulter ruhend. Unsere Sinne aufs Äußerste angespannt. Wird alles gelingen? Wir durchlebten ein Wechselbad der Gefühle zwischen Hoffen und Bangen. Das Spiel der Lichtreflexe auf der Wasseroberfläche, hervorgerufen durch den Widerschein der nächtlichen Hafenbeleuchtung, machte die nervliche Anspannung erträglicher. Auch die Gewissheit, einer für den anderen da zu sein, gab uns Kraft. Dennoch dachte jeder von uns an das Risiko, an die Zweifel, die ungewollt aufkamen, ohne sie nochmals auszusprechen. Sie verhinderten ein schnelles Handeln.
In diesem gebremsten Handlungszustand legte völlig unerwartet ein Boot in unserer unmittelbaren Nähe an. Ihm entstiegen Polizisten und weiß gekleidete Matrosenschüler der örtlichen Marineakademie. Sie verteilten sich aufs Hafengelände und suchten deutlich erkennbar die Wasseroberfläche ab. Wir saßen noch immer auf der letzten Treppenstufe und spielten ein verliebtes Pärchen, obwohl unser Herz bis zum Hals spürbar schlug. Die Matrosen fragten:
„Was wollt ihr hier?"

„Nix versteh!"
Natürlich hatte ich sie durch meine Russischkenntnisse verstanden, gab es jedoch nicht zu. Wir verließen die Treppe und gingen auf der Mole spazieren. Von da aus sahen wir, wie ein kleines Boot mit einem Scheinwerfer die dem Meer zugewandte Seite der Anadolu ableuchtete.
„Bärbel, die haben die Strickleiter entdeckt. Deshalb sind die Polizei und die Matrosen hier."
„Wir müssen die Flucht abbrechen. Hol die Tasche mit den Fotoapparaten wieder zurück!"
„Du hast recht, Bärbel. Wir müssen ja die Apparate beim Rückflug vorzeigen. Sie sind in der Ausweiseinlage eingetragen."

Ich begab mich zur Anadolu und wartete auf einen Kameraden von Emal. Die Polizei griff mich auf und brachte mich zum Hafentor mit dem Hinweis, morgen früh bekäme ich die Fotoapparate vom Chef des Hafens. Bärbel glaubte, sie hätte als Frau eher Erfolg und ging allein zum Schiff.
„Wir tragen die Fotoapparate in das Kontrollbuch der Anadolu ein", wurde ihr gesagt. Man brachte sie ebenfalls zum Tor. Enttäuscht nahmen wir in einer Kabine des Fahrgastschiffes Dimitroff Platz und schliefen dort mehr schlecht als recht bis zum Morgengrauen.
Der letzte Urlaubstag! Heute Mittag fliegen wir nach Berlin zurück. Ohne Apparate bekommen wir bei der Kontrolle Probleme. Ich eilte zur Anadolu. Zwei Polizisten empfingen mich.
„Bitte Chef holen! Fotoapparate!"
Einer der beiden holte ihn. Inzwischen sprach ich einen Kameraden von Emal an:
„Emal holen!"
Als Emal an Deck erschien, stand der Chef bereits am Kai. Sie unterhielten sich, ohne dass Emal den Frachter verließ. Ich hatte keine Gelegenheit, ihn über die schwierige Situation zu informieren. Emal war sehr aufgeregt, rauchte hastig an seiner Zigarette und ging von der Mitte des Schiffes zum Ende, um unsere Tasche zu holen. Als er mit mir Blickkontakt hatte, gestikulierte er mit seinen Händen so, als ob er die Fotoapparate

aus der Tasche herausnehmen wollte. Ich schüttelte erregt abweisend den Kopf. Enttäuscht über unser Missverständnis holte er unsere Tasche und übergab sie dem Hafenchef. In seinem Büro reichte er sie mir, ohne zuvor hinein zu schauen. Ich öffnete den Taschenverschluss, zerriss in der Tasche die wasserdichten Folienbeutel und zeigte ihm die unverpackten Apparate. Erst jetzt verstand ich, was Emal mir mit seinen Handgesten sagen wollte: Die Apparate von der verdächtigen, wasserdichten Verpackung befreien, was richtig gewesen wäre. Emal hatte in der Nacht sicherlich mitbekommen, dass das Polizeiboot im Scheinwerferlicht seine Strickleiter entdeckte und ihn als Fluchthelfer verdächtigen könnte. Bald füllte sich das Büro mit Männern, einheitlich gekleidet - dunkle Hose und weißes Hemd. Der Hafenchef stellte ihnen unseren Fall vor. Ich war aufs Schlimmste vorbereitet und erwartete niederschmetternde Anschuldigungen: Mehrfaches unerlaubtes Betreten des Hafengeländes und versuchte Flucht. Überraschend nahm lediglich ein älterer Herr im ruhigen Ton Stellung. Was mag er nur gesagt haben? Daraufhin führte mich der Chef aufs Hafengelände.

Ein junger Mann brachte Bärbel zu mir und verließ uns wieder, ohne ein Wort mit mir zu reden. Auf dem Wege zum Hafentor informierte mich Bärbel verhalten:
„Der junge Mann spricht sehr gut Deutsch. Er glaubt unsere Geschichte nicht."
„Welche Geschichte?"
„Dass wir hier vor der Mole gebadet hätten. Emal auf unsere Fotoapparate aufpassen sollte. Wir uns aber verspäteten und deshalb Emal sie aufs Schiff mitgenommen hätte."
„Gut, dass du mir das sagst. So hatte ich mit dir alles abgesprochen."
„Und außerdem, wie könnten wir einem Türken die Fotoapparate anvertrauen! Sei denn der Strand am Hafen besser als am Goldstrand? Ich könne doch gut schwimmen. Er hat scharf und logisch geschlussfolgert, unser Vorhaben durchschaut."
Am Tor angelangt, mussten wir unser Gespräch abbrechen. Wir sahen uns bereits im bulgarischen Gefängnis, als uns der

Chef über die Straße ins Polizeirevier führte. Mit weichen Knien stiegen wir die paar Eingangsstufen hoch. Er übergab uns der Volksmiliz und verabschiedete sich ohne Kommentar. Auch das noch!

Wir erwarteten besorgniserregende Entscheidungen. Ab jetzt muss ich meine mageren Russischkenntnisse auspacken:
„Wir müssen heute um zwölfuhrdreißig nach Berlin zurückfliegen."
Er telefonierte mit dem Flughafen von Warna.
„Da geht kein Flieger nach Berlin."
„Das stimmt nicht – Charterflug!"
In einem weiteren Telefonat bestätigte der Flughafen den Charterflug nach Berlin. Der Polizeibeamte glaubte uns dennoch nicht, dass wir zu dieser Reisegruppe gehören, die mit dem Charterflug nach Berlin zurückkehrt. Er rief unser Hotel an. Es bestätigte, wir beide fliegen in wenigen Stunden nach Berlin, Erst als wir dem Beamten glaubhaft zusagten, sofort mit dem nächsten Bus zum Hotel zu fahren, durften wir gehen.

Ende des Problemurlaubs

Ein unbeschreibliches Glücksgefühl überkam uns. Dankbar, dass es das Schicksal mit uns nochmals gut gemeint hatte. Uns war bewusst, in der DDR wäre unser Fall wegen Fluchtversuch mit Gefängnis bestraft worden. Weshalb waren sowohl die Hafenbehörde als auch die Polizei so nachsichtig? Beide glaubten sicherlich nicht unsere Lügengeschichte. Genauso, wie der junge Mann. Sie versuchten nicht, uns in einem strengen Verhör die Maske vom Gesicht zu reißen. Weshalb wohl? Sie wollten unseren Fall nicht hoch aufhängen. Ihn auf dem kleinen Dienstweg erledigt haben. Nicht die DDR-Behörden einschalten. Das könnte dem Tourismus schaden. Ihr Ziel war, einen weiteren Fluchtversuch zu verhindern.

Inge und Ingrid freuten sich, als wir sie noch vor neun im Hotel begrüßen durften. Unser Reiseleiter wartete im Frühstücksraum auf die verspäteten Gäste, registrierte unsere Anwesenheit und verließ den Raum, ohne uns einen Vorwurf zu machen. Mit dem Flieger der bulgarischen Fluggesellschaft Tabso landeten wir planmäßig am Nachmittag in Berlin. Gott sei Dank konnten wir bei der Zollkontrolle die Fotoapparate vorzeigen. So ging ein mehr aufregender als erholsamer Urlaub zu Ende.

Das außergewöhnliche Urlaubsexperiment mit Bärbel und Volkmar in Warna wirkte in mir nach. Es hatte mir gezeigt, wie intensiv ich mich mit Bärbel emotional verbunden fühlte. Trotzdem fragte mich mein Verstand: Ist das die Frau, mit der ich durchs Leben gehen kann? Wird sie die passende Mutter meiner künftigen Kinder sein? Es kamen wiederholt Zweifel auf. Eines Tages fragte ich sie:

„Bärbel, was wäre aus uns geworden, falls unsere Flucht in Warna gelungen wäre?

„Du meinst, wenn uns Anadolu nach Istanbul gebracht hätte?"

„Na ja, Volkmar war uns beiden sehr behilflich gewesen."

„Ich bin davon überzeugt: Die spektakuläre Flucht, unser Aufenthalt auf Anadolu, die Unterstützung der deutschen Botschaft

bei der Rückführung nach Westdeutschland hätten uns zusammengeführt."
„Bleibend?"
„Ich glaub schon."
„Und Volkmar?"
„Du weißt doch, er passt nicht zu mir."
„Er ist doch ein prima Kerl. Kameradschaftlich!"
„Ja schon. Aber auf der Gefühlsebene passen wir nicht zusammen."
Ich weiß, Bärbel ist eine mitteilsame Frau. Sie öffnet sich und kann auch über Intimes sprechen, sobald Vertrauen vorhanden ist. Ich wollte sie jedoch nicht näher ausfragen. Monate später erzählte sie mir, Volkmar sei in Ägypten und sie habe keine Verbindung zu ihm.

Bärbels große Enttäuschung

Eigentlich hätte ich mich jetzt klar für Bärbel entscheiden können. Tat es leider nicht. Stattdessen kam ich auf die Studentin in Leipzig zu sprechen, mit der ich mich im Laufe eines Jahres einige wenige Male getroffen hatte.
„Bärbel, du weißt doch, ich kenne jemand in Leipzig. Gib mir Zeit für eine Entscheidung!"
„Ich denke, du siehst sie selten."
„Das stimmt. Ein paar Mal haben wir uns getroffen."
„Und außerdem behauptest du, ihr kennt euch nicht näher."
„Das ist wahr. Ich habe mich von ihr immer vor der Haustür verabschiedet. Dort wohnt sie zusammen mit ihrer Mitstudentin in einem Zimmer in Untermiete."
„Wozu brauchst du Zeit für deine Entscheidung? - Ach, du willst sie wohl näher kennen lernen?"
Das Gespräch spitzte sich zu. Innerlich hatte ich mich längst für Bärbel entschieden. Im Grunde genommen wollte ich mich letztmalig mit der Leipzigerin treffen und mich von ihr verabschieden. Der Abschiedsschmerz wäre erträglich geblieben, zumal ich ihr von Bärbel erzählt hatte. Weshalb habe ich Bärbel meine Absicht nicht dargelegt? Warum gaukelte ich ihr eine offene Entscheidung vor? Ich verriet ihr meine Vorentscheidung nicht, weil ich ihr im Nachhinein sagen wollte, ich hätte mich zwischen zwei wertvollen Menschen für sie entschieden. So tun, als ob ich mir ein objektives Urteil anmaßen könne.
„Näher kennen lernen? Daran habe ich nicht gedacht. Ich habe ihr paar Monate vor dir auf dem Bahnhof den schweren Koffer tragen helfen."
„Was willst du damit sagen?"
„Ich bin ihr vor dir begegnet. Wir sind auch mal ins Kino gegangen."
„Warum ist für dich das Zeitargument so wichtig? Das kann ich nicht verstehen."
„Das ist nun mal eine Tatsache, ohne es überbewerten zu wollen."

Für Bärbel war das frühere Zusammentreffen mit der Studentin in Leipzig ein Scheinargument. Unser Streit verhärtete sich. Sie verstand meine Begründung so, als ob ich mich für Leipzig entscheiden wollte. Sie fühlte sich zurecht tief verletzt. Wir sahen uns weniger. Hinzu kam ihr zusätzliches Studium in Halle für die zweijährige Ausbildung als Sonderschullehrerin ab September 1964. Den Sommerurlaub verbrachte sie mit Katharina und Lia in Ungarn.

Türkische Grenze

Ich buchte wiederum einen Urlaub in Bulgarien, diesmal im Süden am Sonnenstrand bei Nessebar für fünfzehn Tage Ende Juli bis Anfang August. Die sowjetische IL 18 brachte unsere Reisegruppe von Berlin nach Warna und von dort mit dem Bus etwa hundert Kilometer an die herrliche Bucht mit feinem, breitem Sandstrand von Nessebar. Wir wurden untergebracht in kleinen Campinghäuschen, unweit vom Strand. Die Vollverpflegung erhielten wir in einem Strandrestaurant.

Die Nähe der türkischen Grenze verführte mich, eine Flucht an der Küste nach der Türkei zu riskieren, ohne zu wissen, wie stark diese Region militärisch abgesichert ist. Ich begann sofort mit dem Konditionstraining. Stundenlang schwamm ich mit Flossen, Tauchermaske und Schnorchel bis zur Erschöpfung. Auch bei kurzen, relativ hohen Wellen. Völlig ausgelaugt und entkräftet legte ich mich danach in den warmen Sand und wartete so lange, bis sich das Auf und Ab der Wellen im Gleichgewichtsorgan beruhigte. Sonntags besuchte ich den katholischen Gottesdienst in Burgas. Nach der Messe kam ich mit Besuchern aus Westdeutschland und dem jungen bulgarischen Kaplan ins Gespräch. Bald merkte ich, die Kirche hier in diesem Lande hat einen viel schwereren Standpunkt als in der DDR. Der Kaplan wohnte in der kleinen Sakristei und war auf Almosen angewiesen. Die Kirchgänger gaben ihm nach dem Gottesdienst etwas Geld in seine Hand. Ich versuchte, mit einem westdeutschen Ehepaar ins Gespräch zu kommen. Es plante, mit ihrem Auto in die Türkei weiter zu fahren. Mich interessierte, wie stark die Bulgaren ihre Grenze zur Türkei abgesichert hatten. Leider lernte ich das Pärchen nicht näher kennen. Ich traf es zwar nochmals am Strand, doch unglücklicherweise baute sich in der kurzen Begegnung kein Vertrauensverhältnis auf. Ich wagte daher nicht, solch sensible Fragen zu stellen und hoffte, die bulgarisch-türkische Grenze sei nicht so lückenlos abgesichert wie die innerdeutsche Grenze.

Nach wenigen Tagen entschloss ich mich, nach dem Mittagessen mit dem Bus gen Süden nach Sozopol zu fahren. Diese Stadt war bereits viele hundert Jahre vor Christus von den Thrakern besiedelt worden. Sie hat eine bemerkenswerte Altstadt, vergleichbar mit Altnessebar. Die felsige Steilküste lud natürlich zum Tauchen ein. Begeistert von der farbenfrohen Fauna und Flora genoss ich die noch völlig intakte Unterwasserwelt. Leider musste ich mich vom neu entdeckten Tauchparadies nach einer Stunde wieder verabschieden. Der Bus brachte mich pünktlich zum gemeinsamen Abendbrot an den Sonnenstrand. Mein Reiseleiter brauchte mich nicht als vermisst an die Hotelleitung melden.
Sollte ich es wagen, über die Schwarzmeerküste in die Türkei zu fliehen? Ich war innerlich hin- und hergerissen – ein unkalkulierbares Risiko! Werde ich es physisch und nervlich durchhalten? Vor so einer folgenschweren Entscheidung über Leben und Tod belastete mich erneut ein Kampf zwischen Hoffen und Zweifeln. – Ich muss es versuchen! Andernfalls komme ich nicht zur Ruhe. Ich trainierte in der zweiten Urlaubswoche unvermindert weiter. Nebenbei überlegte ich mir, wie ich nach dem Mittagessen schnell in Grenznähe kommen kann. Die große Bucht von Burgas mit dem Bus zu umfahren, raubt mir zu viel Zeit. Ich entschied, mit dem Schiff von Nessebar direkt nach Sozopol zu fahren. Das monotone Tuckern des Motors, die ruhige See und der wohltuende Fahrtwind wirkten wie Balsam auf mein Gemüt. Ich kam zur Ruhe und verdrängte die Ängste meines abenteuerlichen Vorhabens.

Am Hafen angelegt wartete bereits der Bus in Richtung Süden. Ich löste eine Fahrkarte bis zur Endstation Tserevo, ohne zu wissen, was mich dort erwarten wird. Sommerlich gekleidet trug ich auf dem Rücken einen kleinen Rucksack mit Flossen, Tauchermaske und Schnorchel. Eine Flasche Wasser und eine Notration Proviant durfte nicht fehlen. Als einer der wenigen Touristen fiel ich unter den heimischen Fahrgästen nicht sonderlich auf. Die bulgarische Sonne hatte in den zwei Wochen meiner Haut eine braune Tarnfarbe verliehen. Ich vermied jeglichen verbalen Kontakt. Sonst hätte ich mich als Ausländer zu

erkennen gegeben. Bei jedem Halt stiegen Menschen aus und ein. Es war ein typischer Nahverkehrsbus älterer Bauart. Trotz der Ungewissheit, was mich erwarten wird, war ich während der Fahrt nicht unruhig. Der Bus brachte mich ja in die Nähe der Grenzregion - meinem Ziel entgegen. Er erreichte so gegen fünf nachmittags die Endstation. Welch ein Schock! Polizei erwartete uns an der Haltestelle. Wir mussten alle vorn beim Busfahrer aussteigen. Mehrere Polizisten kontrollierten die Ausweise. Ich wollte mich der Kontrolle entziehen und trat zur Seite. Doch der Blickkontakt eines Polizisten sagte: Tu das nicht! Ich zeigte bereitwillig meinen DDR-Personalausweis mit der Touristeneinlage für Bulgarien. Er behielt meinen Pass und wies mich an zu warten, bis er alle Fahrgäste kontrolliert habe. Wie erstarrt blieb ich stehen. Ohne Pass war an Flucht nicht zu denken. Wird er mich verhören? Das Hotel anrufen oder mich gar verhaften?
„Wo wohnen?", fragte er mich.
„Nessebar, Sonnenstrand!"
„Alles hier anschauen?
„Ja."
„Abends zurück?"
Ich nickte. Danach reichte er mir meinen Pass zurück. Mir fiel ein Stein vom Herzen. Die bulgarischen Sicherheitskräfte nehmen ihre Aufgabe nicht so preußisch genau wie ihre Brüder in der DDR, stellte ich erneut fest. Ich schaute mir interessiert die nächste Umgebung an, bis die Polizei verschwunden war und verließ den Ort, überquerte die Küstenstraße und wanderte etwa einen halben Kilometer auf einem Waldweg ins Landesinnere. So kann niemand mein Vorhaben von der Straße aus beobachten, schlussfolgerte ich. Der Weg wurde alsbald schmaler und ging im hügligen, aufgelockerten Waldgelände in einen Pfad über.

Plötzlich tauchten hinter einem Buckel Soldatenköpfe auf. Die Truppe von etwa zehn, zwölf Mann marschierte im Gänsemarsch schnurstracks auf mich zu. Obwohl sie noch einen Abstand von etwa hundert Meter hatte, schoss es mir wie ein Blitz durch den Kopf: Die Soldaten haben den Auftrag, mich gefangen zu nehmen. Wie konnte ich nur die bulgarischen Sicherheitskräfte so unterschätzen! Sie haben sogar das Militär zum richtigen Zeitpunkt alarmiert. Was tun? Fliehen? - Unmöglich! Mein Gehirn war total blockiert und konnte keine Entscheidung treffen. Die Truppe machte Halt. Kurz darauf marschierte sie weiter auf mich zu. Vor lauter Angst spürte ich einen nervösen Druck auf der Blase, verließ den schmalen Weg und wanderte über Grasgelände, von Buschwerk unterbrochen. Nur nicht fliehen! Sonst mache ich mich verdächtig. – Keine Reaktion der Soldaten! Sie interessierten sich nicht für mich. Ich ordnete meine Gedanken und kam zum erlösenden Ergebnis: Das sind Rekruten, die im Gelände eine Übung durchzuführen haben.

Ich atmete tief durch und setzte meinen Marsch in Richtung Süden fort. Der Wille, der türkischen Grenze näher zu kommen, war so elementar und mächtig, dass ich alle Gedanken über Risiken und Unwägbarkeiten verdrängte. Trotz der Ängste, die ich durchgestanden hatte, fühlte ich mich körperlich fit. Ich bereitete mich auf die Nacht vor und prägte mir das Gelände detailliert ein. Zur Linken sah ich im Abstand von ungefähr einem Kilometer die Küste mit dem offenen Meer. Das leicht wellige Bodenprofil mit Baumgruppen und Sträuchern verdeckte die Küstenstraße. Rechts von mir zog sich eine sanfte, waldumrahmte Hügelkette nach Süden hin. Das Landschaftsbild bot mir Sicherheit, bei einbrechender Dunkelheit die Richtung nicht zu verfehlen. Weit und breit sah ich kein Haus. Das Land war landwirtschaftlich weitestgehend ungenutzt. Der Boden ausgetrocknet, rissig mit harten Gräsern, Disteln, Dorngestrüpp und Buschgruppen bewachsen. Höchstens geeignet, um Schafe weiden zu lassen. Durch diese undurchwanderte, weglose, steppenartige Gegend versuchte ich vorwärts zu kommen. In dem Gott verlassenen, menschenleeren Landstrich fühlte ich mich unbeobachtet und sicher. Selbst auf der Straße nach Achtopol zur Grenze zu hörte ich kein einziges Auto fahren. Leider kam ich nur langsam voran. Ich musste dichtem Buschbewuchs, Hecken und Gestrüpp ausweichen und Gräben überwinden.

Der Tag begann sich zu verabschieden. Die Nacht senkte sich auf die vom Pulsschlag der Zeit vergessene Landschaft. Das dunkle Grau der Hügelkette vor dem Nachthimmel war gerade noch erkennbar. Hindernisse ließen sich lediglich erahnen. Quer verlaufende, ausgetrocknete Bachläufe mit ihrem fast undurchdringlichen Uferbewuchs bildeten schwierige Barrieren. Nicht selten blieb ich an Dornen hängen, stolperte. Im noch fernen Grenzbereich sah ich Scheinwerfer aufblitzen. Sie beleuchteten die Küstenregion und suchten das Meer periodisch nach Grenzverletzern ab. Bei jedem mühsam zurückgelegten Kilometer wurde das Scheinwerferlicht intensiver. Ist ein Durchkommen überhaupt möglich, fragte ich mich. Zweifel kamen auf. Der schwenkbare Scheinwerfer schien auf einem Turm montiert zu sein. Über eine entsprechende Optik können die Grenzwächter flüchtende Schwimmer erkennen. Auch Schnorchler? Bei bewegter See und entsprechender Entfernung wohl kaum, hoffte ich.
Ich begann, meinen Fluchtplan neu zu überdenken. Ich sah ein, in dieser Nacht nicht die Grenze zu erreichen. Einmal kam ich langsamer voran als geplant und zudem verschätzte ich mich in der Entfernung. Deshalb nahm ich mir für heute Nacht vor, so weit wie möglich in Grenznähe zu kommen und bei Tagesanbruch mir im Wald ein Schlafplätzchen zu suchen. Nach dem Schlaf hoffe ich, auf irgendeine Weise Wasser und etwas Essbares aufzutreiben und nach Sonnenuntergang die Grenzbewachung zu erkunden. Meine Einstiegsstelle ins Meer müsste mehrere Voraussetzungen erfüllen. Ich dürfte bei der Erkundung von den Grenzern nicht entdeckt werden. Dazu benötige ich einen guten Schutzengel. Den Zeitpunkt hätte ich bei Einbrechen der Dunkelheit, aber noch vor dem Einschalten der Scheinwerfer zu wählen. Bei Vollbetrieb der Beleuchtung sollte ich möglichst einen Kilometer von der Küste entfernt im Meer sein. Hoffentlich erkennt der Mann hinter der Scheinwerferoptik meinen bis zehn Zentimeter aus dem Wasser herausragenden Schnorchel nicht! Ich sollte nicht mehr als acht Kilometer nördlich von der türkischen Grenze einsteigen. Meiner Kondition sind maximal fünf Stunden Flossenschwimmen für zehn Kilometer zumutbar, schätzte ich. Ich wünschte mir eine

etwas bewegte See mit Wellengang. So hat es der Mann hinter der Optik schwerer, mich zu entdecken. Das ist meine nächtliche Analyse für die nächsten vierundzwanzig Stunden, meinte ich. Sind die Bedingungen überhaupt erfüllbar? Bitte nicht euphorisch werden! Alle meine Überlegungen kritisch hinterfragen! So sagte ich mir. Wie üblich kamen Zweifel in meiner nächtlichen Einsamkeit auf.

Inzwischen hatte sich das Gelände verändert. Abgeerntete Felder lockerten das brachliegende Land auf. Endlich mal kein hinderliches Gestrüpp! Ich kam am Rande eines Stoppelfeldes gut voran. Plötzlich trat ich mit dem rechten Fuß auf ein menschliches Etwas. Ich erschrak. Eine Leiche war mein erster Gedanke. Als Kind hatte ich im Wald beim Beerensammeln mal eine Leiche gefunden. Der damalige Schreck steckte mir noch tief in den Knochen. Nein, der Körper bewegte sich, begann sich aufzurichten. Ein Mann, ein Grenzer ging mir durch den Kopf – alles aus! Ich blieb erstarrt stehen. Sagte kein einziges Wort. Sekunden wurden zur Ewigkeit. Im Dunkeln erkannte ich einen bärtigen, alten Mann. Er stützte sich mit dem Arm auf einer Matratze oder einem Strohsack ab. Genaueres war ich nicht in der Lage zu erkennen. Ohne ein Wort zu sagen, legte er sich wieder hin. Ich atmete tief auf und setzte meinen nächtlichen Marsch fort. Als sich meine Pulsfrequenz normalisiert hatte, fragte ich mich: Weshalb schläft der Bauer nachts auf seinem Feld unter freiem Himmel? Ob er mit seiner Arbeit nicht fertig geworden ist? Einen zu weiten Heimweg hat und morgen früh gleich weitermachen will? Es musste schon weit nach Mitternacht gewesen sein. In der Dunkelheit erkannte ich nicht meine Uhr. Das Zeitgefühl hatte mich verlassen.
Was wird mich wohl noch alles erwarten bei meinem abenteuerlichen Unternehmen, dachte ich. Seit gestern Abend drei nervenbelastende Schrecksituationen! Gott sei Dank mit gutem Ausgang. Werde ich weiterhin Glück haben? Ich verlor nach und nach meine Zuversicht. Was sage ich, falls ich gestellt werde? Ich habe mich verlaufen, glaubt mir der gutmütigste Grenzwächter nicht. Und das alles in der Nähe der türkischen Grenze.

Im Wechsel von Hoffnung und Mutlosigkeit setzte ich meinen einsamen Nachtmarsch fort, begleitet von mahlenden, kreisenden, bedrückenden Gedanken. In den vielen Stunden des Unterwegsseins war ich von meinem Ziel recht weit entfernt. Ich bin nicht ständig geradewegs nach Süden gegangen – manch ein Hindernis ließ es nicht zu. Wegen der Sicherheit wich ich ebenso von der Küstenlinie und Straße ab, vergrößerte den Abstand dazu absichtlich. Eine gewisse Orientierungsschwäche überkam mich in der nächtlichen Dunkelheit. Habe ich die Höhe von Ahtopol erreicht? Ich begann zu zweifeln. Liegen möglicherweise zwei Drittel des Fluchtweges noch vor mir? Trotz allem marschierte ich mutig weiter. Nach etwa einer halben Stunde begann der Horizont über dem Meer heller zu werden. Das Morgenlicht wächst. Die Scheinwerfer erloschen. Die schützende Nacht ging zu Ende. Der beginnende Morgen begrüßte einen neuen Tag. Auf meiner Uhr erkannte ich die Zeit: Wenige Minuten vor vier. Um mich brachliegendes Land mit den typischen Pflanzen der Trockenböden. Nach dem Meer zu etwas erhöht die Küstenstraße. Dahinter etwas tiefer gelegen ein abgemähtes Getreidefeld. Die Garben zu Puppen zusammengestellt. Eine willkommene Schlafgelegenheit, erinnerte ich mich. Als Schüler hatte ich mitunter in solch Getreidepuppen geschlafen, wenn ich als Anhalter in Westdeutschland unterwegs war und sich keine andere Schlafmöglichkeit bot. Ich krabbelte die Straßenböschung hoch, wollte die Straße zum Getreidefeld überqueren. – Was sah ich da? Einen Mann in Uniform an der oberen Kante der Steilküste stehen. Mit dem Rücken zu mir gewandt, schaute er aufs Meer hinaus. Seine Kopfbewegung verriet mir: Die Augen suchen die Küste nach Grenzverletzern ab. Ein idealer Beobachtungspunkt: Erhöhter Küstenvorsprung. Der Wald rechts und links von ihm etwa hundert Meter unterbrochen. Der Mann von mir etwa sechshundert Meter entfernt. Mit angespannten Sinnen beobachtete ich ihn eine Weile, konnte jedoch nicht feststellen, ob er eine Waffe trug oder ein Fernglas benutzte. Plötzlich drehte er sich um und schaute in meine Richtung, nahm mich aber nicht wahr. Der Fahrdamm der Straße bot mir Sichtschutz. Ich traute mich nicht, die Straße zu überqueren. Er wandte sich in unregelmäßigen Zeitabständen um und könnte mich eventuell sehen, wenn ich über den Fahrdamm husche. Ich fand in meiner Nähe eine kleine Straßenbrücke über einen ausgetrockneten Graben. Auf dem Grabengrund stolperte ich gebückt durch die Brücke und gelangte so zu dem tiefer gelegenen Stoppelfeld., das der Wachposten nicht einsehen konnte. Mit ein paar Garben vergrößerte ich eine Getreidepuppe und schlief alsbald in ihr völlig erschöpft ein.

Nach zwei Stunden erwachte ich mit neuem Lebensgefühl. Es half mir, meine Extremsituation realistisch zu überdenken. Der erholsame Kurzschlaf in der vertrauten Garbenhöhle mit dem Erntegeruch aus meiner Kindheit, der Morgen mit der aufgehenden Sonne gaben mir die ersehnte innere Ruhe. Sollte ich selbstmörderisch weiter mein Ziel verfolgen nach all den erlebten, entmutigenden Ängsten der letzten Stunden? Und jetzt bereits die aufmerksame Küstenbewachung viele Kilometer nördlich von der türkischen Grenze! Ich frage mich: Brauch ich die Gefahr? Kann ich ohne Gefahr nicht leben? Wenn schon Abenteuer, dann auch Sicherheit. Ich gab meinem problemlösenden und handlungsorientierten Denken Raum und entschloss mich, mein nahezu aussichtsloses Vorhaben abzubrechen. Niemand sprach mir Mut zu, mein Ziel weiter zu verfolgen. Mein völliges Alleinsein war gleichsam ein guter Nährboden für meine Entscheidung. Wie ein Maulwurf kroch ich aus meiner Schlafhöhle heraus und ging im nicht einsehbaren Abstand zur Straße zurück. Da ich kein einziges Fahrzeug in der Morgenstunde sah, benutzte ich alsbald die Straße, um schneller zur Bushaltestelle Nesebar in Tsarevo zu kommen. Nach etwa drei Stunden Fußmarsch saß ich entspannt im Bus. Noch vor zwölf Uhr betrat ich mein Campinghäuschen am Sonnenstrand und streckte mich auf meinem bequemen Bett aus. Ein wohltuendes Gefühl, verglichen mit der ausgetrockneten, harten Erde des Getreidefeldes.
Bevor ich eingeschlafen war, klopfte jemand an meine Tür.
„Herein."

Eine der beiden Damen aus dem Nachbarhäuschen stand in der Tür.
„Du musst sofort zu unserem Reiseleiter gehen. Er hat dich bereits als vermisst gemeldet."
„Warum tat er das?"
„Du hast zweimal beim Essen gefehlt. Gestern Abend und heute Früh!"
Auch das noch! Was sage ich ihm bloß? Ich kann ihm unmöglich die Wahrheit erzählen, überlegte ich.
„Ich danke dir."
Ohne der sympathischen Nachbarin Näheres über meine Abwesenheit zu erklären, begab ich mich sofort ins Hotel.
Der Reiseleiter sehr ernst, aber ruhig und sachlich:
„Wo waren Sie seit gestern Abend gewesen?"
„In Sozopol zum Tauchen."
„Und warum waren Sie gestern zum Abendbrot nicht zurück?"
„Ich hatte den letzten Bus verpasst."
„So. – Sie haben doch eine Uhr."
„Ach, wissen Sie. Dort ist ein wunderschönes Tauchparadies. Da hatte ich mein Zeitgefühl verloren."
Er schwieg für einen Moment, als ob er mir nicht glauben wollte. Ich bat ihn um Entschuldigung.
„Wo haben Sie dann geschlafen?"
„In einer Getreidepuppe", antwortete ich spontan.
Nur gut, dass ich beim Verhör Elemente des Erlebten mit einzubauen vermochte. Seine Zweifel begannen sich aufzulösen.
„War denn in Sozopol ein Getreidefeld?"
„Ja, in der Nähe."

Gelegenheit, sich zu verlieben

Es fiel ihm nicht leicht, den Bericht über meine Abwesenheit abzuändern. Er hatte es mir zum Schluss zugesagt. Dankbar verabschiedete ich mich von ihm, genoss ausgehungert das Mittagsmahl und schlief danach wie ein Toter in meinem Campinghäuschen. Ausgeruht und überglücklich erwachte ich noch vor dem Abendbrot. Es ist wiederum alles gut gegangen, wurde mir bewusst. Ich schickte ein großes Dankgebet gen Himmel. Nach dem Abendbrot besuchte ich mit Teilnehmern meiner Reisegruppe wie üblich ein gemütliches Restaurant und ließ den Tag bei einer Flasche Wein und flotter Tanzmusik ausklingen. Ich tanzte mehrmals mit der attraktiven Nachbarin. Gewissermaßen als Dank, dass sie mir den Tipp gegeben hatte, den Reiseleiter aufzusuchen. Ich merkte, sie tanzt gern mit mir. Bald spürte ich, sie mag mich, obwohl wir als Nachbarn bislang weder ausführliche Gespräche miteinander geführt noch etwas gemeinsam unternommen hatten. Beim dritten, etwas engeren Tanz flüsterte sie mir ins Ohr:
„Ich dachte, du wärst schon in der Türkei."
Ich fühlte ihre Zuneigung und war spontan erfreut, ja überglücklich nach der Nacht voller Strapazen und Ängste. Hat sie ebenso die Absicht zu fliehen? Dann könnten wir gemeinsame Pläne schmieden! Ich war auf dem besten Wege, mich in sie zu verlieben. Zu zweit durchsteht man kritische Situationen bei solch wagemutiger Unternehmung leichter. In mir tobte ein Kampf zwischen Vernunft und Neigung. Soll ich ihr die Wahrheit erzählen? Wir kennen uns so gut wie nicht, mahnte meine Vernunft. Meine Zuneigung klammerte sich wie eine Klette an ihr Äußeres: Dunkles Haar, ovales Gesicht, jugendlich-schlanke Figur... Und möglicherweise die gleichen Fluchtabsichten! Plötzlich übermannte mich die Furcht, sie könnte den Test meines Fluchtweges ohne böse Absicht ausplaudern.
„Ich war in Sozopol tauchen. Von dort ist es noch weit bis zur türkischen Grenze."
Ob sie mir das glaubt? Ich war unsicher und wollte ihr am liebsten die ganze Wahrheit anvertrauen. Nein! Ich muss bei

der gleichen Lügengeschichte bleiben wie beim Reiseleiter. Hat er sie sogar beauftragt, mich auszuhorchen? Der Gedanke ließ mich nicht los und hinderte mich daran, sie erneut zum Tanz aufzufordern. Bald interessierten sich andere Tänzer für die attraktive Dame.

In wenigen Tagen ging der Nesebarurlaub zu Ende. Auf dem Heimflug stellte sich heraus, die junge Frau wohnt in Leipzig. Als ich mich auf dem Hauptbahnhof von ihr verabschiedete, wollte ich unsere Adressen austauschen, um so ihre politische Einstellung kennen zu lernen. Ich war jedoch zu vorsichtig und unterließ es.
Im Nachhinein war es richtig, meinen Fluchtversuch an der Schwarzmeerküste abzubrechen. Die Bulgaren hatten ihre Grenze zur Türkei ausgedehnter abgesichert als am innerdeutschen Stacheldrahtzaun. So erfuhr ich: Sinemorec an der Schwarzmeerküste ist bereits militärisches Sperrgebiet, obwohl es zehn Kilometer vor der Grenze liegt. Die Bewacher sollen sogar auf Flüchtlinge im Meer sofort geschossen haben, ohne zu versuchen, sie einzufangen. Daher schlug ich mir aus dem Kopf, in Bulgarien zu fliehen.

Mutter Elbe

Der Alltag hatte mich wieder: Montag bis Sonnabend im Konstruktionsbüro. Nach Feierabend im Konsum einkaufen. Manchmal legte die freundliche Verkäuferin von der knappen Ware etwas für mich zurück. Abendbrot und etwas entspannen. Danach zu Katharina und Lia um die Ecke zur Zwanzig-Uhr-Tagesschau. Diskussionen über Ost-West-Themen. Spaziergang über den Burgberg. Wochenendplanungen... Inzwischen hatte Bärbel ihr zweijähriges Studium in Halle aufgenommen. Sie ließ sich seltener in Aschersleben sehen. Dafür hatte ich mehr Zeit, mit Uli etwas zu unternehmen. Er schlug vor, sein Bruder Helmut in der Nähe von Arendsee zu besuchen. Ich sagte spontan zu, als ich erfuhr, Arendsee befinde sich unweit von Wittenberge. Demnach in Elb- und Grenznähe. Ich kaufte mir einen Taschenatlas „Die zwei deutschen Staaten". Bald merkte ich, alle Gebiete entlang der innerdeutschen Grenze sind ungenau und nicht detailliert dargestellt. An einem sonnigen Wochenende im August 1964 brachte meine Jawa uns nach Arendsee in der Altmark: Feldlandschaft mit eingestreuten Waldgebieten, dazwischen meist kleine Dörfer. Eine erholsame, ruhige Gegend. Fast wie in Mecklenburg. Mein Ziel war, das Elbgrenzgebiet westlich von Wittenberge kennen zu lernen. Natürlich verschwieg ich meine Absicht Uli und Helmut gegenüber und erzählte ihnen:
„Wenn ich hier oben bin, will ich mal Wittenberge besichtigen. In zwei Stunden bin ich wieder zurück."
„Pass auf, wenn du vor der Stadt die Elbe überquerst! Die Elbbrücke wird nicht nur für den Straßenverkehr benutzt. Auch Züge fahren drüber. Dann kann sie längere Zeit gesperrt sein", informierte mich Helmut.
„Sind da die Eisenbahnschienen im Straßenbelag eingebettet?"
„Genau so ist es."
„Das habe ich bisher noch nicht gesehen. Macht nichts."
So verabschiedete ich mich von Beiden.

Nach etwa einer halben Stunde passierte ich die Brücke. Ich hatte Glück. Sie war frei. Von der Stadt sah ich mir so gut wie nichts an, bog alsbald links ab in Richtung Cumlosen. Wie ein Magnet zog es mich dorthin, obwohl sich ein nervöses Gefühl in der Bauchgegend bemerkbar machte. Meine Jawa war das einzige Fahrzeug auf der Straße. Ich verminderte mein Tempo. Rechts der Straße Wald, links die typische Flusslandschaft – Feuchtwiesen, ab und an Buschwerk, vereinzelt Baumbestand. Dahinter der Elbdeich in langgezogenen, mäanderartigen Windungen. So hoch, dass er die Elbe völlig verdeckte. Nach wenigen Kilometern am rechten Straßenrand ein großes Schild: Achtung Sperrgebiet! Weiterfahrt ohne Erlaubnis verboten. So oder ähnlich habe ich es in Erinnerung. Wo ist der übliche Schlagbaum, fragte ich mich. Ich blieb vor dem Warnschild respektvoll stehen. Umkehren oder weiterfahren? Mir war klar – Vorschriften oder gar Verbote sind in der DDR peinlichst genau einzuhalten. Andererseits wollte ich in dem für mich so zukunftswichtigen Sperrgebiet so viel wie möglich erkunden, um bei einer eventuellen Flucht in diesem Abschnitt Hindernisse und Schwierigkeiten besser beurteilen zu können. Ich fragte mich: Weshalb suche ich wiederholt die Gefahr? Kann ich ohne Adrenalinstoß nicht leben? Bin ich inzwischen kicksüchtig geworden? Hat sich mein Ich verselbständigt und dirigiert mich?

Ich schob alle inneren Warnungen und Ängste beiseite und fuhr weiter. Nach wenigen hundert Metern am Ausgang einer Linkskurve ein Schlagbaum, daneben eine Baracke. Höchstens zwei Fußballfelder davon entfernt wendete ich und fuhr zurück. Ich sah gerade noch, wie eine Person aus der Baracke kam und mir nachschaute. Nur noch wenige Sekunden und ich verschwand hinter dem Wald der Straßenbiegung. Er sah mich nicht mehr. Nach dem Warnschild bog ich den ersten Weg rechts ab in Richtung Elbdeich und verbarg mich mit dem Motorrad hinter einer Baumgruppe.

Hier erholte ich mich vom Schreck. Gott sei Dank ist er mir nicht hinterhergefahren! Als sich mein Herzschlag normalisiert hatte, fuhr ich mit der Jawa bis kurz vor den Deich, stellte sie

ab und schlenderte auf dem Deich flussabwärts in Richtung Grenze. Es müsste doch bald ein Warnschild kommen, fragte ich mich. Der Deich verlief nahezu parallel zur Straße. Nach meiner Einschätzung befinde ich mich bereits in der Sperrzone. Hie und da saß ein Angler am Elbufer. Also doch keine Sperrzone! Oder haben sie eine Sondergenehmigung? Trotz innerer Unsicherheit wanderte ich weiter. Ein älterer Mann, klein und von untersetzter Gestalt, kam mir auf dem Deich entgegen. Eigentlich wollte ich ihn um Auskunft bitten. Meine Nerven waren dagegen so angespannt, dass ich ihn an mir vorübergehen ließ. Nicht mal ein Gruß kam über meine Lippen. Ich schaute ihn unsicher in die Augen. Sein fragender Gesichtsausdruck verriet: Was sucht der hier? Nach einer Weile drehte ich mich nach ihm um. Er war wie von der Bildfläche verschwunden. Seltsam – wo ist er bloß hin? Es war mir nicht geheuer. Ich kehrte um, verließ den Deich und ging am Elbufer die gleiche Strecke zurück. Etwa auf der Höhe des abgestellten Motorrades sprach ich einen Angler am Ufer an:
„Haben Sie schon viel gefangen?"
„Viel? Nicht gerade. Man braucht viel Geduld."
Ich sah ihm noch ein paar Minuten zu, um ihn dann direkt zu fragen:
„Wo beginnt denn hier das Sperrgebiet?"
„Das könnte hier schon sein."
Darf er hier dann angeln, lag mir auf der Zunge. Ich vermied es, ihn auszufragen.

Ich ließ die unberührte Flusslandschaft mit ihren Uferausbuchtungen, Büschen und wild wachsenden Pflanzen auf mich wirken. Das Wasser floss ohne Eile der Nordsee entgegen. Die Wasserkante am Ufer verriet Normalstand. Weder Niedrignoch Hochwasser. Mit diesen friedlichen und entspannenden Naturwahrnehmungen fand ich mein inneres Selbst wieder. Und der Mann mit seiner Angel genoss sichtlich das Wochenende. Sein Blick glitt über das Wasser, den Schwimmer seiner Angel beobachtend und seine Pfeife rauchend. Mit dieser nachdenklichen Selbstvergessenheit hatte ich wohl mein Zeitgefühl verloren.

„Wie spät ist es?", fragte ich ihn.
„Halb sechs."
„So spät? Da muss ich los. – Wiedersehen."
Ich hatte Uli und Helmut versprochen, in zwei Stunden zurück zu sein und rannte durch das hohe Gras auf den Deich zu, hinter dem ich meine Jawa abgestellt hatte. Plötzlich tauchten zwei Köpfe an der Oberkante des Deiches auf, überquerten den Damm und rannten auf mich zu.
„Stehen bleiben!", schrien sie.
Wie erstarrt hielt ich inne. Oh Gott! Zwei Armisten der Grenzsicherung.
„Kommen Sie mit!"
Ohne zu widersprechen, folgte ich ihnen.
„Warum sind sie weggerannt, als sie uns sahen?"
„Ich bin nicht ihretwegen gerannt, sondern meine Freunde warten in Arendsee auf mich. Ich habe mich in der Zeit vertan."
Die Beiden hatten bei meinem Motorrad ihre Fahrräder stehen.
„Wir bringen Sie jetzt in unsere Baracke. Fahren Sie uns langsam mit ihrem Motorrad hinterher!"
Da habe ich mir was eingebrockt! Ich sah mich schon in Untersuchungshaft.
„Wann haben Sie hier ihre Jawa abgestellt?"
„Vor ungefähr einer halben Stunde."
„Dann können Sie's nicht gewesen sein. Vor mehr als einer Stunde hat nämlich eine Jawa im Sperrgebiet gewendet."
Nur gut, dass ich meine Uhr nicht dabei habe und daher keine präzisen Zeitangaben machen konnte. Gott sei Dank verdächtigen sie mich nicht, ins Sperrgebiet eingedrungen zu sein.
In der Baracke angekommen musste ich alles, was ich bei mir hatte, auf den Tisch legen: Personalausweis, Fahrerlaubnis, Fahrzeugpapiere, Geldbörse, Taschenatlas.
„Weshalb haben Sie den Taschenatlas bei sich?"
„Ich bin das erste Mal in dieser Gegend. Da brauche ich eine Landkarte."
„Warum sind Sie gerade hierher gefahren?"
„Mein Freund besucht seinen Bruder in Arendsee. Da habe ich ihn hingebracht."
„Und warum sind Sie nicht dort geblieben?"

„Ich wollte bei dieser Gelegenheit Wittenberge und die Elblandschaft kennen lernen."
Natürlich wollten sie noch mehr wissen – den Namen des Bruders, wo er wohnt, was er beruflich macht. Ohne zu zögern beantwortete ich ihnen jede Frage. Das Verhör ging nach und nach in ein Gespräch über. Ich wagte zu fragen:
„Hat Ihnen ein älterer Herr berichtet, dass ich auf dem Deich in Richtung Sperrgebiet unterwegs war?"
„Der hat uns gemeldet: Eine verdächtige Person befindet sich dort im Sperrgebiet."
„Wieso Sperrgebiet? Da habe ich keine Warntafel gesehen."
„Die hat doch die Bevölkerung schon mehrmals beseitigt."
Mit einer Miene des Bedauerns hoffte ich auf Gnade. Ob sie mich laufen lassen? – Oh nein! Einer der Beiden hob den Telefonhörer ab und rief in meinem Beisein eine Stabsstelle in Wittenberge an. Ich ahnte Schlimmes. Uli und Helmut werden sich große Sorgen machen, wenn ich nicht zurückkomme. Seit über einer Stunde warten sie auf mich. Ich war sehr unruhig und voller innerer Erregung, musste jedoch den zwei Grenzkontrollern gegenüber total ausgeglichen erscheinen. Der Grenzer am Telefon schilderte meinen Fall. Die andere Seite fragte anscheinend, welche verdächtigen Dinge ich bei mir habe. Der Dialog konzentrierte sich auf meinen Taschenatlas. Er wurde als Fluchtabsicht gedeutet. Ich durfte mich keineswegs ins Gespräch einmischen und tat so, als ob ich das Telefonat nicht wahrnahm. Ich hörte lediglich die eine Seite, ahnte allerdings, was die Vorgesetztenstelle in Wittenberge fragte. All meine Sinne begannen sich zu entspannen, als der uniformierte Grenzer sagte:
„Der Taschenatlas ist eine neue Ausgabe der DDR."
Der Vorgesetzte in Wittenberge wollte anscheinend wissen, welchen Eindruck er von mir hätte.
„Er macht keinen verdächtigen Eindruck", gab er zur Antwort.
Mit dieser hoffnungsvollen Einschätzung löste sich nach und nach die Gefängnisschlinge, die ich um meinen Hals spürte. Ich atmete auf. Sie brachten mich nicht in die Untersuchungshaft nach Wittenberge, sondern ich durfte zu Uli und Helmut zurückfahren.

Uli hatte sich bereits sehr viel Sorgen gemacht. Er ahnte den Grund meiner Verspätung. Vor Jahren hatte ich mich mit ihm über meine Fluchtabsicht unterhalten, merkte allerdings, dass er es nicht vorhat.
„Siegfried, mein jüngster Bruder, ist noch in der Ausbildung. Da will ich ihm keine Schwierigkeiten bereiten", gestand er mir damals.
Helmut versuchte, Uli zu beruhigen mit dem Hinweis:
„Die Elbbrücke vor Wittenberge ist manchmal bis eine Stunde gesperrt wegen der Züge."
Ich habe Uli nie den wahren Grund meiner Verspätung erzählt. Erst recht nicht, dass ich Fluchtmöglichkeiten suche und überprüfe. Ich wollte ihn nicht als Mitwisser belasten.
Ich begann, mein Verhalten zu reflektieren. War es nötig, das Sperrgebiet zu betreten? Konnte ich dadurch auskundschaften, wie die Grenze in diesem Abschnitt gegen Fluchtwillige abgesichert ist? Eindeutig nein! Und dennoch war es sehr wertvoll für mich, die gesamte Gegend, die Flussniederung mit ihren Wiesen, Sträuchern, Waldflecken und Feuchtflächen, den eingedeichten Flussverlauf mit seinen lang gezogenen Windungen kennen gelernt zu haben. Ein einzigartiges, naturbelassenes Schutzgebiet. Ohne Verkehrslärm und von Menschen kaum aufgesucht. Selbst der Schiffsverkehr ruhte. Vielleicht, weil es Wochenende war. All diese Beobachtungsergebnisse hätte ich ebenso erhalten, ohne das Sperrgebiet zu betreten. Weshalb bin ich dennoch das Risiko eingegangen, verhaftet zu werden? Liebe ich das Spiel mit der Gefahr? Brauche ich den Nervenkitzel, das Risiko? Komme ich zur Ruhe, falls ich die Hindernisse überwunden und mein Ziel erreicht haben werde? Kann nicht dann die Ruhe und Sicherheit für mich erneut unerträglich werden? Fragen über Fragen gingen mir durch den Kopf. Mir wurde wiederum bewusst, großes Glück gehabt zu haben, nicht verhaftet worden zu sein, am Montag abermals ins Büro gehen, in eingeschränkter DDR-Freiheit leben zu dürfen. Es ist für mich notwendig, mir ab und an den Spiegel vorzuhalten, um gleichsam mein eigenes Ich zu analysieren, nicht zu leichtsinnig oder gar hochmütig zu werden.

Mein Tauchapparat

Nach dem Elbabenteuer komme ich auf Bärbel zurück. Sie hatte das zweijährige Zusatzstudium für Sonderschullehrer in Halle aufgenommen. In Aschersleben ließ sie sich immer seltener blicken. Ich vermutete, sie versteht sich mit einem Studenten aus ihrer Lerngruppe besonders gut. Wie konnte ich sie nur so enttäuscht haben! Das Ausmaß meiner Verletzung ihr gegenüber ist mir im Nachhinein erst bewusst geworden. Um ihr gekränktes Selbstwertgefühl leichter ertragen zu können, hat sie sich womöglich einem anderen Menschen gegenüber geöffnet. Inzwischen hatte meine Bekannte ihr Pädagogikstudium in Leipzig abgeschlossen. Sie kehrte zu ihren Eltern ins Erzgebirge zurück. Dort nahm sie ihre Lehrtätigkeit auf. Als sie von mir erfuhr, dass ich irgendwann die DDR verlassen möchte, brach sie die Verbindung zu mir komplett ab – verständlich. Das Erzgebirge ist ihre Heimat. Zudem hat sie ein sehr gutes Verhältnis zu ihren Eltern und den zwei jüngeren Schwestern. Nachdenklich musste ich mir eingestehen: Den Scherbenhaufen habe ich selbst verursacht. Wie komme ich aus meinem Tief wieder heraus? Nur nicht resignieren! Nicht ins Schneckenhaus zurückziehen, sondern tätig bleiben. Die berufliche Arbeit gefällt mir. Ich habe interessante und verantwortungsvolle Konstruktionen zu erledigen, resümierte ich. Mir wurde sogar eine Entwicklungsaufgabe vom Institut für Werkzeugmaschinen innerhalb des Werkes angeboten. Ich lehnte jedoch ab, weil ich meine kundenbezogene Konstruktionstätigkeit nicht aufgeben wollte.

In der Freizeit ließ ich mich mehr und mehr in der Ascherslebener Tauchergruppe sehen. Noch vor dem Mauerbau hatte ich zwei Pressluftflaschen auf ein genehmigtes Westkontingent bestellt. Ich erhielt sie zwei Jahre später trotz Abschottung zur Bundesrepublik und strengerer Devisenbewirtschaftung. Eine positive Überraschung! In der Taucherzeitung wurde von Privat ein Lungenautomat angeboten. Er reduziert die Pressluft auf Normaldruck. Ich kaufte ihn und machte die ersten Tauchversuche zusammen mit der Tauchergruppe. Wo kann ich nur die Flaschen frei und ohne Kontrolle nachfüllen lassen? Falls ich das über meine Tauchersektion erledige, darf ich mein Tauchapparat nur mit der Gruppe verwenden. So sind die Sicherheitsvorschriften, damit ich ihn nicht für Fluchtzwecke missbrauche. Was tun, überlegte ich. Ich fand eine Möglichkeit, die Flaschen in Leipzig bei der GST, der Gesellschaft für Sport und Technik, auffüllen zu lassen. Bedingung war, Mitglied der GST zu sein. Widerwillig trat ich ein, obwohl mir bekannt war, dass diese Organisation auch der vormilitärischen Ausbildung dient. Meine Taucherfreunde wussten nicht, wo ich meine Flaschen nachfüllen ließ. Ab nun besaß ich die Möglichkeit, ohne ihr Wissen völlig privat zu tauchen. Endlich war auch mein Kälteschutzanzug aus Neoprenabfällen fertig. Lia als gelernte Schneiderin hatte mich bei der Geduldsarbeit unterstützt. Wohl gemerkt, weder Lia noch Katharina wussten etwas von meinen wahren Absichten. Ich versteifte mich keineswegs nur auf eine einzige Fluchtmöglichkeit, sondern zog jede andere Gelegenheit in Erwägung.

Urlaub in Jugoslawien

Als ich wieder mal unser Reisebüro aufsuchte und mich nach begehrten Reisen erkundigte, teilte mir die junge Frau eine große Überraschung mit:
„Für 1965 sind Reisen nach Jugoslawien geplant."
„Daran bin ich auf jeden Fall interessiert."
„Das Kontingent wird nach Bezirken und weiter nach Kreisen aufgegliedert. Hoffen wir, dass der Kreis Aschersleben ein paar Plätze erhält."
Ich hatte Mühe, meine Freude zu verbergen. Sofort ließ ich mich vormerken, gleichgültig, wie teuer die Reise sein wird. Die offiziellen Stellen gaben sich große Mühe, das Reiseangebot attraktiver zu gestalten, nachdem sie die Schiffsreise nach Kuba abgesagt und die Fahrten durchs Mittelmeer eingestellt hatten. Wie lautete doch die offizielle Sprachregelung? – Wir können die Sicherheit der Passagiere nicht garantieren. Jugoslawien ist zwar kommunistisch, hingegen unabhängig von Moskau und daher nicht total abgeriegelt von Westeuropa wie die anderen kommunistischen Länder. In meine Freude mischte sich Skepsis. Wie wird die allmächtige Partei die Reise organisieren, damit sich keiner absetzen kann? Ich bin voller Erwartung. Es vergingen Wochen. Endlich erhielt Aschersleben einen einzigen Platz zugeteilt. Welch ein Wunder! Ich bekam ihn. Zunächst war die dreiwöchige Reise in den großen Sommerferien geplant. Sie wurde in die Nachsaison verschoben. Weshalb wohl? Alle jungen Leute in der Aus- und Weiterbildung, die nur in der Ferienzeit frei haben, können nicht teilnehmen. Die fluchtwilligste Gruppe fällt somit aus. Und wo soll der Urlaubsort an der Adria sein? Ulcinj, ein mir unbekannter Ort ganz im Süden. Erst das Landkartenstudium verriet mir, wie strategisch klug die Reiseverantwortlichen diesen Ort ausgewählt hatten. Er ist der südlichste größere Ort vor der albanischen Grenze, die bekanntlich genauso hermetisch abgesichert ist wie die innerdeutsche Grenze. Im Westen die Adria, im Osten ein großer Binnensee. Ulcinj ist lediglich auf der adriatischen Küstenstraße vom Nordwesten her erreichbar, mehr

als tausend Kilometer entfernt von der österreichischen Grenze. Die geographischen Barrieren schrecken Fluchtwillige ab zu fliehen. Es sei denn mit Hilfe von zuverlässigen Freunden aus dem Westen.

Nach all den Überlegungen hoffte ich, die Reise würde nicht abgesagt, weil eine Flucht nicht so leicht möglich ist wie ursprünglich von mir angenommen. Ein weiteres Hindernis ist der hohe Preis, der viele Bürger abschreckt, die Reise zu buchen. Drei bis vier Monatsverdienste. Wer kann sich das leisten, so schlussfolgerte ich. Und dennoch schloss ich bis zum letzten Tag eine Stornierung nicht aus. Erst als an einem Freitag, es war wohl der 10. September, in Berlin nachmittags gegen drei das Flugzeug nach Belgrad abhob, kam in mir ein tiefes, beglückendes Gefühl auf. Wie unsagbar schwer hatte ich als Kind unter dem Verlust meiner geliebten schlesischen Heimat gelitten: Nachts im Schlaf das Kopfkissen nass geweint, bis es meine Mutter bemerkte und sich um mich sorgte. Das Heimweh verursachte Schlafstörungen. Oft lag ich Stunden wach im Bett, konnte nicht einschlafen. Der Heinwehschmerz erdrückte mich. Eine schwere Traurigkeit belastete meine Seele. Erst nach Jahren begann die psychische Wunde zu heilen. Ich wurde ein Suchender. Wo werde ich mich wieder heimatlich einwurzeln können? Ein fast krankhaft starkes Fernweh verdrängte nach und nach die heimatliche Sehnsucht. Endlich hatte ich diese Reise nach Jugoslawien erhalten, gleichsam als Nahrung für mein Fernweh. Mit erhöhtem Lebensgefühl und bei ausgezeichnetem, wolkenlosem Flugwetter schaute ich auf Budapest, sah die majestätische Donau mit ihren Nebenflüssen, wie sie sich durch Ungarn windet. Die Weite der Pußta mit ihren eingestreuten kleinen Siedlungen und Feldern. Zwischenlandung in Belgrad und Weiterflug nach Titograd. Von dort bis drei Stunden Bustransfer durch romantische Täler, entlang am See Skadersko Jesero nach Ulcinj. Der abendliche Mond verzauberte die an Vegetation arme Karstlandschaft und begrüßte uns auf der Wasseroberfläche wellenatmend mit unzähligen, fahlen Lichtreflexionen. Mit dem Hotel war ich als nicht verwöhnter DDR-Bürger zufrieden: Einzelzimmer mit Waschecke. Unweit zum Strand. Ich ließ mir das Abendbrot schmecken. Kurz nach Mitternacht lag ich im Bett.

Am nächsten Tag lernte ich zu den Essenszeiten unsere Gruppe etwas kennen. Wir waren 54 Personen, meist Ehepaare. Am Tisch sitze ich mit einem Gastwirtsehepaar und einer alleinstehenden Dame zusammen. Sie ist Apothekerin mit Doktortitel. Schätzungsweise fünf bis acht Jahre älter als ich. Ihr Aussehen natürlich, schlank, nicht mondän. Sie wirkt auf mich wie eine typische Wissenschaftlerin - frei von Emotionen, bereit betont sachliche Gespräche zu führen. Ich war der einzige Mann ohne Begleitung. Die wenigen ledigen Damen schienen mir alle älter zu sein als ich. Meine Zeit verbrachte ich vorwiegend am abwechslungsreichen, felsigen Ufer. Mit Flossen und Schnorchel erkundete ich bald den ganzen Küstenabschnitt, kannte jeden Felsvorsprung, alle Ein- und Ausstiege mit und ohne Leiter. Bald entdeckte ich die Stellen mit einer noch intakten Unterwasserwelt, bestaunte bei guter Sicht bunte Fischschwärme, wie sie sich am überwucherten Gestein Nahrung suchten. Das Hin und Her, das Auf und Ab des farbigen Felsbewuchses bei leichtem, schaukelndem Wellengang beruhigten mich, waren eine Wohltat für meine verletzte Psyche.

Auch bei etwas unruhiger See wagte ich ins Wasser zu gehen, kämpfte mit starkem Flossenschlag in der Brandung, um nicht gegen Felsvorsprünge geschleudert zu werden, übte in sportlicher Art den Ausstieg an nicht zu scharfkantigen Felsen. Im Gegensatz zum Schwarzen Meer sind im Mittelmeer Ebbe und Flut für den genauen Beobachter zu erkennen. Bei Niedrigwasser entdeckte ich im südlichen Küstenabschnitt einen Eingang zu einer recht großen Höhle. Schwimmend und tauchend erreichte ich das Innere. Sie besaß an der felsigen Decke eine mannsgroße Öffnung, durch die etwas Tageslicht drang. Anfangs nahm ich keine Einzelheiten wahr. Erst nach Minuten sah ich an der Höhlendecke zopfartige, graue Gebilde hängen, als sich das Auge an die Dunkelheit gewöhnt hatte. Es waren Fledermäuse, die zu Hunderten hier tagsüber schliefen.

Ich kehrte zum Hotel zurück. Im Restaurant gab es Mittagessen. Durch meine sportliche Betätigung bekam ich einen gesunden Appetit. Trotz Vollpension und guter Verpflegung wurde ich nicht immer satt. Ich kaufte mir auf dem Markt ab und an zusätzlich Weintrauben, so lange das begrenzte Taschengeld reichte. Als DDR-Bürger durften wir wegen knapper Devisen nur eine limitierte Geldmenge tauschen.

In den erste zwei Tagen lernte ich einen Mann aus Hamburg kennen – einige Jahre älter als ich, verheiratet, zwei Kinder. Er schlief im Zimmer mir gegenüber und schien recht kontaktfreudig zu sein, was ganz in meinem Sinne war, mit Westdeutschen ins Gespräch zu kommen.
„Warum fährst du allein in Urlaub? Bist du nicht verheiratet?"
„Bis jetzt nicht."
Ich wechselte das Thema.
„Wie ist bei euch die wirtschaftliche und politische Stimmung? Seit dem Mauerbau haben wir kaum Kontakt mit dem Westen."
„Wir sind doch im Urlaub. Da will ich nicht darüber sprechen."
Nach einer Weile:
„Du hast aber ein schönes Hemd."
Er fasste es an, als ob er den Stoff begutachten wollte.
„Das ist von euch. Hat mein Freund geschickt."
Auch mir gefiel es. Aber für einen Westbürger dürfte es nichts Besonderes sein, dachte ich. Einen Tag darauf begrüßte er mich wieder in meinem Zimmer.
„Wollen wir heute Abend nicht mal ausgehen? Ich lade dich ein."
Bei meinem knappen Devisentaschengeld wollte ich mir dieses Angebot nicht entgehen lassen.
„Einverstanden. Wo gehen wir da hin?"
„Im benachbarten Hotel ist Musik mit Tanz."
Der Abend verlief wie üblich. Ich tanzte ein paar Mal mit Damen, kam allerdings mit keiner näher ins Gespräch. Er blieb am Tisch sitzen und forderte den ganzen Abend keine einzige Dame zum Tanz auf. Noch vor Mitternacht bezahlte er alle Getränke. Ich bedankte mich und jeder ging in sein Zimmer. Nächsten Tag klopfte ich an seine Zimmertür und wünschte ihm eine gute Heimreise.
„Setz dich doch hin!"

Ich nahm Platz. Er gegenüber und schaute mich freundlich an.
„Was ist nun? Nix?"
Er legte seine Hand auf meinen bloßen Oberschenkel. Ich schaute ihn verdutzt an und brachte kein Wort hervor.
„Also doch nix!"
Ich muss ein ganz abweisendes Gesicht gemacht haben, als seine Hand unter meiner kurzen Hose rumfingerte. Daraufhin zog er sie zurück und wir verabschiedeten uns völlig normal. Homosexualität war noch ein Tabuthema und ich hatte damals keine aufgeklärte Meinung dazu. Schade, dass mein Kontakt zu einem Menschen aus dem Westen so enden musste.

An einem unbeständigen Tag überfiel mich nach dem Mittagessen eine außergewöhnliche Müdigkeit Ich legte mich hin und schlief für einige Stunden fest ein. Danach schlenderte ich mit Schirm durch die Altstadt: Enge Gassen, kleine, unverputzte Häuser. Ich fühlte mich ins Mittelalter versetzt. Aus einem Häuschen drang Musik. Ich blieb stehen. Eine Moslemfamilie feierte ein Fest. Sie lud mich ein, herein zu kommen. Zwei Jungen lagen zusammen in einem Bett. Sie schienen noch nicht in die Schule zu gehen. Der Vater versuchte mir etwas zu erklären. Ich verstand ihn nicht. Mit meinem Russisch kam ich ebenso nicht weiter. Da hob er das Bettuch der Kinder hoch und zeigte mir ihren mit etwas Blut beschmierten Penis. Aha, dachte ich, hier wird das Fest der Beschneidung gefeiert. Über dem Bett hingen die Geschenke, auch Dinarscheine. Die Oma saß auf einem Teppich. Die Anderen tanzten mit einem Tuch zur Musik und zündeten es anschließend an. Sie aßen Brot mit Tomaten und Zwiebeln und tranken dazu. Ob es Schnaps war, kann ich nicht sagen. Sie nahmen an, ich sei ein Westdeutscher und könnte sie mit Westgeld beschenken. Ich gab den Kindern paar Dinare von meinem Taschengeld, bedankte mich und verließ etwas verlegen die fröhlich feiernde Familie.

Nun aber zurück zur Apothekerin. Sie merkte bald, dass ich zum Frühstück zu spät erschien.
„Ich habe so einen tiefen Schlaf. Früh werde ich zu spät wach. Das muss doch am Wetter liegen."

„Ich habe mein Zimmer auf dem gleichen Gang, nur am anderen Ende", erklärte mir die Apothekerdame.
„Falls es Ihnen recht ist, klopfe ich um acht an Ihre Tür."
„Wissen Sie überhaupt, wo mein Zimmer ist?"
„Ich habe Sie ja schon reingehen sehen."
„Einverstanden. Ich danke Ihnen."
Seitdem saß ich pünktlich am Frühstückstisch. Wir haben viel gemeinsam unternommen. Allerdings ging sie nicht so oft ins Meer. Nur bei ruhiger See. Einmal habe ich sie sogar überreden können, die Tauchermaske aufzusetzen.
„Sie müssen unbedingt mal den üppigen Pflanzenteppich und die bunten Fische im Meer bestaunen."
Wenig begeistert nahm sie die Tauchermaske und ging damit ins Wasser, kam allerdings bald wieder zurück.
„Sie waren doch gar nicht lange drin!"
„Ich habe kaum was gesehen. Alles war verschwommen."
„Haben Sie etwa Wasser in der Maske gehabt?"
„Nein. – Ich habe doch meine optische Brille mit den starken Gläsern abgenommen. Deshalb konnte ich nichts erkennen."
Mir war klar geworden, für gemeinsames sportliches Schwimmen oder gar Schnorcheln, geschweige denn Tauchen war sie nicht zu haben.

Die meisten Hotelgäste hielten sich an der Küste gegenüber vom Hotel auf. Die Felsen waren mit Beton geglättet. Die Urlauber nannte diese Badestelle humorvoll Affenstrand. Eine Leiter ermöglichte einen bequemen Einstieg ins Wasser. Auf den Betonplattformen befanden sich Liegestühle, ein Ausschank, Tische, Stühle und sogar eine Tanzfläche. Der Affenstrand lud abends bei schönem Wetter besonders junges Publikum ein, den Tag entspannt ausklingen zu lassen. Beim Baden kam ich mit einer Dame einer westdeutschen Jugendgruppe kurz ins Gespräch. Im Zusammenhang einer Paneuropareise machte die Gruppe hier Urlaub. Am Abend traf ich sie wieder, begrüßte sie kurz und schlug der Apothekerin vor:
„Wollen wir uns nicht an den Tisch mit den jungen Leuten setzen?"

„Ach, ich wüsste nicht, worüber wir mit denen reden sollten. Setzen wir uns doch lieber an den Tisch mit den zwei älteren Damen aus Wien."
Ich widersprach ihr nicht, obwohl ich es eigentlich wollte. Wir unterhielten uns mit den Wienerinnen über Kultur, Theater und Lebensstandard. Weshalb habe ich mich nur so von der Pharmazeutin leiten lassen? Es entsprach keineswegs meiner Mentalität.

Eine kurze Rückblende: Vor Antritt meiner Reise erfuhr Bärbel von meinem Glück.
„Du hast die Reise tatsächlich bekommen - unglaublich!"
„Ich staune auch."
„Dann schreibe mir aus dem Urlaub. Bitte!"
„Da brauche ich aber deine Adresse in Halle."
Sie gab mir die Anschrift. Leider hatte ich vergessen, meinen Taschenkalender mitzunehmen. In ihm halte ich üblicherweise meinen Tagesablauf im Urlaub fest. Ich beschloss, das Urlaubsgeschehen in der gewünschten Post an Bärbel niederzuschreiben. Unbewusst hoffte ich, mit ihr wieder näher zusammen zu kommen, trotz aller Unterschiede zwischen uns, die mein Verstand anmahnte. Ich dachte an Bärbel, verzichtete auf die jugendliche Bekanntschaft aus dem Westen und begab mich mit der Apothekerdame an den Tisch der Wienerinnen.
Im Grunde genommen beabsichtigte ich nicht, in diesem Urlaub zu fliehen, sondern Informationen zu erhalten, wie zum Beispiel die Grenze zu Österreich abgesichert ist und ob dort starke Kontrollen durchgeführt werden. Komme ich als Anhalter auf der Küstenstraße voran? Sucht mich die jugoslawische Polizei nach einer gewissen Zeit, wenn ich mich von der Reisegruppe abgesetzt habe? Auf all diese Fragen erhielt ich keine Antwort.

Stattdessen vergnügte ich mich mit Flossen und Schnorchel an Felsklippen. Die Apothekerin nahm sich ein Buch zum Lesen mit. In den Verschnaufpausen suchte ich mir auf einem Felsvorsprung ein schönes Plätzchen, ließ die Weite des Meeres, die wiegenden Wellen mit den tänzelnden Sonnenstrahlen auf mich wirken. In diesen Momenten der Ruhe vernahm ich das ewige Rauschen des Meeres, das rhythmische Brausen der Wellen an den Felsklippen in meiner Nähe. Meine Seele begann zu sinnieren, wie viel Millionen Jahre diese Musik des Meeres bereits währt. Wie endlich dagegen mein Dasein auf der Erde ist. Aus dieser Zeitperspektive kam mir mein Leben so kurz und nichtig vor. Ich fragte mich: Was bin ich? Ein Nichts verglichen mit dem Unendlichen. Ein Alles gegenüber dem Nichts. Ist es anmaßend anzunehmen, die Mitte zwischen Beiden zu sein? So ähnlich schlussfolgerte lange vor mir Pascal.

Ruhe und Entspannung fand ich ebenso, wenn ich bei Windstille und glatter See mit Flossen aufs Meer hinaus schwamm und absolut nichts mehr vom Zivilisationslärm hörte, die Stille versonnen auf mich wirken ließ. Völlig bewegungslos hielt ich mich an der Wasseroberfläche. Tauchermaske, Schnorchel und der Kopf halb unter Wasser gewährten mir hinreichend Auftrieb. Gedankenversunken und selbstvergessen genoss ich das Küstenpanorama und die Weite der Adria. Von Ferne sah ich ein Boot näherkommen. Die Fischer entdeckten mich und redeten heftig auf mich ein, ohne dass ich sie verstand. Sie zogen mich in ihr Boot und brachten mich an Land. Ihre Gesten verrieten mir: Haifische! Große Gefahr!

Wir verbrachten unseren Urlaub nicht nur an der Küste, sondern nahmen auch an der Stadtführung teil. An der Burgbebauung sind stilistische Elemente der slawischen, venezianischen und türkischen Epoche erkennbar. Nach dem Abendbrot wanderten wir in der Umgebung von Ulcinj auf schmalen Pfaden durch Olivenhaine und an Wochenendhäuschen vorüber. Zum Teil war der Trampelpfad durch Agaven und Gestrüpp zugewachsen. Meine Begleiterin machte mich auf die schönen, hellblau blühenden Disteln aufmerksam. Von einer anderen hoch gewachsenen Pflanze brach sie einen Stängel ab und gab ihn mir:
„Lösen Sie mal von der Dolde paar Körner und zerreiben Sie den Samen zwischen den Händen!"
Die Dolde war schon überreif und die Körner lösten sich leicht.

„Kennen Sie den Geruch?"
Ich musste überlegen.
„Anis! Meine Mutter hat ihn zum Backen von Anisplätzchen verwendet."
„Er ist nicht nur eine Gewürzpflanze. Anis hat auch eine Heilwirkung. Der wächst hier wild."
Die ausgeglichene und recht sachliche Apothekerin erklärte mir noch mehr mediterrane Pflanzen auf unseren ausgedehnten Spaziergängen.

Wir unternahmen eine Busfahrt zum großen jugoslawisch-albanischen Grenzsee mit Dampferfahrt. Ein weiterer Ausflug nach Cetinje, der Hauptstadt von Montenegro. Von dort am Berg Lovcen vorüber in Richtung Kotor. Der Bus hielt oberhalb der alten Hafenstadt. Aus einer Höhe von sechshundert Meter bot sich ein märchenhaft schöner Blick über die ganze Bucht. Ein bewunderungswerter Panoramablick tat sich vor uns auf. Der Meerbusen ist von hohen Bergen eingerahmt. Kotor, das ehemalige Cattaro, liegt am Ende eines fjordähnlichen Meeresarmes und ist bereits zweihundert Jahre vor Christus erwähnt worden. Auf der Rückfahrt hielten wir an der kleinen Insel Sveti Stefan, ein touristisches Kleinod an der adriatischen Küste. Sie ist durch einen Damm mit dem Festland verbunden und kann nur zu Fuß betreten werden. Auf ihr befinden sich schmucke Häuschen mit kleinen Geschäften für Kunsthandwerk. Auch einige Pensionen. Alles im historischen Stil renoviert. Für uns reiseeingeschränkte DDR-Bürger eine wohltuende Augenweide!
In den letzten Tagen unseres dreiwöchigen Urlaubs brachte uns der Bus nach Dubrovnik, einer historisch äußerst interessanten Stadt, etwa zweihundert Kilometer nordwestlich von Ulcinj. Sie wurde bereits lange vor Christus gegründet, ist auf einer Felseninsel erbaut und wird von einer begehbaren, mächtigen Festungsmauer umschlossen. Die Insel ist ebenfalls mit dem Festland verbunden. Das von uns bereiste Gebiet gehört zur Karstzone, besteht im Wesentlichen aus Kalkstein und hat eine lange, wechselvolle Geschichte erlebt. Zunächst war das Gebiet römisch, dann byzantinisch, auch venezianisch. Danach

gehörte es zu Ungarn und Österreich. Nach dem Ersten Weltkrieg entstand Jugoslawien. Ich war sehr dankbar, dass ich als Bürger aus einem Land mit großen Reisebeschränkungen die südliche jugoslawische Adriaküste kennen lernen durfte. Ich hatte mir das Gebiet landschaftlich nicht so schön und geschichtsträchtig interessant vorgestellt. Der Wunsch, Fluchtmöglichkeiten zu überprüfen, ist zwar nicht in Erfüllung gegangen. Dafür hat mich aber das Land durch seine einzigartige Schönheit und kulturgeschichtlichen Sehenswürdigkeiten mehr als entschädigt.

Nach all den unvergesslichen Eindrücken erhielt ich in den letzten Tagen vor Abreise Post.
„Herr Richter, Sie haben einen Brief bekommen", informierte mich die Apothekerin.
„Wo ist er denn?"
„An der Rezeption."
Er war von Bärbel. Hat meine Urlaubsdame den Absender gelesen? Sie verhielt sich anders als sonst. Oder bilde ich mir das ein? Bei unseren gemeinsamen Spaziergängen fragte ich sie:
„Ist unsere Gruppe noch vollständig oder fehlt jemand?"
„Meines Erachtens fehlt niemand."
„Es ist doch gar nicht so leicht zu fliehen. Die österreichische Grenze ist so weit weg", sagte ich ihr.
„Das schon. – Aber unweit von hier, nämlich von Bar fährt jeden Tag ein Schiff nach Italien rüber, nach Bari."
„Da werden sicherlich die Pässe kontrolliert", meinte ich.
„Die Jugoslawen schauen sich die Pässe nicht genau an. Wenn jemand einen westdeutschen Pass hat, lassen sie den aufs Schiff."
„Dann ist es ja leichter abzuhauen als ich dachte."
Sie nickte. Ob ich es wagen sollte, mich etwas gelöster mit ihr zu unterhalten? Bisher habe ich sie nicht näher kennen gelernt. Weder mit ihr ein Glas Wein getrunken noch getanzt. Mein Verhalten ihr gegenüber ist völlig unpassend, ja sogar extrem unhöflich, wenn man so viel gemeinsam unternimmt, fand ich.
Ich versuchte, etwas persönlicher zu werden:
„Sie haben keine Familie, keine Kinder, sind allein."

„Was wollen sie damit sagen?"
„Da könnten Sie doch auch flüchten?"
„Das kommt für mich nicht in Frage."
Sie schaute mir ins fragende Gesicht und fuhr fort:
„Ich habe eine alte Mutter und die kann ich nicht allein lassen."
Sie hätte mich ebenso fragen können, ob ich flüchten wolle. Gott sei Dank tat sie es nicht. Ich vertraute ihr total und hätte ihr geantwortet:
Jetzt nicht, vielleicht in ein oder zwei Jahren. Ich überlegte, weshalb sie sich so um mich kümmert. Möglicherweise, weil sie gleichfalls hier allein ist. Oder wollte sie, dass niemand von der Gruppe verschwindet, damit auch im nächsten Jahr Menschen wie wir hier den schönen Urlaub genießen können? Vielleicht hat Bärbels Brief ihr gezeigt, ich fühle mich mit Bärbel verbunden und kehre deshalb wieder in die DDR zurück. Daher war sie bereit, die Fluchtmöglichkeit mit dem Schiff nach Bari preiszugeben. Selbst ich meinte am Ende des wunderbaren Urlaubs, es sollten alle wieder heimkehren, damit auch im kommenden Jahr hier Menschen Urlaub machen dürfen und die Reisen nach Jugoslawien wegen Fluchtgefahr nicht gestrichen werden. Meine Enttäuschung hielt sich jetzt am Ende des Urlaubs in Grenzen, obwohl meine Fragen zur Flucht offengeblieben sind.

Mein erstes Auto

In Aschersleben gab es ein freudiges Wiedersehen mit meinen Freunden Katharina, Lia, Uli und Ingrid. An einem der nächsten Wochenenden traf ich Bärbel in entspannter Atmosphäre. Zu meiner Überraschung bot mir das Werk wenige Tage danach einen neuen Wartburg zum Kauf an. Ich hatte vor zwei Jahren den Kleinwagen Trabant bestellt mit der üblichen Lieferzeit von zehn bis zwölf Jahren. Ich verstand die Welt nicht mehr! Auch beim Wartburg bestanden Wartezeiten bis zehn Jahre. Es sei jemand zurückgetreten, sagte man mir auf Anfrage. Leider hatte ich das Geld nur für den Trabant flüssig. Der Wartburg dagegen kostete doppelt so viel, nämlich 17 000 Mark. Ich kaufte ihn dennoch und lieh mir das fehlende Geld von meinen Eltern. Um die Schulden zurückzahlen zu können, gab ich eine Annonce auf:
„Biete fabrikneuen Wartburg neuester Konstruktion, suche Trabant möglichst fabrikneu mit Zahlungsausgleich."
Eine Familie aus der Lausitz meldete sich und kam mit ihrem relativ neuen Trabant vorgefahren.
„Das ist ja gar nicht das neue Modell", stellte sie enttäuscht fest.
„Neueste Konstruktion bezieht sich auf das Schiebedach. Bisher besaß der Wartburg kein Schiebedach."
„Sie wussten wohl nicht, dass jetzt ein neues Modell heraus gekommen ist mit einer modernen Karosse."
„Das ist mir nicht bekannt."
Man hat mir den Wartburg nur deshalb angeboten, weil jemand auf das neue Modell wartet, dachte ich mir. Nach kurzer Beratschlagung entschied das Ehepaar mit ihrer kleinen Tochter, das Auto zu nehmen. Andernfalls hätte es noch viele Jahre auf den neuen Wartburg warten müssen. In einer Mangelwirtschaft sind die Menschen nicht wählerisch. Auf diese Weise kam ich zu meinem ersehnten Trabi und konnte das geliehene Geld meinen Eltern wieder zurückgeben. Eine kurze Bemerkung, weshalb ich nicht so viel Geld flüssig hatte. Bisher gab es aufs Sparbuch seit Jahren drei Prozent Zinsen, unabhängig von der Anlage-

dauer. Seit Kurzem gewährten die Sparkassen vier Prozent bei einjähriger und sogar fünf bei dreijähriger Kündigung. Ich kam an mein länger angelegtes Guthaben kurzfristig nicht ran.

Bärbels Studienfreunde

Nun aber wieder zu Bärbel. Sie freute sich natürlich über meine Urlaubsbriefe. Ich ließ sie teilhaben an meinen Erlebnissen. Auch der schnelle Besitz eines Kleinwagens ohne die üblichen Wartezeiten rief in ihr Begeisterung hervor. Wenn ich am Wochenende meine Eltern in Leipzig besuchte, kündigte ich ihr einen Kurzbesuch in Halle an. Ihre Adresse hatte sie mir gegeben, um ihr aus dem Urlaub schreiben zu können. Als ich eines Sonnabends bei ihr auftauchte, lernte ich ihre sympathische Hauptmieterin kennen. Bärbel hatte ihr eigenes möbliertes Zimmer mit Küchen- und Badbenutzung. Ich hielt mich nicht lange auf und fuhr bald weiter zu meinen Eltern. Sonnabend war noch regulärer Arbeitstag bis Mittag. Das lange Wochenende von Freitagabend bis Montag früh gab es erst zwei Jahre später. Ein anderes Mal tauchte ich bei Bärbel völlig unangemeldet auf.
„Da lernst du gleich meine Studienfreunde kennen, mit denen ich zusammen lerne", empfing sie mich an der Korridortür.
Es waren drei Männer in meinem Alter, einer von ihnen ein paar Jahre älter. Meinetwegen brachen sie ihr Zusammensein ab. Bärbel und ich begleiteten sie ein Stück zu Fuß. Voller innerer Spannung grübelte ich darüber nach, wer von ihnen wohl der sei, mit dem sie näher befreundet ist. Nach dem Verhalten zu urteilen, wohl einer von den zwei, die etwa zehn Meter vorausgingen. Nach ein paar Querstraßen blieb der Voraustrupp stehen und wir verabschiedeten uns. In Bärbels Zimmer angekommen, fragte ich sie:
„Sag mal, wen von den drei Studenten kennst du etwas näher?"
„Was meinst du, wer könnte es sein?"
„Ich nehme an, einer von den beiden, die uns vorausgingen."
„Das stimmt."
Voller innerer Erregung wollte ich wissen, wer mein Nebenbuhler sei. Musste es überhaupt so weit kommen? Warum hatte ich mich vor über einem Jahr auf so eine dumme Zeitidee festgelegt? Wen ich zuerst kennen lerne, muss in die Entscheidungsfindung mit einbezogen werden. Wie konnte ich mich

nur nach so einem sturen Grundsatz richten! Besser wäre gewesen, ich entscheide mich für die Person, die ich intensiver kennen gelernt habe und mit der ich mich emotional verbunden fühle. Und das war eindeutig Bärbel und nicht die Leipziger Studentin.
„Wer ist es denn nun von den Beiden? Bärbel, sag es doch endlich!"
„Der rechts ging."
„Das habe ich mir gleich gedacht. Der Ältere. Der trat so selbstbewusst auf."
Ich zwang mich, ruhig zu bleiben. Sonst bricht sie das Gespräch ab. Letztendlich habe ich die unangenehme Situation selbst inszeniert.
„Bärbel, weshalb hast du mir ihn nicht als deinen Freund vorgestellt?"
„Das wissen doch die anderen nicht. Ich halte mich bewusst ganz neutral, wenn wir zusammen lernen."

Mein Gespräch musste ihr wie ein Verhör vorgekommen sein. Andernfalls hätte sie mich gebeten, noch etwas bei ihr zu bleiben. In meiner miesen Lage war ich außerstande, ihr zu gestehen: Die Studentin hat ihre Verbindung zu mir bereits vor einem Jahr abgebrochen. Stattdessen brachte ich nur kurz und sachlich über meine Lippen:
„Ich fahre jetzt weiter nach Leipzig zu meinen Eltern."
Mit gemischten Gefühlen verabschiedeten wir uns, nicht gerade ausgesprochen herzlich, aber doch mit dem unausgesprochenem Wunsch, uns bald wiederzusehen. Das klappte auch, falls ich mich brieflich anmeldete. Ein Telefon besaß ihre Vermieterin nicht. Gewöhnlicherweise schaute ich bei Bärbel vorbei, wenn ich etwa im Vierwochen-Rhythmus die Schmutzwäsche bei meinen Eltern abgab und die sauberen Sachen wieder mitnahm. Als ich eines Wochenendes versäumt hatte, ihr zu schreiben, traf ich sie nicht an. Ich lernte erstmals die Tochter der Vermieterin kennen: Ein paar Jahre jünger als Bärbel, auch dunkelhaarig, sympathisch. Sie erklärte mir:
„Bärbel ist bei ihrem Mitstudenten."
„Sind die zwei anderen auch dabei?"

„Wenn sie übers Wochenende nicht nach Hause gefahren sind."
Ich überlegte einen Moment.
„Ist es weit von hier?"
„Nein, zehn Minuten zu Fuß. Hinter unserem Häuserblock die Straße runter. Die dritte Querstraße rechts."
„Weißt du die Hausnummer?"
„Nein. Geh ungefähr hundert Meter die Querstraße rein! In einem Haus auf der rechten Seite muss er sein Zimmer haben."
Ich wunderte mich, dass diese junge Frau so freundlich und auskunftsbereit zu mir war, ohne dass ich mich näher vorgestellt hatte. Da muss Bärbel ihr Näheres von meiner Existenz erzählt haben! Ahnt die Tochter etwas von Bärbels Freundschaft zu dem einen Kommilitonen? Bemerkt sie sogar meine Eifersuchtsgefühle und will mir helfen, dass sich Bärbel von ihm löst?
Trotz meiner aufgewühlten Gedanken fand ich die Straße und stand vor der Häuserzeile. Welches Haus ist es? Ohne Namen gab es keine Chance. Enttäuscht gab ich auf und besuchte meine Eltern, ohne ihnen auch nur ein einziges Wort von meiner seelischen Not zu erzählen. Ich erinnerte mich an den von meiner Mutter zitierten Ausspruch:
Eifersucht ist eine Leidenschaft, die mit Eifer sucht und Leiden schafft. Wie wahr er ist, nahm ich jetzt am eigenen Leibe wahr.

Bärbels Eltern

Anfang Januar lud Bärbel Katharina, Lia und mich zu ihrer nachträglichen Geburtstagsfeier nach Nordhausen zu ihren Eltern ein. Mit meinem Trabi zu Dritt angekommen, traute ich meinen Augen nicht: In parkähnlicher Umgebung einige Häuser in aufgelockerter Bauweise im Stil der dreißiger Jahre erbaut. Bausubstanz für hiesige Verhältnisse recht gut erhalten. Die elterliche Wohnung im ersten Stock wirkte auf mich recht großzügig – Bad, Küche mit Durchreiche zum Esszimmer, großes Wohnzimmer, zwei Schlafzimmer, wintergartenähnlicher Balkon rundum verglast. Eine Etagenzentralheizung mit Kohlefeuerung hielt die Wohnung im Winter gemütlich warm. So großzügige Wohnverhältnisse kannten weder Katharina, Lia noch ich in unserem großen Bekanntenkreis.
Ich lernte erstmals Bärbels Eltern persönlich kennen. Sie machten auf mich einen gut bürgerlichen Eindruck. Diese gesellschaftliche Schicht gab es zwar noch, wurde allerdings nicht so hervorgehoben. Die offiziellen Stellen benannten diesen Teil Deutschlands als Arbeiter- und Bauernstaat, verbunden mit der technischen Intelligenz. Von Bärbel wusste ich natürlich mehr über ihre Eltern. Sie hatte einen mitteilsamen Charakter, war keineswegs introvertiert. Ihre Mutti stammte aus einer Landwirtschaft in Borna. Bärbels Großeltern bauten auf ihren Feldern Zwiebeln an. Sie bezeichneten sich als Zwiebelbauern. Ihr Vati war in Borna Polizist gewesen, galt ab 1942 als vermisst, als die deutsche Wehrmacht vor Moskau stand. Sie hat ihn mit zwei Jahren bewusst nicht kennen gelernt. Mutti heiratete erst wieder, als Bärbel bereits siebzehn war. Ihr Stiefvater sei hier in Nordhausen in einem Volkseigenen Betrieb als Werkszahnarzt angestellt, verriet mir Bärbel. Die komfortable Wohnung erhielten sie bereits vor dem Mauerbau, gewissermaßen als Zuckerchen, damit sie nicht nach dem Westen abhauen.
Nachdem Bärbels Mutter wieder geheiratet hatte, gab sie ihre Arbeit auf und versorgte ihre Familie in vorbildlicher Weise. Sie hatte die Geburtstagsfeier gut vorbereitet und verwöhnte uns in jeder Hinsicht. Wir unterhielten uns über verschiedene

Themen. Vati schwärmte von seinen ausgiebigen Spaziergängen mit seinem Hund.
„Was bin ich mit meinem Alf gewandert! Stundenlang in der Natur."
Bärbel und ihre Mutter schwiegen dazu.
„Alf war mein verständnisvoller und treuer Wegbegleiter."
„Das Gleiche empfinde ich auch, wenn ich mit meinem Teddy rausgehe", ergänzte Katharina und dachte dabei an ihren Hund.

Nach dem Kaffeetrinken kamen wir auch auf Religion zu sprechen. Bärbels Eltern wussten anscheinend von ihr, dass ich katholisch bin.
„Ich gehe nur selten in die Kirche. Wenn ich draußen in der Natur bin, da spüre ich Gott."
So empfand Bärbels Vater seinen Glauben. Erwartet er eine Stellungnahme zu diesem Thema? Mein Verstand gebot mir Zurückhaltung. Wir kannten uns nur wenige Stunden.
„Gottes freie Natur empfinde ich ähnlich wohltuend. Ich bin aber auch gern unter Gleichgesinnten. Ich denke, die finde ich auch in der Kirche."
Bevor ich weiterreden konnte, mischte sich Bärbels Mutter ein.
„Das Denken überlassen wir lieber den Pferden. Die haben einen größeren Kopf."
Ich wunderte mich über die bekannte, für mich allerdings unpassende Bemerkung. Bärbel erklärte mir später:
„Meine Mutter wollte kein Streitgespräch aufkommen lassen. Sie kennt doch ihren Mann in solchen Situationen. Dann ist Funkstille. Manchmal bis drei Tage. Er ging dann mit seinem Alf in der Natur spazieren. Sein Hund widersprach ihm nicht."

Es wurde draußen zeitig dunkel. Bärbel und ihre Mutter baten uns, dazubleiben und nicht im Dunkeln heimzufahren. Wir hatten uns nicht darauf eingestellt, hier zu schlafen.
„Bärbel, ich habe keinen Schlafanzug mit."
Bärbels Mutter hörte es, kramte im elterlichen Schlafzimmer 'rum und rief mich zu sich.
„Ich habe einen. Er wird dir schon passen."
Sie gab mir ihn in die Hände mit dem Nachsatz:

„Der ist noch von Herbert, Bärbels Vater."
Ich merkte, er ist in ihren Gedanken noch gegenwärtig. Mehr noch: Bärbels Mutter sieht in ihrer Tochter ähnliche Verhaltensmuster wie in Herbert. Mutter und Tochter wissen sich ständig etwas zu erzählen. Bärbel ist ihr Ein und Alles, während ihr Stiefvater meint, er spiele lediglich eine Statistenrolle. Nachts schliefen Bärbel, Katharina und Lia zu Dritt in Bärbels Zimmer. Ich im Wohnzimmer auf der Couch. Wir blieben bis Sonntagnachmittag. Ich brachte Bärbel zum Zug nach Halle. Als wir am Bahnhof in Nordhausen ankamen, verriet mir Bärbel:
„Wir haben noch ein viertel Stündchen Zeit. Bleiben wir im Auto."
„Das ist eine gute Idee. Endlich bin ich mal ein paar Minuten mit dir allein."
Alle Probleme, die unser Leben so kompliziert machten, waren wie weggeblasen. Ich empfand diesen Augenblick so harmonisch und hoffnungsvoll, als ob meine Eifersuchtsqualen einem schrecklichen Traum zuzuordnen wären.
„Sag mal, wenn ich dich in Halle besuchen will und ich dich nicht antreffe, wo finde ich dich, wenn ihr zusammen lernt?"
„Meist sind wir in der Nähe."
„Wo ist das?"
„Du weißt schon. Die Straße runter, als wir die anderen Drei ein Stück begleitet hatten, und dann die dritte Querstraße rechts rein."
„Und die Hausnummer, Stockwerk?"
„Das ist die Zwanzig, erster Stock rechts."
„Ich werde dich schon finden. Nur in dringenden Fällen."
Ich wollte mich von ihr verabschieden, umarmte sie auf dem Beifahrersitz und gab ihr einen Kuss.
„Wir haben noch ein paar Minuten Zeit", stellte sie fest.
„Du hattest dich die ganze Zeit ausgiebig mit deiner Mutter unterhalten. Was sagt dein Vater dazu?"
„Das gefällt ihm natürlich nicht. Er fühlt sich wie das fünfte Rad am Wagen, wenn er nicht im Mittelpunkt steht."
„Das dachte ich mir."

Der Zug fuhr in den Bahnhof ein. Ich begleitete Bärbel auf den Bahnsteig.

„Danke für die schöne Feier und das Kennenlernen deiner Eltern."

Ein kurzer Abschied am Zug und ich beeilte mich, Katharina und Lia abzuholen.

„Wo bist du so lange geblieben? Ich dachte schon an einen Unfall", befürchtete Katharina.

„Wir hatten noch etwas Zeit, bis der Zug kam."

Mit einem herzlichen Dankeschön verabschiedeten wir uns von den Eltern und der Trabi brachte uns wohlbehalten nach Aschersleben.

Wenige Tage später erhielt ich einen lieben Brief von Bärbel. Sie hatte ihn im Zug nach Halle geschrieben. Völlig ungefiltert und spontan ließ sie ihre Gefühle nachwirken, gewissermaßen als Folge unseres Zusammenseins im Auto, die wenigen Minuten mit ihr allein. – Was für zuversichtliche Emotionen haben sie in ihr hervorgezaubert! Keine Spur von Misstrauen, Verdächtigungen, negativen Annahmen wegen der Studentin in Leipzig ... Endlich ist alles wieder so, wie es einmal war. In mir kam ein Gefühl der Zufriedenheit und des Glückes auf.

Der fremde Mann

Nach der rundum gelungenen Geburtstagsfeier erhielt ich von einem früheren Studienfreund eine Einladung zum Geburtstag seines einjährigen Sohnes. Ich war übrigens Pate seines ersten Kindes. Da konnte ich schlecht absagen. Wäre das nicht eine passende Gelegenheit, Bärbel mitzunehmen? Ein gemeinsames Wochenende mit ihr? Mitten in der Woche setzte ich mich nach Feierabend ins Auto und fuhr nach Halle. Bärbel war nicht daheim. Doch die Tochter der Wirtin gab mir bereitwillig Auskunft.
„Bärbel lernt mit den anderen zusammen. Hier ganz in der Nähe."
„Ist sie dort, wovon du schon mal gesprochen hattest?"
„Ja genau. Dritte Querstraße."
In wenigen Minuten stand ich vor der Korridortür, klingelte. Eine etwas ältere Frau öffnete
„Guten Tag. – Kann ich Bärbel Michalak sprechen ..."
Die schlanke Frau erschrak, ließ mich nicht zu Ende reden, wich zurück und rief:
„Fräulein Bärbel, ein fremder Mann steht vor der Tür!"
Bald darauf erschien Bärbel.
„Kommst du bald in dein Zimmer? Ich wollte was mit dir besprechen."
„Nicht gleich. Wir sind noch nicht fertig. Ich gebe dir den Schlüssel und komme nach."
„Einverstanden."

In der Zwischenzeit unterhielt ich mich mit Bärbels Wirtin und deren Tochter.
„Kommen Bärbel und ihre Freunde dort öfter zusammen?", fragte ich.
„In letzter Zeit treffen sie sich da mehr als hier", stellte die Halle-Bärbel fest.
So bezeichnete ich mitunter die Tochter, damit jeder wusste, wer gemeint war, denn sie hieß ebenso Bärbel.

„Die Wirtin da unten war total überrascht, als ich vor ihrer Tür stand und nach Bärbel fragte. Anscheinend hat Bärbel ihr nie etwas von mir erzählt."
Betretenes Schweigen. – Etwas zögerlich sagte die Halle-Bärbel:
„Das nehme ich auch an. Bärbel ist manchmal auch dort, wenn die anderen nicht da sind."
Gerade in dem Moment, als unser Gespräch meinen Eifersuchtsgedanken Nahrung gab, erschien Bärbel. Ihre Anwesenheit vertrieb all meine grüblerischen Gedanken. Wir wurden uns ohne Umschweife einig, am kommenden Sonnabend zur Geburtstagsfeier meines Patenkindes nach Gera zu fahren. Wir aßen gemeinsam Abendbrot. Ohne bohrende Fragen zu stellen, verabschiedete ich mich bald von ihr, um am nächsten Tag ausgeruht meine Arbeit am Reißbrett fortsetzen zu können.

Wochenende – Bärbel stieg in Halle zu und ab ging's nach Gera. Sie lernte meinen Studienfreund Karl-Heinz und seine Frau Monika kennen. Ich bin mit ihm eng befreundet. Er hatte sich in Chemnitz aktiv in der evangelischen Studentengemeinde engagiert und arbeitet jetzt als Konstrukteur in einer Werkzeugmaschinenfabrik. Nun aber zum Stammhalter Michael! Er hat sich seit der Taufe gut entwickelt und beginnt zu gehen. In der Unterhaltung stand nicht nur Michael im Mittelpunkt. Wir sprachen ebenso über die betriebliche Arbeit, gesellschaftliche und politische Situation sowie über religiöse und kirchliche Fragen. Nicht zuletzt nahm die Erinnerung an die gemeinsame Studentenzeit breiten Raum ein.
„Karl-Heinz, es ist doch damals ein Student unserer Seminargruppe exmatrikuliert worden. Weshalb denn?"
„Das stimmt. Er hatte kleine Abreiß-Kalenderblätter mit Bibelsprüchen in Briefkästen gesteckt. Dort, wo Genossen in seinem Wohngebiet wohnten."
„Wie hat man ihn erwischt?"
„Ein Hausbewohner hat ihn abgepasst und der Polizei gemeldet."
„Was hat man ihm vorgeworfen?"

„Manche Bibelsprüche hätten den SED-Genossen Angst eingejagt."
„Welche zum Beispiel?"
„Solche wie: Das Blut komme über euch und eure Kinder."
„Woher hatte er den Abreißkalender?"
„Aus dem Westen geschickt bekommen. Obwohl das Paket kontrolliert worden ist und der Kalender von den DDR-Behörden nicht beschlagnahmt wurde, durfte er nicht weiter studieren."
„Karl-Heinz, da ist doch einer aus unserem Semester für drei Jahre eingesperrt worden. Wie war denn das?"
„In einer Vorlesungspause standen wir auf dem kleinen Balkon. Da diskutierte Derjenige mit der Studentin, die meist in der ersten Reihe saß, über den Ulbrich-Besuch in Karl-Marx-Stadt."
„Das war ja nichts Ungewöhnliches", stellte ich fest.
„Na ja – der kam mit dem Zug. Und da soll wohl alle paar hundert Meter ein Polizist am Bahngleis gestanden haben. Er zu ihr: Das ist doch übertrieben! Sie zu ihm: Es gibt auch Feinde des Sozialismus. Das Gespräch eskalierte. Zum Schluss verglich er Ulbrich mit Hitler. Das war zu viel für die SED-treue Studentin."
„Die Pause war doch nicht lange. Wir gingen wieder in die Vorlesung", unterbrach ich Karl-Heinz.
„Das schon. Danach ging sie ins Sekretariat und meldete es. Sie war in ihrer politischen Überzeugung zutiefst verletzt. Wir wollten den Vorfall in der Seminargruppe klären. Dazu kam es nicht. Das sei ein Fall für die Staatssicherheit und damit war die Diskussion erledigt."
„Karl-Heinz, ich erinnere mich. Die Studentin wurde bald schwanger. Einige meiner Freunde wünschten ihr: Das Kind soll mit Widerhaken zur Welt kommen."
Wir tauschten uns auch angenehmerer Erinnerungen aus, so zum Beispiel den Kartoffelernteeinsatz während des Semesters in Mecklenburg oder unsere gemeinsamen Erlebnisse und Feiern in den Studentengemeinden.

Ich hatte bereits zwei Hotelzimmer reservieren lassen. Karl-Heinz schlug mir zwar vor, im Wohnzimmer auf der Couch zu schlafen. Ich wollte jedoch Bärbel nicht allein lassen. Wenige Stunden nach dem Abendbrot verabschiedeten wir uns und fuhren ins Hotel. Ein abwechslungsreicher Tag ging zu Ende: Bis Mittag im Büro. Autofahrt zu Bärbel und von da zu Karl-Heinz. Wiedersehen und angeregte Unterhaltung und jetzt den Tag ausklingen lassen.
„Bärbel, ich suche mal mein Zimmer auf. Danach komme ich bei dir vorbei."
Sie brauchte mir keine Antwort geben. Ich setzte ihr Einverständnis voraus, den Tag gemeinsam ausklingen zu lassen. Ihr Zimmer war wesentlich größer. Möbliert wie in den dreißiger Jahren: Breites Bett mit furniertem Gestell, großer Tisch, Sofa mit geschwungener Lehne, Stühle. Wir schätzten die absolute Ruhe. Kein Laut war zu hören. Wir nahmen in der Nachbarschaft keine weiteren Hotelgäste wahr. Auf dem Tisch stand eine Kerze. Bärbel zündete sie an. Endlich wieder mal mit ihr allein! Ich wünschte es mir öfter. Wir unterhielten uns noch etwas, bis wir ganz still wurden und den Kerzenschein auf uns wirken ließen. Jeder gab sich seinen Gedanken hin, ohne zu wissen, was dem Anderen durch den Kopf ging. Ohne es gezielt zu wollen, kam mir wiederum der schockartig ausgerufene Satz in den Sinn: Fräulein Bärbel, ein fremder Mann steht vor der Tür! - Nur kein Streitgespräch zu später Stunde beginnen! Behalte deine Eifersuchtsgedanken für dich, sagte ich mir. Je mehr mir meine Vernunft ein Redeverbot auferlegte, um so unbeherrschter wurde meine Eifersuchtsphantasie. Ich war nicht mehr Herr meiner selbst, nahm die Streichholzschachtel vom Tisch, wendete sie nervös in meinen Händen von der einen Seite auf die andere, suchte im Zimmer nach einem Stift und schrieb auf die zwei freien Flächen der Schachtel den aller Sensibilität entbehrenden Satz:
Du warst mir untreu bis zum Letzten.

Endlich hatte ich mir die bohrende Vermutung von der Seele geschrieben! Was bilde ich mir ein, von ihr zu erwarten? Seitdem ich ihr Selbstwertgefühl so total verletzt hatte, waren na-

hezu zwei Jahre vergangen. Sie hat zwar die Verbindung zu mir nicht völlig abgebrochen, aber auf ein Minimum beschränkt. Hatten wir uns gegenseitige Treue versprochen? Je einen Gedanken über das Zusammenbleiben oder gar Hochzeit erwähnt? Ich habe ihr nicht mal erzählt, dass ich seit anderthalb Jahren keine Verbindung zu der ehemaligen Studentin in Leipzig habe. Weshalb schreibe ich ihr dann diesen ungeheuerlichen Satz auf die Streichholzschachtel? Bärbel nahm endlich die Schachtel in die Hand, hatte Mühe, meine zittrige Schrift zu entziffern, griff nach dem Stift und suchte eine freie Fläche auf der Schachtel. Meine unerhörte Behauptung hatte nichts frei gelassen. Endlich brach sie das beklemmende Schweigen und ahnte, weshalb ich diesen merkwürdigen Satz geschrieben habe.
„Ich nehme an, du denkst an die alte Dame, die dich vor der Tür stehen sah. Natürlich war sie erschrocken, dass ein Mann vertrauensvoll nach mir fragte. Sie kannte dich nicht. Ich hatte bisher keine Veranlassung, ihr von dir zu erzählen. Ich war ja öfter mit der Gruppe bei ihr in der Wohnung, auch manchmal allein. Deshalb nahm sie an, ich sei mit ihrem Untermieter befreundet."
Was will sie mir aufschreiben? Gott sei Dank findet sie keinen Zettel, ging mir durch den Kopf. Sonst wäre ihre Wunde mit den zugefügten Verletzungen erneut aufgebrochen. Wie verhalte ich mich, falls sie intime Fragen an mich stellte? Ich bin nicht sicher, ob ich die ganze Wahrheit erzählt hätte. Nach und nach kam meine aufgewühlte Seele zur Ruhe. Das Kerzenlicht wirkte auf uns wie ein Wunder – versöhnend. Wir umarmten uns und wünschten uns gegenseitig eine gute Nacht.

Am nächsten Tag machten wir einen ausgiebigen Spaziergang durch die Stadt, begleitet von Karl-Heinz und Michael im Kinderwagen. Nach dem gemeinsamen Mittagessen verabschiedeten wir uns. Ich brachte Bärbel nach Halle. Beim Abschied versprach sie mir, bald mal ein Wochenende in Aschersleben zu verbringen. Mit dieser positiven Zusicherung begann für mich am Montag wieder der Büroalltag. Zur Nachrichtenzeit besuchte ich wie üblich Lia und Katharina. Mit Uli kam ich in der Freizeit nicht mehr so oft zusammen. Er hatte Ingrid geheiratet. Sie erwarteten Nachwuchs. Lia tröstete mich durch ausgiebige Spaziergänge über die Burg, wenn ich mich allein fühlte. Ich unterhielt mich gern mit ihr. Auch das gemeinsame Schweigen tat mir gut. Die emotionalen Probleme, die ich mit Bärbel hatte, verriet ich ihr nur ansatzweise. Lia und Bärbel verstehen sich nicht so gut – zu unterschiedlich im Wesen. Lia mehr introvertiert, Bärbel das ganze Gegenteil. Den Ratschlägen, die mir Lia in meiner Situation gab, widersprach ich nicht: Bärbel und ich seien zu unterschiedlich. Ich sollte mich zurückhalten. Sie besänftigten aber keineswegs meine aufgewühlten Gefühle. Ich merkte, Lia ist ein guter Kamerad und ein mitfühlender Gesprächspartner.

Besuch mich nicht mehr!

Endlich erhielt ich Post von Bärbel mit der Zusage, mich am Wochenende zu besuchen. Wir trafen uns bei Lia, in Bärbels Gaubenzimmer, aber auch bei mir. Alles verlief wie üblich und trotzdem merkte ich, sie hat was auf dem Herzen. Erst wenige Stunden vor ihrer Rückfahrt nach Halle überwand sie ihre innere Blockade und teilte mir schweren Herzens mit:
„Du, Theo, ich wollte dir sagen: Besuche mich bitte nicht mehr in Halle! Ich will in Ruhe fertig studieren."
„Warum, wieso, weshalb?"
Ich war total sprachlos. Ihre niederschmetternde Bitte traf mich völlig unvorbereitet. Was mag sie dazu getrieben haben, mir das sagen zu müssen? Ich merkte ihre Unsicherheit an. Sie ergänzte:
„Du weißt schon, wer das geäußert hat: Jetzt kommt er sogar bei mir vorbei! – Das hat ihm nicht gepasst."
„Na gut. Ich werde mich da unten nicht mehr sehen lassen. Aber bei dir schon, wenn ich meine Eltern besuche."
Ihr Gesichtsausdruck verriet, sie wollte mir widersprechen.
„Du musst mir dann aber vorher schreiben, damit ich zu Hause bin."
„Na gut."
Bald brachte ich sie zum Bahnhof. In versöhnlichem Ton erzählte sie mir:
„In wenigen Monaten ist Schluss. Ich muss allerdings noch eine Abschlussarbeit machen. Dazu sind allerhand Skizzen und Zeichnungen anzufertigen. Hilfst du mir dabei?"
„Ja, warum nicht?"
„Da treffen wir uns bei meinen Eltern in Nordhausen."
„Das ist ein guter Vorschlag."
Bärbel verstand es, Brücken zu bauen, um nicht im Streit auseinander zu gehen.

Kurz vor dem übernächsten Wochenende schrieb ich ihr: Ich komme am Sonnabend vorbei und lade dich ein, mit mir zu meinen Eltern zu fahren. Den Brief schickte ich so spät ab,

dass sie ihn zwar erhält, ihr jedoch keine Zeit verblieb, mir über den Postweg abzusagen.
Meine strategische Kontrolle funktionierte! Sie empfing mich an der Korridortür merklich nervös, führte mich in ihr Zimmer und nahm den Brief in die Hand.
„Deinen Brief habe ich eben erhalten. Ich konnte dir nicht Bescheid geben. Wir lernen wieder zusammen. Ich muss bald weg."
Ich sah mir den Brief genau an: Nicht mit dem Messer geöffnet, sondern mit den Fingern halb zerfetzt aufgerissen. Ob das stimmt? Kommen sie zusammen, um den Vorlesungsstoff aufzuarbeiten? Ich hatte meine Zweifel.
„Ich muss mal schnell runter, bin aber gleich wieder da."
Und schon ließ sie mich für paar Minuten allein. Ob sie ihn unten abpasst und ihm sagen will: Komm bitte nicht hoch! Er ist da und fährt bald nach Leipzig weiter. Danach komme ich zu dir. Was hingegen bilde ich mir ein, sie ständig kontrollieren und in die Enge treiben zu wollen! Das waren meine Gedanken, als ich auf sie wartete. Die Vernunft siegte. Ich verabschiedete mich von ihr. Nicht besonders herzlich, jedoch so, damit ein Wiedersehen nicht ausgeschlossen wird.

Hell erleuchtetes Gaubenfenster

Unser getrübtes Verhältnis muss die Halle-Bärbel bemerkt haben. Ich fühlte, sie wollte mir helfen, Herr meiner Eifersucht zu werden. Diese Enttäuschung nahm ich mit nach Leipzig, sprach allerdings weder mit meinen Geschwistern noch mit meinen Eltern darüber. Meine Familie lenkte mich zwar von meinen verletzten Gefühlen ab. Und dennoch dachte ich an Bärbel, ohne es bewusst zu wollen. Wie verbringt sie das Wochenende? Beschäftigt sie sich wirklich mit dem Vorlesungsstoff? Nach Aschersleben zurückgekehrt, nahm mein Verhalten regelrecht krankhafte Formen an. Fast jeden Tag begab ich mich zur Herrenbreite, sobald es dunkel geworden war, schaute zum Gaubenfenster hoch, ob Licht brannte. Falls das Fenster erleuchtet ist, wollte ich wie ein Detektiv unbemerkt herausfinden, ob sie allein oder gar in Begleitung ihr Refugium aufgesucht hat. Auf einmal kam mir der einschränkende Gedanke in den Sinn: Habe ich das Recht, in ihrem Privatleben rumzuschnüffeln?
Eines Abends war das Gaubenfenster in der Tat hell erleuchtet. Ich stand wie erstarrt auf dem großen Platz der Herrenbreite, ungefähr dreißig Meter vorm Haus und schaute wie angewachsen zur hellen Fensterscheibe hoch in der Hoffnung, bald jemand hinter der Gardine erkennen zu können. Es vergingen lange Minuten. Obwohl sich bei mir nach und nach Genickstarre bemerkbar machte, wischte ich meinen Vorsatz, Bärbel nicht mehr zu kontrollieren, beiseite, ohne dabei ein schlechtes Gewissen zu haben. Endlich bewegte sich der Store. Es muss also jemand da sein! Bärbel allein? Dann hätte sie mir Bescheid gegeben. In Begleitung? Das ist die wahrscheinlichere Variante! Du musst es ertragen, antwortete mein Verstand. Meine gestörte Gefühlswelt ließ kaum vernünftige Gedanken aufkommen. Ich sann nach: Du kannst in dem aufgeregten Zustand unmöglich klingeln. Gibt es nicht eine Möglichkeit, zum Gaubenfenster reinzuschauen? Im Treppenhaus ein Dachlukenfenster öffnen? Aufs Dach rauskriechen und zur Gaube krabbeln? - Zweiter Stock! Zu steiles Dach! Nein, tödliche

Absturzgefahr! Und trotzdem wollte ich ihre Zweisamkeit kontrollieren. Nein, sogar stören und die mögliche Begleitung davonjagen. Wie ein Getriebener hetzte ich zu Lia. „Lia, bei Bärbel brennt Licht. Wollen wir sie besuchen?"
„Vielleicht kommt sie her."
„Ach komm, frische Luft tut gut."

Lia hatte zwar keine Lust. Mir zuliebe kam sie mit. Sie vernahm meine innere Anspannung, als wir vor Bärbels Korridortür standen. Sie kannte Bärbels kontaktfreudige Art. Ich versuchte, ihre Gedanken zu lesen: Vielleicht hat sie Besuch. Wir sind ungebetene Gäste. Wie ein Einbrecher drückte ich vorsichtig die Korridorklinke runter – nicht abgeschlossen! Nur wenige, leise Schritte und ich stand vor Bärbels Zimmertür. Horchte. – Absolute Stille! Ich schlich auf leisen Sohlen ins Treppenhaus zurück. Gott sei Dank knarrten die Dielenbretter nicht!
„Ich habe nichts gehört. Lia, horch du mal!"
Sie sträubte sich innerlich gegen die Schnüffelei. Dennoch erfüllte sie mir den unlauteren Wunsch. Nimmt sie womöglich an, ich würde sie nicht nur schätzen, sondern mich emotional öffnen ihr gegenüber, falls mich Bärbel hintergeht? Ich weiß es nicht in dieser komplizierten Situation. Lia kommt zurück und berichtet mir so leise, dass ich sie kaum verstehe:
„Ich habe lediglich ein verdächtiges Geräusch mitgekriegt. Sonst nichts."
Was für ein Geräusch? Völlig aufgebracht und erregt war ich außerstande, Lia um nähere Erläuterung zu bitten. Die unersättliche Eifersuchtsneugier trieb mich nochmals vor die Wohnungstür – wieder nichts. Mit schlechtem Gewissen verharrte ich einige Sekunden vor der Tür. Dann endlich Bärbels Stimme:
„Du tust . . ."
Eiligen Schrittes verließ ich den Korridor, schaute Lia an, ohne ein Wort zu sagen. Das „Du" sagt alles. Sie ist nicht allein, verriet mir meine innere Stimme. Ich zwang mich, gegenüber Lia ruhig zu erscheinen. Innerlich völlig aufgewühlt, klingelte ich. Es rührte sich nichts. Lia wusste absolut nichts von mei-

nem Bespitzelungsergebnis. Ich fühlte mich von allen guten Geistern verlassen und war nicht Herr meiner Sinne. So, als ob mein Ich neben mir stand. Es verging nahezu eine Minute. Sie kam mir ewig lange vor. Was tun? Warten? Lia nach Hause begleiten? Nein! Ich wollte es wissen und drückte nochmals den Klingelknopf. Diesmal länger und nicht so zaghaft – Endlich! Bärbel kam vor die Korridortür. Während sie uns begrüßte, machte sie die Tür hinter sich zu. Ein sicheres Zeichen, sie möchte uns nicht reinbitten.
„Bärbel, hast du Lust, mit uns etwas spazieren zu gehen?"
„Ach nein."
Es galt, Normalität vorzuspielen und das Gespräch nicht abreißen zu lassen. Ich kannte ja ihren Grund, weshalb sie unsere Einladung nicht annahm. Eine miese Lage für sie. Es wäre unhöflich, ihren Besuch lange allein zu lassen. Deshalb machte ich den Vorschlag:
„Wir bringen Lia gemeinsam nach Hause. Das ist nicht weit. Bitte, bitte!"
Sie zögerte ein paar Sekunden.
„Na gut. Ich ziehe mir schnell was an. Wartet!"
Wir brachten Lia nach Hause und erzählten Bärbel:
„Wir haben an deinem Fenster Licht gesehen und wollten dich wenigstens begrüßen."
„Wollt ihr noch mit hochkommen?", fragte Lia.
„Ein anderes Mal", gaben wir zur Antwort.

Mir war klar, Bärbel wollte ihren Besuch nicht zu lange allein lassen. Und ich war froh, sie die zehn Minuten bis zu ihrem Gaubenzimmer begleiten zu dürfen. Nur nicht Bärbel in die Enge treiben! Keine unangenehmen Fragen stellen! All das ging mir durch den Kopf, obwohl ich dazu ein riesiges Bedürfnis verspürte.
„Fährst du morgen wieder nach Halle zurück?"
„Gleich früh. Ich hole nur paar Anziehsachen."
„Kennst du schon das Thema deiner Abschlussarbeit?"
„Noch nicht. Ich hoffe, es bald zu erfahren."
An ihrem Haus angekommen, wollte sie sich vor dem Eingang verabschieden.

„Hier sieht uns doch jeder. Lass uns ins Haus gehen!"
Sie schloss die Haustür auf.
„Ich möchte mich hier unten im Treppenhaus von dir verabschieden."
Ich widersprach ihr nicht, umarmte sie und drückte sie an mich. Sie legte ihre Arme um meine Hüfte. Eng umschlungen standen wir im kalten Treppenhaus, nahmen die wohlige Körperwärme des anderen wahr. Die Umarmung sagte mehr als viele Worte. Als meine rechte Hand sich über ihre Hüfte nach unten verirrte, legte Bärbel sie wieder um ihre Taille. Ich versuchte, sie zu küssen. Sie wendete ihren Kopf zur Seite. Weshalb wohl? Ich probierte es nochmals und wir küssten uns.
„Du hast ja Alkohol getrunken", sprudelte es aus mir heraus.
Keine Reaktion.
„Seit wann trinkst du allein was Alkoholisches?"
Verlegenes Lächeln ging über ihr Gesicht. Sie brauchte mir keine Antwort geben. Sie ahnte natürlich nicht, dass sie während meiner Spioniererei mit dem „Du" ihre Zweisamkeit verraten hatte.
„Ich will mich jetzt hier von dir verabschieden. Bitte nicht mit hochgehen!"
Selten war ich so einsichtig wie im Augenblick. Weshalb sollte ich ihre peinliche Situation noch komplizierter machen? Oben ihr ungeduldig wartender Besuch. Der wird ihr vorwerfen:
„Du hättest aufs Klingeln nicht reagieren sollen. Weshalb bist du rausgegangen?"
In der Tat hat mein Klingeln ihr angenehmes Zusammensein urplötzlich unterbrochen. Das verriet ihr Alkoholgeruch aus dem Mund. Zuvor noch das wiederholte Horchen an ihrer Stubentür – schäbig! All mein schuftiges Verhalten der letzten halben Stunde reflektierte ich. Umso leichter fiel es mir, ihr Normalität vorzugaukeln, indem ich sagte:
„Ich hoffe, du bekommst bald das Thema deiner Abschlussarbeit. Dann sehen wir uns in Nordhausen wieder."
Mit einer kurzen Umarmung verabschiedeten wir uns.
Lange dachte ich über mein gemeines Verhalten nach. Hat mein Kontrollwahn den Graben zwischen uns nochmals vertieft? Ich will doch meinen Kontakt zu ihr nicht abreißen las-

sen! Ahnt sie es? Wiederum kam mir mein Kardinalfehler in den Sinn: Weshalb sagte ich ihr vor zwei Jahren nicht, dass ich mich für sie entschieden hätte? Warum hatte ich ihr damals eine offene Wahl vorgegaukelt? Erst jetzt fühle ich, was mir Bärbel bedeutet, wenn die Gefahr besteht, sie zu verlieren, allein zu sein und Leere zu empfinden. Wie konnte ich nur damals alles als selbstverständlich hinnehmen? Bloß nicht noch einmal den gleichen Fehler machen! Wann werden meine Schuldgefühle verblassen? All diese Gedanken rumorten in meinem Gehirn. Ich kam mir isoliert und allein gelassen vor.

Warum musste er auch da drüber klettern?

Mitten in der Woche vernahm ich den Drang, nach Feierabend nach Halle zu fahren. Getrieben von Unruhe kam ich trotz schlechten Wetters wohlbehalten dort an, ohne mich angemeldet zu haben. Bärbel war leider nicht zu Hause. Dafür empfing mich Halle-Bärbel recht freundlich. Sie sah mir die Enttäuschung an, bat mich, ins Wohnzimmer zu kommen und bot mir eine Sitzgelegenheit an. Ich fragte:
„Wo mag denn Bärbel sein?"
„Um diese Zeit werden sie alle zusammen lernen."
„Wo denn? Bei ihm unten?"
„Wahrscheinlich. Ich weiß es nicht genau."
„Sind Beide auch manchmal hier?"
„Früher öfter. Jetzt weniger."
Plötzlich wurde mir bewusst, ich will sie in meine eifersüchtige Überwachungsmanie mit einbeziehen. Sie muss mir mein übersteigertes Informationsbedürfnis über Bärbel von den Augen abgelesen haben. Ohne besondere Betonung, fast nebenbei bemerkte sie:
„Wenn er da ist und ich an ihre Tür klopfe, weil ich eine Frage habe, dann dauert es eine gewisse Zeit, bis sie rauskommt."
„Was schätzt du, wann sie heimkommt?"
„Ich kann es dir nicht sagen. Sicherlich spät."
„Dann warte ich nicht. Morgen früh muss ich wieder im Büro sein."
Als ich mich von ihr verabschieden wollte, machte sie mir einen Vorschlag:
„Komm am Sonnabend Abend vorbei!"
„Weshalb erst abends?"
„Da haben sie alle eine Veranstaltung mit Tanz:"
„Wie ich Bärbel kenne, kommt sie erst spät nach Hause."
„Macht nichts. Du brauchst nicht so früh da sein. Ich schlage vor gegen zehn. Wir warten dann auf sie in unserem Wohnzimmer."
„Bleibst du denn so lange auf?"
„Am Wochenende gehe ich nicht so früh ins Bett."

Ihr Angebot, mit Bärbel zusammen zu kommen, überraschte mich. Sie traf mit ihrem Vorschlag mein übergroßes Verlangen, Bärbel um jeden Preis wieder zurück zu bekommen. Als ich ihr beim Abschied die Hand reichte, offenbarte sie mir:
„Vielleicht lernst du ihn bei dieser Gelegenheit gleich kennen."
Mit dieser Vermutung verriet mir Halle-Bärbel: Sie kennen sich beide besser als ich annehme. Ist Bärbel für mich bereits verloren? Erkenne ich das bloß nicht vor lauter Realitätsverlust? Weshalb investiere ich so viel Kraft ohne Aussicht, mit Bärbel wieder zusammen zu kommen? Mit diesen ungewissen Gedanken fuhr ich nach Aschersleben zurück.
Nach einer unruhigen Nacht lenkte mich meine berufliche Arbeit von den zwischenmenschlichen Problemen ab. Zum Wochenende war ich wieder handlungsfähig. Zunächst verlief alles wie abgesprochen ab. Ich traf noch vor zehn abends bei Halle-Bärbel ein. Sie empfing mich im Wohnzimmer. Bald ging ihre Mutter zu Bett. Wir unterhielten uns anfangs über Belangloses, später über Bärbels verändertes Verhalten, wenn er anwesend war. Jeder normal veranlagte Mensch würde mehr Abstand zu Bärbel bekommen und sich von ihr lösen. Weshalb nicht ich? Das hat sich sicherlich auch Halle-Bärbel gefragt. Sie kannte natürlich nicht meine Vorgeschichte. Ich hatte Bärbels Selbstwertgefühl elementar verletzt und die Folgen ihrer Verletzungen nicht einkalkuliert. So meine ich, es sei ihr nicht ernst mit ihm. Sie suche lediglich ihre Bestätigung. Weshalb verblassen meine Schuldgefühle nicht, bleiben so lange präsent? Das fragte ich mich erneut.

Es wurde spät. Anfangs saßen wir auf dem Sofa. Danach streckten wir uns aus. Wir lagen sehr eng nebeneinander auf dem schmalen Sitzsofa. Ich fragte sie:
„Was mache ich nur, wenn Bärbel jetzt käme?"
„Du gehst raus und begrüßt sie im Korridor."
„Und wenn er dabei ist?"
„Mach dir keine Gedanken! Da fällt ihr schon was ein."
„Zum Beispiel?"
„Vielleicht will sie ihm das geliehene Buch wieder zurückgeben. Sie ist nicht auf den Kopf gefallen."

Trotz der körperlichen Nähe auf dem Sofa kreisten meine Gedanken nur um Bärbel. Obwohl mich die Tochter von Bärbels Vermieterin in meinem nahezu krankhaften Überwachungswahn vorbildlich unterstützte, bedankte ich mich weder mit einer kleinen Geste noch mit Worten bei ihr. Ich habe ihre Hand nicht gestreichelt, ihren Körper trotz Nähe nicht bewusst berührt. Es wurde mir sichtlich unangenehm, zu später Stunde mit ihr hier auf Bärbel zu warten.
„Du, es ist schon Mitternacht. Ich kann nicht länger bleiben", sagte ich ihr.
„Sie muss aber bald kommen."
„Trotzdem, ich breche auf."
Ich habe Halle-Bärbel gewissermaßen als Dank nicht mal beim Abschied umarmt und gedrückt, obwohl mir das in ähnlichen Situationen bisher recht leichtgefallen ist. Die Sorge, Bärbel hergeben zu müssen, blockierte meine Gefühle.

Ich fragte mich, was tun? Nur nicht aufgeben! Keineswegs jetzt zu meinen Eltern fahren! Sozusagen am Ball bleiben. Meinen Trabi hatte ich unauffällig in einer Seitenstraße abgestellt. Ich entschied: Warten, bis Bärbel kommt und sie belauern, ohne dass sie mich bemerkt. Ihrem Haus gegenüber stehen auf dem Fußweg dicke, alte Straßenbäume. Leider keine Häuser mit Vorgärten, in den ich mich hätte verstecken können. Stattdessen eine lange, fast zwei Meter hohe Mauer. Dahinter ein großer gewerblich genutzter Hof mit Lagerräumen. Soviel erkannte ich im Dunkeln durch den Spalt eines Blechtores. Das Tor etwa vierzig Meter von Bärbels Hauseingang entfernt. Leider war es verschlossen. Sonst hätte ich durch den Riss im Blech die Nachtschwärmer unbemerkt beobachten können. So blieb mir nichts weiter übrig, hinter einem dicken Baum in Tornähe Schutz zu suchen. Es verging eine halbe, vielleicht sogar eine ganze Stunde. Ich wurde unvorsichtig, ging auf und ab, um nicht zu frieren. Jedoch den Blick stets die Straße entlang gerichtet, woher sie kommen müssten. Ich staunte über mich selbst, welche Geduldsenergie ich aufbrachte.

Jetzt endlich! Am Ende der leicht gebogenen Straße erschien ein Pärchen. Ob sie es sein könnten? In der fahlen Straßenbeleuchtung nicht erkennbar. Beide näherten sich im Schlenderschritt auf meiner Straßenseite. – Sie müssten es sein! Ihre Silhouette verriet es. Ich nahm Deckung hinter dem dicken Baum, linste ab und zu hervor, um zu sehen, was vor sich ging. In Höhe von Bärbels Haustür blieben beide stehen. Dem Haus zugewandt, also nicht in meine Richtung schauend. Ohne sich voneinander zu verabschieden, überquerte Bärbel die Straße und verschwand hinter ihrer Haustür. Wie ist das zu deuten? Muss sie schnell mal auf die Toilette? Holt sie etwas Wichtiges aus ihrem Zimmer, um es ihm zu übergeben? Stunden nach Mitternacht? Eher unwahrscheinlich. Oder will sie sich vergewissern, ob die Luft rein ist, um ihn einzuladen, mit hochzukommen? Während ich meine Beobachtung analysierte, konzentrierte ich mich zu wenig auf den Sichtschutz hinter dem Baum: Er muss mich bemerkt haben. Langsamen Schrittes kam er auf mich zu. Was tun? Ich musste mich schnell entscheiden. Mich entfernen? Nein! Da kann ich nicht mehr Schmiere stehen. Nicht verfolgen, wie sich Bärbel verhalten wird. Auf ihn zugehen und mich zu erkennen geben? Dann ändern beide ihren nächtlichen Plan.
Kurz entschlossen versuchte ich über das hohe Eisentor zu klettern, um dahinter Beobachtungsschutz zu finden. Die versteifenden Winkeleisen gaben mir Kletterhilfe. Doch die aufgesetzten Stahlspitzen erschwerten das Übersteigen. Mit meinem Körper bereits über dem Tor, rutschte ich ab. Eine Spitze riss mir eine bis vier Zentimeter lange, tiefe Fleischwunde in den linken Handteller in der Nähe des kleinen Fingers. Vor lauter Erregung spürte ich den Schmerz kaum. Es begann aber bald stark zu bluten. Mein Taschentuch diente als Notverband. In diesem Moment kümmerte ich mich weniger um mich, sondern richtete meinen Blick auf Bärbels Haustür. Ein Loch im Tor gab mir freie Sicht.
Da ist sie ja schon! Sie geht zu ihm über die Straße. In der Annahme, dass Beide mich hinter dem beschädigten Tor entdecken könnten, kroch ich hinter der Mauer bis zu der Stelle, wo ich sie vermutete und belauschte ihr Gespräch. Leider verstand

ich nichts. Die hohe Mauer ließ ihren verhaltenen Dialog kaum an mein Ohr dringen. Ich verstand nichts – schade. Plötzlich brach das Gespräch ab. Ich vernahm Klettergeräusche und ein Abrutschen an der Mauer in unmittelbarer Nähe. Er versuchte, klimmzugartig die Mauer hochzukommen, vielleicht mit Unterstützung von Bärbel. Hat er mich bereits gesehen? Ich nehme es nicht an. Muss ich mich ängstlich vor ihm verstecken? Ihm ausweichen? Nein, diese Demütigung brauche ich nicht über mich ergehen lassen. Ich hoffte, im Sichtschutz des Tores ihr weiteres Vorhaben unbemerkt beobachten zu können. Da er mich jedoch zuvor hinter dem Baum gesehen hatte, erschien mir jetzt jede weitere detektivische Kontrolle weniger sinnvoll. Ich richtete mich auf, ging zum Tor und überwand es. Diesmal vorsichtiger und nicht gehetzt. Kurz darauf stand ich ihnen erhobenen Hauptes gegenüber. Gab es in dieser scheußlichen Situation eine Begrüßung? Ich hatte auf keinen Fall das Verlangen, Bärbel zu umarmen. Nicht mal die Hand habe ich Beiden gegeben. Ein Schock blockierte für wenige Sekunden mein Denken. Ich kann mich nicht an unsere ersten Worte erinnern. Nach und nach löste sich bei mir das lähmende Gefühl.

Er machte den ersten Schritt in die Richtung, aus der sie gekommen waren. Wir folgten ihm und blieben unter einer Straßenlaterne stehen. Bärbel rückte seinen Schlips zurecht. Er ist sicherlich durch seinen Kletterversuch an der Mauer verrutscht worden. Meine Eifersuchtsgefühle wallten wieder auf. Endlich hat sie einen Grund gefunden, ihn zu berühren. Sie tut es mit Zuneigung. Und das noch vor meinen Augen! Meine verletzte Hand hingegen nimmt sie nicht wahr. Diese Gedanken schossen mir durch den Kopf. Dass ich Beide in ihrem Vorhaben gestört habe durch meine nächtliche Kontrollsucht, kam mir nicht in den Sinn. Kein Wort des Bedauerns oder gar eine Entschuldigung brachte ich über meine Lippen. Ich hätte auch Normalität vorheucheln können, indem ich Bärbel begrüße:
„Du hast mich lange warten lassen, Schön, dass ich dich noch antreffe."
Vor lauter Misstrauen kam es zu keinem entspannten Gespräch. Zufällig bemerkte Bärbel meine verletzte Hand.

„Was ist denn da passiert?"
„Ich habe mich am Tor verletzt."
„Du blutest ja. Zeig mal her!"
Sie sah sich die Wunde an.
„Die Hand muss richtig verbunden werden."
„Warum musste er auch da drüber klettern?", kommentierte ihr Begleiter mein Verhalten.
Bald verabschiedete er sich von uns. Ich ging mit Bärbel zum Trabi. Dort verband Bärbel die Wunde notdürftig. Mehr zurückhaltend als herzlich verabschiedete ich mich von ihr und fuhr zu meinen Eltern.

Übermüdet legte ich mich sofort ins Bett, stand erst zum Mittagessen auf. Die Umstände, weshalb ich meine Hand verletzt hatte, schilderte ich meinen Eltern natürlich nicht. Erst nachmittags fuhr ich in das Sankt Georg-Krankenhaus.
„Weshalb kommen sie erst jetzt? Das muss doch schon vor zehn, zwölf Stunden passiert sein. Die Wunde ist bereits verbacken."
So begrüßte mich der Notarzt.
„Ich habe mich in der letzten Nacht verletzt und musste den Schlaf nachholen. Deshalb komme ich so spät."
„Die Wunde ist recht tief. Ich muss sie erst versorgen und mit paar Stichen schließen."
Am Montag saß ich wieder am Reißbrett. Die Heilung verlief normal.
Die abenteuerliche Überwachungsnacht schien mir eine Lehre gewesen zu sein. Kurz danach fuhr ich ein letztes Mal nach Halle. Dort berichtete ich der Tochter von Bärbels Wirtin, was mir alles passiert sei nach Mitternacht. Spontan unterstützte sie mich in meinem Eifersuchtsdrang.
„An jenem Sonntag ist sie noch vor dem Mittagessen zu ihm runter."
Von Bärbels Seite aus gesehen verständlich. Sie wollte sich gewissermaßen bei ihm entschuldigen. Letztlich hatte ich ihnen den nächtlichen Abschluss des Tanzabends vermiest. Ohne dass ich Halle-Bärbel gefragt hatte, weshalb Bärbel in der näm-

lichen Nacht allein hochging und bald wieder zu ihm runterkam, erklärte sie mir das Betreten ihrer Wohnung so:
„Sie wollte sehen, ob wir schon schlafen. Ob Beide ungestört..."
Ich unterbrach sie.
„Das sind Annahmen, Vermutungen. Wollen wir uns an Fakten halten."
Es tat mir weh, aus ihrem Mund Verdächtigungen als Tatsachen serviert zu erhalten. Natürlich geisterten ähnliche Gedanken in meinem Kopf umher. Mein wahnsinniges nächtliches Spionieren lehrte mich: Nicht weiter so! Steck zurück! So zerstörst du mehr und erreichst nichts. Überwinde das verwirrte Denken, die Angst, Bärbel zu verlieren! Komm zur Ruhe! Sei zuversichtlich und schenk ihr wieder Vertrauen!

Wollen wir heiraten?

Bärbel lud mich an zwei Wochenenden zu ihren Eltern nach Nordhausen ein. Ich half ihr bei ihrer Abschussarbeit und genoss die Tage, in Harmonie und Eintracht in ihrer Familie verbringen zu dürfen: Die große, zentral beheizte Wohnung mit Bad nur für drei Personen. Wer besaß das schon! Wir kamen mit der Arbeit gut voran. Die Mithilfe überdeckte meine zuvor erlittenen seelisch schmerzenden Beobachtungen. Wir waren zwar selten allein. Umso mehr schätzten wir dann die wenigen Minuten zu Zweit. Meine Wohnverhältnisse empfand ich hinterher umso gegensätzlicher: Mein karg eingerichtetes Zimmer – Metallbettgestell, bescheidener Schrank, Tisch, Stuhl, ein Schreibtisch, den man eventuell entbehren könnte. Ein Kanonenofen, mit dem ich das Zimmer im kalten Winter nur für kaum eine Stunde warm bekam. Keine Badegelegenheit, lediglich ein Waschbecken mit kaltem Wasseranschluss und eine Toilette. Ein Empfinden der Leere und des Alleinseins machte sich in mir breit. Die selbst auferlegte Beschränkung, die Kontrollfahrten nach Halle zu unterlassen, fiel mir schwer einzuhalten. Zwar kam Bärbel ab und zu nach Aschersleben. Wir trafen uns bei Katharina und Lia. Manchmal auch in ihrem Zimmer. Die zeitlichen Abstände kamen mir ewig lang vor.

Um die Osterzeit hatte Bärbel mehrere Tage eingeplant, in Aschersleben zu verbringen. Wir wanderten über die Burg, besuchten gemeinsame Freunde. Sie traf sich mit Berufskolleginnen. Wir unterhielten uns in ihrem Zimmer, was für sie alles in den nächsten Wochen ansteht.
„Die Abschlussarbeit habe ich abgegeben. Das Ende des Studiums ist abzusehen."
„Bärbel, kommst du wieder an die Schule hier in Aschersleben zurück?"
„Das ist so vorgesehen."
Anstatt sie spontan und freudig zu umarmen, holte mich die komplizierte Vergangenheit wieder ein. So gut es ging, ließ ich mir meine Nachdenklichkeit nicht anmerken.

„Dann werden wir uns wieder öfter sehen", schlussfolgerte ich zurückhaltend.
„Nicht nur sehen, sondern hoffentlich auch mehr Zeit füreinander haben."
So ist eben Bärbel. Sie kann die Probleme der letzten Wochen schnell verdrängen und perspektivisch denken. Sie lenkte mehr und mehr das Gespräch auf das Danach.
„Kommen wir wieder zusammen?"
„Ich fühlte mich immer mit dir verbunden, auch in den verwickelten Gegebenheiten in Halle."
„Was meinst du – wollen wir heiraten?"
Diese Frage traf mich völlig unvorbereitet. Was geht in ihr vor? Was veranlasst sie, mich im Augenblick danach zu fragen? Hängt es von meiner Antwort ab, ob sie nach dem Studium wieder an ihre alte Schule zurückkehrt oder woanders anfängt? Eigentlich hätte ich mich freuen dürfen. Plötzlich brach die Wunde meiner Leidensqualen wieder auf.
„Vor wenigen Monaten hast du mir gesagt, ich solle nicht mehr nach Halle kommen. Und jetzt das?"
„Dafür waren wir in letzter Zeit in Nordhausen und auch hier mehrmals zusammen."

Sie holte aus ihrer Handtasche den Taschenkalender raus, schlug die Seite mit dem Jahresüberblick auf und zeigte mit dem Finger auf Februar. Einige Tage des Monats waren markiert. Sie blätterte, suchte die Doppelseite der Wochenübersicht mit zwei markierten Tagen. Im unteren Sonnabend-Feld der rechten Seite las ich:
„Theo zu Besuch in Nordhausen."
Ein einsames M. bemerkte ich auf der gleichen Seite ganz oben, gewissermaßen als Hinweis im Donnerstag-Feld eingetragen. Alle anderen Felder dieser Woche waren leer. Ich nahm ihren Kalender in meine Hände, blätterte neugierig Seite für Seite um. Was bedeutet dieses rätselhafte M.? Meine Neugierde beunruhigte sie.
„Gib ihn mir wieder zurück!"
Ich reagierte nicht auf die Sekunde.
„Bitte – das ist mein persönlicher Kalender!"

Etwas zögerlich erfüllte ich ihren Wunsch. Dieses M. kann doch nur diejenige Person bedeuten, die sie in der nämlichen Nacht nach Hause begleitet hat, so mutmaßte ich. Ich vermied, all die unangenehmen Vorkommnisse der letzten Monate in Erinnerung zu rufen.
„Ich wollte dir nur zeigen, dass wir uns in den letzten Wochen öfter gesehen haben."
„Du hast recht. Dennoch, meine Enttäuschungen und Zweifel kommen wieder hoch, sind noch nicht überwunden."
Ich war außerstande, ihre ausgestreckte Hand der Versöhnung zu diesem Zeitpunkt anzunehmen. Ich versuchte sie zu trösten:
„Du schließt in Halle bald ab. Dann kommst du nach Aschersleben zurück."
Genügt ihr das? Weshalb spreche ich nicht offen aus, was mir mein Gefühl verriet? Ohne dich ist alles leer. Wir sprechen uns aus. Offenheit schafft Vertrauen. Dann wird alles wieder gut. Ich war nicht fähig, ihr diese Gedanken jetzt schon zu sagen. Nur nicht die Gesprächstür zuschlagen. Ich muss zuversichtlich sein.
„Bärbel, du merkst, ich kann mich zum gegenwärtigen Zeitpunkt nicht mit dir versöhnen. Gib mir Zeit! Komm zurück! Wir sprechen uns aus. Dann wird alles wieder gut werden."

Es kam der Mai, der Juni. Trotz ihres Abschlusses trafen wir uns öfter als bisher. Katharina lud uns zu ihrem Geburtstag ein. Auch Bärbel nahm die Einladung an. Ich freute mich. Kurz davor sagte sie ab.
„Es ist etwas dazwischengekommen."
Mir kamen Zweifel auf. Katharina feiert doch am unterrichtsfreien Wochenende! Will Bärbel die zwei Tage ungestört mit M. verbringen? Vermutete meine krankhafte Eifersucht. Wenn ich hier feiere, kann ich sie in Halle nicht aufsuchen. Ich fühlte, wie dünnhäutig ich geworden bin. Die Wunde der Verletzungen platzte erneut auf.

Große Chance

Die Urlaubszeit kam heran. Das Reisebüro bot mir wiederum eine Reise nach Ulcinj in Jugoslawien an. Ich sagte ohne zu zögern zu. Sofort schrieb ich Bärbel, sie solle sich um die gleiche Reise bemühen.
Welch ein Glück! Sie erhielt dieselbe Reise ab Ende Juli für drei Wochen. Nun galt es, Nägel mit Köpfen zu machen. Bärbel kehrte mit ihrem Abschluss nach Aschersleben zurück. Die Buchungsunterlagen für die Reise befanden sich in ihrer Handtasche.
„Bärbel, so ein Glücksfall gibt es nicht noch einmal. Hier hättest du die Reise nicht bekommen, falls noch ein zweiter Platz vorhanden gewesen wäre. Die wissen doch, dass wir miteinander befreundet sind."
„Was meinst du damit?"
„Dass wir zusammen abhauen könnten."
„Ist denn das von Jugoslawien aus möglich?"
„Auf jeden Fall leichter als von Bulgarien."
Es wurden Fluchtpläne geschmiedet.
„Die jugoslawisch-österreichische Grenze ist doch nicht hermetisch abgeriegelt wie bei uns."
„Wie weit ist es bis dahin?"
„Leider sehr weit, achthundert, vielleicht auch tausend Kilometer. Ulcinj ist nämlich der südlichste Ort an der jugoslawischen Adriaküste. Nicht weit von der albanischen Grenze weg."
„Ich erinnere mich. Du hast es mir vor einem Jahr geschrieben."
Sie überlegte und fragte:
„Meinst du, es nimmt uns jemand per Autostopp mit?"
„Das müssten wir probieren."
„Wäre es nicht besser, wir würden westdeutsche Freunde bitten, uns von da unten abzuholen?"
„Das ist ein guter Gedanke. Dann müssten wir bald an jemand schreiben."
Wir überlegten gemeinsam, wer infrage käme. Verwandte? Freunde? Ich zögerte:

„Wollen wir wirklich noch jemand in unseren Plan einweihen? Falls sie dann antworten und die Post wird kontrolliert, dann fliegt alles auf. Wir verlieren die schöne Reise und werden wegen Fluchtabsicht verhaftet", gab ich zu bedenken.
Wir entschieden, niemand in unser Vorhaben einzuweihen.

Uns war klar, falls wir nicht mehr wiederkommen, werden Bärbels und mein Zimmer kontrolliert und wichtige Dinge beschlagnahmt. Mein spartanisch eingerichtetes Zimmer habe ich möbliert gemietet. Da gibt es keine wertvollen Sachen oder lieb gewonnene Erinnerungsstücke. Die Tauchgeräte und Kälteschutzanzüge verstecke ich in einer Garage meiner Wirtin, die sie nicht vermietet hat und als Lager für Ersatzteile und sonstigen Krimskrams dient. Ich war mir sicher, die Schnüffler werden in dem vollgestopften, unaufgeräumten Raum nicht nach meinen Sachen suchen. Bärbel verstaute ihre persönlich wichtigen Dinge in einem Koffer. Wir brachten ihn am Wochenende zu Oma nach Borna mit der Bitte, ihn auf dem Dachboden aufzubewahren. Auch ich schätzte ihre liebe Oma über alle Maßen. Sie ist eine liebenswerte, verständnisvolle und lebenserfahrene Frau. Es fiel uns schwer, beim Abschied unser Vorhaben zu verschweigen. Schließen wir unsere liebe Oma ein letztes Mal in unsere Arme? Gibt es ein Wiedersehen bei Omas Tochter im Westen? Sie ist ja zugleich auch Bärbels Tante. Wird Oma in ihrem hohen Alter eine Reise nach Westdeutschland riskieren? Mit diesen wehmütigen Gedanken verabschiedeten wir uns von ihr. Ähnlich schwer fiel uns der Abschied von meinen Eltern in Leipzig.

Für Bärbel begannen die Sommerferien. Sie hielt sich für einige Tage in Nordhausen auf. Als sie von ihren Eltern zurückkehrte, machte sie mir in ihrem Zimmer ein folgenschweres Geständnis.
„Du, ich habe meinen Eltern erzählt, dass wir in Jugoslawien fliehen wollen."
„Was? – Wir wollten doch mit niemand darüber sprechen!"
„Ich hätte es nicht tun sollen."
„Ja und? Was haben sie dazu gesagt?"

„Ich musste versprechen, wieder zurückzukommen, nicht abzuhauen."
„Und hast du das getan?"
„Ich wollte es nicht. Ich habe ihnen erzählt, dass wir bereits alles vorbereitet haben."
„Wie haben sie darauf reagiert?"
„Sie blieben hart. Vati hat sogar gedroht, unsere Fluchtabsichten dem Stasimann in seinem Werk mitzuteilen, falls ich ihnen nicht verspreche zurückzukommen."
„Mit der Stasi gedroht? – Unmöglich! Ich bin am Boden zerstört. Damit droht man nicht."
„Ich musste ihnen fest versprechen, wieder heimzukommen."
„Bärbel, ich bin völlig durcheinander, nahezu verwirrt, innerlich erregt. Ich kann nicht mehr klar denken."
Ich verließ ihr Zimmer, ohne mich von ihr zu verabschieden. Wie ich nach Hause gekommen bin, weiß ich nicht mehr. In mir war eine Welt zusammengebrochen. In wenigen Tagen beginnt die Reise. Alles ist bezahlt. Absagen kommt für mich nicht in Frage. Ob Bärbel daran teilnehmen wird? All das waren meine unruhigen Gedanken.

Das letzte Wochenende vor der Abreise. Ich saß trübsinnig in meinem Zimmer. Es klingelte zwei Mal hintereinander. Ich dachte an Bärbel. Eine frühere Auszubildende stand vor der Tür. Sie studiert jetzt in Magdeburg. Das wusste ich. Zuletzt arbeitete sie als technische Zeichnerin in unserem Büro. Persönlich hatte ich mit ihr nie etwas zu tun. Ich bat sie reinzukommen. Wir sprachen über ihr Studium. Die augenblicklichen Ferien verbrachte sie bei ihren Eltern in Aschersleben. Was mag sie auf dem Herzen haben?
„Ich habe in Magdeburg Verbindung mit der katholischen Studentengemeinde. Sie waren doch in Chemnitz auch in der KSG engagiert."
„Ja, das stimmt."
Ich wusste nicht, worauf sie hinauswollte. In der Kirche hatte ich sie hier in letzter Zeit ab und an gesehen. Sie war in ihrer Lehrlingszeit offensichtlich keine regelmäßige Kirchgängerin gewesen.

„In dieser Studentengruppe habe ich nämlich einen Studenten kennen gelernt, der eine ähnlich konsequente, kritische Lebensauffassung gegenüber dem Staat hat wie Sie."
„Das nehmen Sie von mir an. Woher wissen Sie es?"
„Das habe ich während meiner Lehrlingszeit so mitbekommen. Sie waren anfangs noch nicht mal in der Gewerkschaft. Und Einiges hat mir mein Bruder erzählt."
Wie immer machte ich auch diesmal meinen Kardinalfehler und schenkte ihr zu schnell Vertrauen. Die Stasi hätte sie zu mir geschickt haben können. Vielleicht meinte ich unbewusst, Bärbels Enttäuschung leichter überwinden zu können, wenn ich mich einer anderen Person gegenüber öffne, zumal ihre Attraktivität mir den Weg dazu bereitete. Bald empfand ich, sie wolle mit mir über den Studenten der KSG sprechen, den sie anscheinend verehrte. Sie stellte mir seine nachdenkliche Haltung zum Gesellschaftssystem dar. Er sei ein Suchender, der alles analysiere und überprüfe. Obwohl es eigenartig war, mit ihr über solch Privates zu sprechen, fühlte ich mich geehrt, dass sie in ihm mich erkannte und mich mit ihm verglich. Im Laufe des Gesprächs erzählte ich ihr von unserer unmittelbar bevorstehenden Jugoslawienreise.
„Wissen Sie, ich habe vergessen, mein laufendes Sparbuch meinen Eltern zu geben. Wenn das jemand hier findet, kann er ohne Ausweis Geld abheben."
Ich kramte es hervor.
„Es ist zwar nicht viel drauf. Paar hundert Mark. Ich gebe es Ihnen zum Aufbewahren."
„Weshalb wollen Sie es nicht ihrem Freund, Uli Klimke, geben?"
„Den will ich nicht damit belasten."
„Wie meinen Sie das?"
„Sollten wir nicht wiederkommen, so können Sies behalten."
Ich erschrak vor mir selbst. Wie konnte ich ihr so blind vertrauen! Möglicherweise existiert der KSG-Student gar nicht. Eine Erfindung von ihr, um mein Vertrauen zu gewinnen. Indirekt gab ich unsere Fluchtabsichten preis. Ein Fünkchen Hoffnung kam in mir auf, Bärbel in unserem Urlaub umstimmen zu können, mit mir die Flucht zu wagen. Etwas widerwillig nahm

sie das Sparbuch an und wir verabschiedeten uns. Allein im Zimmer wurde mir bewusst, wie gefährlich es sei, unsere Absicht zu fliehen auszuplaudern. Bärbel werfe ich ihre Mitteilungssucht vor. Ich dagegen riskiere durch meine Plapperei, den Arbeitsplatz von uns beiden zu verlieren und Gefängnisstrafen für Jahre einzuhandeln.

Flughafen Berlin-Schönefeld: Ich suchte kurz vor Abflug nach Jugoslawien das Mitroparestaurant auf, um schnell eine Kleinigkeit zu Mittag zu essen. Im gut belegten Speisesaal fand ich ein freies Plätzchen und bestellte mir was Schnelles. Bevor das Essen serviert wurde, ließ ich meinen Blick über die vielen Gäste schweifen. Hinten an der Wand, das könnte sie sein – Bärbel! Kein Augenkontakt, kein aufeinander zugehen, keine Begrüßung! Obwohl es nicht abgesprochen war, verhielten wir uns so, als ob wir uns nicht kennen. Unser letztes Gespräch vor paar Tagen in ihrem Zimmer lag mir noch unverdaut im Magen. Was wird das für ein Urlaub werden? Wird es einen versöhnlichen Gedankenaustausch geben? Werde ich sie umstimmen können? Eigentlich ist sie nicht eine Frau von Grundsätzen und unumstößlichen Zusagen. Ein klein wenig Hoffnung und Zuversicht kamen in mir auf. Sie hat die Reise nicht abgesagt, stellte ich getröstet fest.
Mit diesen Gedankensplittern im Kopf startete das französische Düsenflugzeug Caravelle – eine kleine Sensation für uns DDR-Bürger. Wir kannten bisher lediglich die sowjetische Iljuschin. Nach Zwischenaufenthalten in Zagreb und Belgrad landeten wir in Titograd. Von da mit dem Bus nach Ulcinj. Gegen Mitternacht erhielten wir noch ein Abendbrot. Danach Unterbringung im Motel Cetinje. Mit Bärbel hatte ich kurz Kontakt aufgenommen mit dem Hinweis: Wir verhalten uns die ersten Tage so, als ob wir uns nicht kennen. So können die Aufpasser, die es ja in jeder Reisegruppe gibt, nicht annehmen, wir hätten eine Flucht vor der Abreise geplant. Uns fiel es sichtlich schwer, nicht miteinander zu reden und zu essen, insbesondere die freie Zeit getrennt zu verbringen. Unsere Zimmer lagen zudem nicht im gleichen Haus. Allerdings wusste ich, wo Bärbel untergebracht war.

Wie üblich schnorchelte ich ein, zwei Stunden, bekam großen Appetit, aß Mittag reichlich und hielt danach ausgiebig Mittagsschlaf, weil mir die Klimaumstellung zu schaffen machte. Nach wenigen Tagen beschloss ich, unsere frei gewählte Kontaktsperre zu beenden. Bärbel war nirgends auffindbar. Ihr Zimmer abgeschlossen, ihr Fenster dagegen weit geöffnet. Sie lag auf dem Bett und schlief. Mittagsruhe? Etwas ungewöhnlich für sie! Ich kletterte durchs Fenster, ohne Krach zu machen. Trotzdem erschrak sie, setzte sich im Bett auf und erkannte mich.
„Entschuldige bitte, dass ich wie ein Dieb in dein Zimmer gekommen bin."
Sie musste erst mal richtig wach werden und sich vom Schreck erholen.
„Ich habe dich überall gesucht und nirgends gefunden. Meiner Meinung nach können wir uns bald gemeinsam zeigen. Ich schlage vor beim Affenfelsen, wenn ich dort bade und schnorchle. Da tue ich so, als ob ich dich da kennen lerne."
„Du hast recht. Die meisten von unserer Gruppe halten sich dort auf, sonnen sich, trinken etwas und hören Musik."
Auf diesen taktischen Schachzug einigten wir uns ohne Widerspruch. Was ist dagegen mit der riesigen Kluft, die sich durch ihre Eltern zwischen uns aufgetan hat? Ihr Nein zu unserer abgesprochenen Flucht beschäftigte mich ständig. Es drängte mich, Bärbel daraufhin anzusprechen.
„Sag mal, hast du mit deinen Eltern noch mal über unser Problem gesprochen?"
„Ich hab es versucht."
„Und? – Was haben sie gesagt?"
„Sie wollen mich nicht verlieren. Wären sonst allein. Und das Risiko!"
Ich brach das Gespräch ab.
„Bärbel, geh mal raus vor die Tür und schau, ob jemand im Gang ist. Es soll mich niemand sehen, wenn ich aus deinem Zimmer komme."
Es war alles frei.

Wir trafen uns wie abgesprochen am Affenfelsen beim Schnorcheln. Endlich gemeinsamer Urlaub! Baden, wandern, gemeinsam essen gehen, bei Besichtigungen und Führungen miteinander sprechen... Während eines einsamen Spazierganges im Hinterland nutzte ich wiederum die Gelegenheit, mit Bärbel über unser Problem zu reden. Es gab keinen Durchbruch. Keine Wende. Jedes Gespräch endete wiederholt in der gleichen Sackgasse:
„Du, ich musste hoch und heilig versprechen, wieder heim zu kommen."
Wenn ihr dieser Satz über die Lippen kam, wirkte sie auf mich sehr niedergeschlagen, nahezu traurig. Führten wir die Diskussionen zu später Stunde, dann schlief ich schlecht und war früh wie gerädert. Wir erinnerten uns an den gemeinsamen Urlaub am Goldstrand vor drei Jahren. Der war alles andere als erholsam. Es gab allerdings keinen Widerspruch. Es herrschte Einvernehmen, gemeinsam zu fliehen. Jetzt dagegen verhindern Bärbels Eltern unser abgesprochenes Vorhaben.
„Bärbel, es tut mir leid, dass ich damals so ausgerastet bin, als du mir in deinem Zimmer von Vatis Stasidrohung erzähltest."
„Ich hätte es dir anders sagen sollen. Womöglich war es auch von ihm nicht so wörtlich gemeint."
„Ich bin davongelaufen. Ohne auf Wiedersehen zu sagen, hatte ich dich damals verlassen. Warst du traurig? Musstest du weinen?"
„Na klar! Aber ich wusste, dass es kein unabänderlicher Bruch ist."
„Wieso?"
„In den letzten Monaten hast du von mir viel stärkere Enttäuschungen ertragen müssen. Und trotzdem hieltst du zu mir."
„Mal ganz sachlich: Die DDR und Bulgarien sind wie ein riesiges Gefängnis, aus dem wir nicht ohne Risiko fliehen können. Jugoslawien hingegen hat nahezu offene Grenzen. Es ist ein großes Glück, dass wir zusammen eine Reise erhalten haben. Liebe Bärbel, falls in diesem Jahr wiederum einige nicht zurückkehren wie im letzten Jahr, dann gibt es künftig keine Reise mehr hierher."
„Meinst du?"

„Davon kannst du ausgehen."
„Anscheinend mag es doch nicht so einfach sein zu fliehen."
„Wie kommst du darauf, Bärbel?"
„Stefan, unser jugoslawischer Reiseleiter, hat uns einen Fall aus einer früheren Reisegruppe erzählt."
„Davon weiß ich nichts."
„Du warst nicht dabei."
„Sag mal, was war da passiert?"
„Da sei ein Pärchen verschwunden. Die jugoslawische Polizei hat es aufgegriffen und ins Hotel zurückgebracht."
„Warum denn das?"
„Die Beiden konnten sich nicht ausweisen. Wo sie kontrolliert wurden, auf der Straße beim Autostopp oder bei einer anderen Gelegenheit, das hat er nicht gesagt."
„Was hat man mit ihnen gemacht?"
„Sie sind in ein Zimmer im oberen Stockwerk eingesperrt worden. Teilnehmer aus ihrer Reisegruppe haben das Essen aufs Zimmer gebracht und das Zimmer bewacht."
„Was hat Stefan zu diesem Fall gesagt?"
„Er fand es eigenartig. Typisch DDR."

Als mir Bärbel die Angelegenheit erzählte, dachte ich, es wäre womöglich besser gewesen, westdeutsche Freunde nach Ulcinj zu bestellen, um uns abzuholen. Autostopp bedeutet ein gewisses Risiko.

Es verging kaum ein Tag, ohne das kontroverse Thema anzuschneiden. Am gemütlichsten fanden wir die Tanzabende auf der Terrasse am Affenfelsen. Bei Musik und Wein genossen wir die mediterranen Abende bis Mitternacht. Sobald wir dagegen etwas über den Durst getrunken hatten, brach unsere Diskussionswunde erneut auf, nicht an der Tanzfläche, sondern an einem stillen Plätzchen am Strand. Einmal währte das Abwägen aller Gründe dafür und dagegen bis zum Morgengrauen. Ich wunderte mich, mit welcher Ausdauer und Hartnäckigkeit ich das Fluchtproblem wiederholt auftischte. Den Hauptgrund sah ich darin, dass sich nach menschlichem Ermessen eine so günstige Gelegenheit zu flüchten, nicht mehr bieten wird. Oder steuert mich mein Unterbewusstsein, ohne es wahrzunehmen?

Was drängt mich, mit Bärbel der DDR den Rücken zu kehren? Bärbels Aufenthalt in Halle? All die Probleme, die damit im Zusammenhang stehen? Soll die Mauer als Schutzwall zwischen Bärbels Studienfreund und ihr dienen? Eine Begegnung beider künftig unmöglich machen? Bei der stundenlangen, oft auch nächtlichen Diskussion sind die Halleprobleme nicht mal ansatzweise angesprochen worden. Ebenso ging ich bei unseren Streitereien nicht auf den ursprünglichen Grund ein, irgendwann die DDR zu verlassen. Nämlich die unerfüllte Hoffnung, dass sich beide Systeme aufeinander zu entwickeln würden. Ich träumte von einem freieren, menschlicheren Gesellschaftssystem ohne eklatante Verletzung ökonomischer Gesetze.

Das Ende des Urlaubs rückte näher. Krampfhaft versuchte ich, Urlauber aus der Schweiz und aus Westdeutschland kennen zu lernen. Ich hoffte, sie würden unsere restlichen Taschengeld-Dinare in harte Währung tauschen. Nach mehrfachen Versuchen klappte es. Endlich besaßen wir einen bescheidenen Bestand an freier Währung für die gewünschte Flucht. Eine günstige Gelegenheit, uns von der Reisegruppe abzusetzen, sah ich auf der Busfahrt nach Dubrovnik. Bärbel ängstlich:
„Und wenn sie uns beim Autostopp erwischen?"
„Wir sollten es dennoch probieren."
Ich fühlte, sie wollte ihr Versprechen gegenüber ihren Eltern wieder heimzukommen, nicht brechen.
„Bärbel, gib mir bitte mal deinen Taschenkalender!"
„Weshalb denn das?"
„Ich will mal was reinschreiben."
Ich überlegte, wie ich mein ernstes Verlangen an sie formulieren sollte und zwar diesmal schriftlich. Natürlich darf ich nicht unsere Fluchtabsicht verraten. Ich schrieb:
„Wenn wir die günstige Möglichkeit nicht wahrnehmen, werden wir sie später vielleicht mit dem Leben bezahlen."
Ich erschrak. Darf ich meinen lebensverändernden Wunsch mit einer Drohung verknüpfen, bei einer weitaus gefährlicheren Flucht in der DDR umzukommen? Hilflos und zugleich nahezu fanatisch bat ich sie:

„Unterschreib es mir bitte!"
„Das tue ich nicht."
Ich hielt ihr wiederholt den Taschenkalender hin. Endlich nahm sie ihn und schrieb:
Zur Kenntnis genommen B. Mi.
Die Abkürzungen stehen für Bärbel Michalak.

Am nächsten Tag startete der Bus sehr früh um vier Uhr. Eine Fähre brachte uns über einen Meeresarm. Als wir in Dubrovnik ankamen, nahm Bärbel ihre Strandtasche und ich meinen Campingbeutel aus dem Bus mit.
„Ihr könnt alles im Bus lassen", belehrten uns die Aufpasser.
„Wir wollen nach der Stadtbesichtigung hier noch etwas schwimmen und schnorcheln gehen."
Widerwillig erlaubten sie uns das. In der Tasche und im Beutel hatten wir nicht nur Badesachen verstaut, sondern auch Fotoapparat, Geld, Wechselkleidung. Wir nahmen mit der Gruppe an der historisch interessanten Stadtbesichtigung teil, setzten uns jedoch bald ab und bestiegen die hohe Stadtmauer. Von dort verschafften wir uns einen Überblick über die Stadt und die Umgebung, entdeckten bald, wo die Küstenstraße nach Norden weiterführt. Ohne zu baden, begaben wir uns dorthin. Wir schlenderten am Straßenrand entlang, bis wir das letzte Haus von Dubrovnik hinter uns gelassen hatten. Wenige Meter vom Straßenrand entfernt setzten wir uns auf einen flachen, kleinen Grashügel im Schatten eines Baumes. Niemand kümmerte sich um uns. Wir fühlten uns weder beobachtet noch kontrolliert. Entspannt genossen wir die Pause. Um drei sind wir nämlich aus dem Bett geholt worden. Und die Busfahrt war alles andere als erholsam. Es tat uns gut, nicht mit weiteren Besichtigungen gefüttert zu werden. Es fuhren wenig Autos auf der Küstenstraße. Kein Wunder, es ging auf Mittag zu. Die rückreisenden Urlauber starten verständlicherweise in den Morgenstunden, damit sie noch im Hellen in Deutschland ankommen. Ich registrierte vorwiegend Nahverkehr. Ich stellte mich an den Straßenrand und wollte Bärbel zeigen: Niemand nimmt Notiz von uns. Weit und breit keine Polizei!

„Siehst du, Bärbel, hier können wir uns frei bewegen. Keine Spur von Verhaftung."
Sie schwieg, blieb auf dem Grashügel sitzen und sah mich mit traurigen Augen an.
„Darf ich mal ein paar Autos anwinken, ob sie uns mitnehmen?"
Sie blickte vor sich auf den halb vertrockneten Rasen, schüttelte ihren leicht gesenkten Kopf und brachte kein einziges Wort über ihre Lippen.

Ich ging zu ihr zurück, setzte mich neben sie. So saßen wir eine ganze Weile gedankenversunken und traurig ums Herz nebeneinander. In diesen Minuten hat sie gewiss an ihre Eltern und an ihr Versprechen gedacht. Und ich? Wie wird es mit uns weitergehen? Nimmt es irgendwann ein gutes Ende? Darf ich im entscheidenden Augenblick gegen sie handeln? Mein Innerstes mahnte: Lass sie nicht allein zurück! Ob sie es ahnte? Die Turmuhr schlug zwölf. In einer halben Stunde müssen wir am Bus sein. Wir brachen auf. Die Entscheidung war gefallen. Als Letzte stiegen wir ein.
„Sie sind jetzt da. Wir können losfahren", rief einer der Aufpasser dem Busfahrer zu.
In wenigen Tagen ging unser außergewöhnlicher Urlaub mit Bärbel zu Ende. Die schicksalhaften Probleme durfte ich dem Tagebuch nicht anvertrauen. Das Büchlein kann bei einer Verhaftung in die Hände der Stasi gelangen. Fast an jedem zweiten Tag habe ich mit dem Wort „Spannungen" die nervenaufreibenden Diskussionen um die gemeinsame Flucht umschrieben.

Aussprache

Gibt es eine gemeinsame Zukunft?
In Aschersleben kamen wir zur Ruhe. Bärbel hatte noch paar Wochen Ferien. Ich lenkte mich durch die kreative Arbeit im Büro ab. Die Magdeburger Studentin gab mir problemlos mein Sparbuch zurück mit der Bemerkung:
„Da seid ihr ja wieder!"
Einzelheiten unseres Urlaubes habe ich ihr nicht erzählt. Meine ursprünglichen Bedenken, ihr zu viel anvertraut zu haben, waren gegenstandslos. Im Gegenteil, ich habe sie zu schätzen gelernt und war dankbar, sie als eine durchaus korrekte Person kennen gelernt zu haben. Mir ist völlig entfallen, ob ich ihr als Dank eine Kleinigkeit übergeben habe.

Nun aber wieder zurück zu Bärbel! Wir haben uns öfter gesehen, nicht nur bei Katharina und Lia, ab und zu auch bei mir. Mein Zimmer erschien mir weniger wohnlich, zu bescheiden eingerichtet. So besuchte ich Bärbel öfter als früher in ihrer selbst möblierten Mansarde. Anscheinend hatte sie das nicht so erwartet nach all dem, was zwischen uns geschehen war. Sie begann zu erzählen:
„Am Anfang meines Halleaufenthaltes hatte ich kaum noch Verbindung zu dir. M. war in meiner Lerngruppe und wir harmonierten gut miteinander. Mit der Zeit habe ich ihn näher kennen gelernt, es jedoch vor den anderen nicht gezeigt. Ich wollte die Gruppenarbeit nicht stören."
„Meinst du, er hätte zu dir gepasst?"
„Am Anfang schon, später nicht mehr. Er erschien mir zu Beginn in mehrfacher Hinsicht perfekt."
„Wie meinst du das?"
Sie wich meiner Frage aus.
„Er fuhr am Wochenende öfter nach Hause. Da wurde ich stutzig. Ob er nicht verheiratet ist?"
„Auf mich machte er einen recht selbstbewussten Eindruck", bemerkte ich.

„Später hat er's zugegeben, verheiratet zu sein. Mit so einem Menschen kann man keine Ehe führen."
Bevor Bärbel zu dieser Einsicht kam, ist sie mit M. nach Borna gefahren, um ihn ihrer Lieblingsoma vorzustellen. Sobald sie mit Oma für einen Moment allein war, gestand ihr Oma:
„Bärbel, mach mit diesem Menschen Schluss! Kehr wieder zu Theo zurück!"
Das war die beste Medizin für mein verletztes Ego. Sie hat ihn lediglich für wenige Augenblicke kennen gelernt. Omas reiche Lebenserfahrung gab Bärbel diesen Rat.
Wir saßen beide in Bärbels Zimmer auf der Couch. Nachdem sie dies alles erzählt hatte, wollte ich Details über ihn wissen. Doch sie blockte ab.
„Ich habe dir bereits viel erzählt. Alles andere will ich hinter mir lassen und vergessen."
Das sah ich ein. Und trotzdem fragte ich mich: Kann sie das Erlebte vergessen? Es wird in den Hintergrund treten, verblassen. Mehr nicht. Sie schaute mir in die Augen, bemerkte meine Nachdenklichkeit. Nach einer Weile wollte sie wissen:
„Bleiben wir trotz allem zusammen?"
Auf diese Frage war ich nicht vorbereitet. Sie ergänzte:
„Sonst müssen wir auseinandergehen."
Sie erriet meine Gedanken: Das auf keinen Fall. Ich will bei dir bleiben und hoffen, dass alles ein gutes Ende nehmen wird.
Wir saßen längere Zeit still auf der Bettcouch und dachten beide über unsere letzten Jahre nach.
„Bärbel, unsere gemeinsame Vergangenheit ist wie ein Krimi."
„Wieso?"
„Freude, aber auch Ängste. Abenteuerliche Pläne, verbunden mit Risiko. Gefahr, verhaftet zu werden. Und die zwischenmenschlichen Probleme . . ."
„Im Krimi muss es doch auch Tote geben."
„Richtig. – Das wirst du sein."
„Aber, dann kommst du ins Gefängnis, wenn du der Mörder bist."
„Nein, das wird als Unfall bewertet."

Keiner von uns nahm solch makabre Gedanken ernst. Als Erste lachte Bärbel über so eine abwegige Gedankenkette. Mit ähnlichen Gesprächsthemen versuchten wir, in diesem Herbst die vergangenen, nervenaufreibenden Monate zu verarbeiten, den Groll hinter uns zu lassen und einen Neuanfang zu wagen. Die Beziehungskrisen ließen mich erleben, wie stark ich mich mit Bärbel verbunden fühlte und wie schwer es mir fiel, auf sie zu verzichten. Das erste Schlüsselerlebnis dieser Art stand ich mit ihr durch, als wir in Warna gemeinsam Urlaub machten und ihr ehemaliger Schulfreund aus dem Westen uns half, unsere Flucht zu organisieren. In viel größere Bedrängnis brachte mich Bärbels Halleaufenthalt! Erstaunlich, dass ich es überhaupt überstanden habe, ohne die Nerven zu verlieren, ohne aggressiv oder gar gewalttätig geworden zu sein. Sicherlich hat mir dabei Bärbel geholfen durch ihr umsichtiges Verhalten. Ihr diplomatisches Geschick gab mir das Gefühl, sie schätze mich und will die Verbindung zu mir aufrechterhalten.

Viel Kraft erwies mir Bärbels Mutter. In meiner größten Bedrängnis habe ich ihr mein Herz ausgeschüttet. Sie hat zwar Bärbels Unzulänglichkeiten nicht beiseitegeschoben, jedoch viel Verständnis für sie gehabt. Mutterliebe wurzelt eben tiefer als Partnerliebe. Was haben mich meine Erfahrungen gelehrt? Die zwei Beziehungskrisen mit Bärbel genügen mir. Ich brauche kein drittes Krisenerlebnis. Mein Gefühl will auf Bärbel nicht verzichten. Dennoch bremste ein undefiniertes Etwas meine Person. Es fiel mir schwer, ihr das erste Mal zu sagen: Ich habe dich sehr lieb. Bleiben wir zusammen. Stattdessen der verschrobene Satz:
„Nach allen Irrungen und Wirrungen wagen wir gemeinsam einen Neuanfang."
Spontan umarmte sie mich und sagte:
„Du musst mich aber sehr, sehr lieb haben nach all dem, was passiert ist."
Bärbel und ich hatten uns in den herbstlichen Wochen in vieler Hinsicht ausgesprochen. Wir gingen aufeinander ein. Die harmonische Zeit ließ in uns die Zuversicht reifen: Wir gehören zusammen. Wir wollen unser Leben gemeinsam gestalten.

Dennoch gab es Momente, in denen ich über ihren Halleaufenthalt und insbesondere über M. mehr wissen wollte.
„Bärbel, ich weiß, du warst damals in deinem Gaubenzimmer nicht allein."
„Du meinst, als du bei mir geklingelt hast und wir Lia nach Hause begleitet haben."
„Ja, genau den Fall meine ich."
„Das stimmt. Er war sehr verärgert, dass ich die Tür geöffnet habe. Ich hätte das Klingeln ignorieren sollen."
„Wie hat er reagiert, als du hochkamst?"
„Er wollte auf der Stelle allein nach Halle zurückfahren. Ich hatte alle Mühe, ihn zu beruhigen."

Bleiben wir zusammen?

Nach und nach ging ich auf Bärbels Wunsch ein, nicht mehr nachzuhaken, sondern die Vergangenheit ruhen zu lassen. Mit Katharina und Lia feierten wir Bärbels 27. Geburtstag bei ihren Eltern. Es war eine angenehme Feier. Wie üblich hatte Mutti alles gut organisiert. In dieser Zeit des gegenseitigen Verstehens und der Freude gestand mir Bärbel:
„Du, die Mensis ist ausgeblieben. Es kann sein, dass ich ein Kind bekomme."
„Hast du sonst deine Periode regelmäßig?"
„Eigentlich schon."
„Dann heiraten wir."

Weder ich noch Bärbel stellten die Hochzeit in Frage. Sie hatte ihre Mutter bereits unterrichtet. Meine Aufgabe war es, ihren Vater nach alter Sitte offiziell zu fragen und zu informieren. Wir entschieden, am 4. Februar 1967 kirchlich im Dom zu Nordhausen zu heiraten. Einen Tag zuvor standesamtlich in Aschersleben. Der Junggesellenabschied durfte natürlich nicht fehlen. Zum Polterabend luden wir meine Kollegen am Freitag vor dem Hochzeitswochenende zu Bärbels Eltern nach Nordhausen ein. Alle genossen die lustige Feier in der großzügigen Wohnung. Wer von den jungen Familien besaß schon eine Vierzimmerwohnung! Mitten in der angeregten Unterhaltung krachte der schwere Kronleuchter im Wohnzimmer auf den Tisch. Für einen Moment waren wir alle wie gelähmt – totales Schweigen. Teile des wertvollen Service zertrümmert. Bärbels Mutter erholte sich als Erste von der Schockstarre.
„Wahrscheinlich habe ich beim Putzen den Kronleuchter zu sehr gedreht."
Sie räumte die Scherben weg und holte aus dem Schrank Teller und Tassen aus Steingut hervor.
„So war der Polterabend nicht geplant. Aber Scherben bringen bekanntlich Glück."

Kein Lamentieren – typisch Mutti, dachte ich. Der passende Kommentar rettete die gute Stimmung. Noch vor Mitternacht verließ der letzte Gast die gemütliche Feier.

Die Trauung fand am Sonntag im altehrwürdigen Dom statt. Dazu waren geladen: Bärbels Oma, Onkel Gerhard mit seiner Frau aus Borna sowie meine Eltern und Geschwister. Feierliche Orgelmusik umrahmte unsere Feier. Anschließend luden uns Bärbels Eltern zum Festessen in ihre Wohnung ein. Köche und Kellner der örtlichen Mitropagaststätte servierten uns ein geschmackvolles Hochzeitsmahl. Teller, Besteck und Gläser lieferten sie gleich mit. Es blieb kein Wunsch offen. Unsere Väter eröffneten die Feier mit einer kurzen Ansprache. Nach dem Mittagessen hatte jeder Gelegenheit, sich näher kennen zu lernen, einen kurzen Spaziergang im nahe gelegenen Park zu unternehmen und danach Kaffee zu trinken. Bärbels Vater berichtete meinen Eltern, was am Freitag passiert war:
„Der Kronleuchter ist auf den gedeckten Tisch gefallen, als wir den Junggesellenabschied feierten."
Meine Mutter fragte mit erschrockener Miene:
„Ist der Leuchter ganz geblieben?"
„Das schon. Aber Tassen und Teller gingen kaputt."
Das ist kein gutes Zeichen. Wenn das mal gut geht mit den Beiden, dachte meine Mutter und schwieg. Mein Schwiegervater kannte den bei vielen tief verwurzelten Aberglauben nicht. Er beklagte in erster Linie das nicht mehr komplette Tafelservice. Nach dem Abendbrot verabschiedeten wir uns von den Gästen. Bärbel und ich schliefen erstmals gemeinsam in ihrem großzügigen Zimmer.

Am nächsten Tag empfanden wir unsere Realität in Aschersleben umso spartanischer. Jeder schlief getrennt in seinem bescheidenen Zimmer, bis mir meine Wirtin mitleidsvoll ein altes Sitzsofa hineinstellte. Es war zwar gut gemeint. Bequem konnte ich darauf nicht schlafen: Schmal und kurz, Füße und Kopf auf den erhöhten Seitenlehnen! So eine Tortur mutete ich mir höchstens am Wochenende zu. Aussicht auf eine gemeinsame Wohnung bestand kaum. Sogar Ehepaare mit einem Kind war-

teten auf Wohnraum. Sie schlüpften vorübergehend bei den Eltern unter. Für uns ergab sich diese Lösung nicht. Unsere Eltern wohnten nicht in Aschersleben.
„Lass mich auch mal auf deinem Sitzsofa schlafen!"
„Das will ich dir nicht zumuten. Früh bist du wie gerädert", warnte ich Bärbel.
„Versuchen wir es mal, in meinem Zimmer zu schlafen."
„Deine Schlafcouch ist zwar breiter als mein Stahlbettgestell, aber dennoch zu schmal, um zu zweit bequem darauf zu schlafen."
Das sah Bärbel ein. Ich habe daher nie in ihrem Zimmer übernachtet.
Ihr fiel ein besserer Vorschlag ein:
„Weißt du, wenn wir am Wochenende nichts Besonderes in Aschersleben vorhaben, besuchen wir unsere Eltern, einmal deine und dann meine."
Ich überlegte, stimmte nicht spontan zu.
„Weshalb zögerst du? Ist es keine gute Idee?"
„Doch. Aber du weißt ja, unsere Wohnverhältnisse sind nicht so gut wie bei euch: Nur Ofenheizung. Einen einzigen Kaltwasserhahn überm Ausguss in der Küche. Kein Bad, keine Toilette in der Wohnung, sondern Plumpsklo im Treppenhaus."
„Das macht nichts. Wir haben früher auch primitiv gewohnt."
„Mein Papa war Bauer, dein Vati ist Zahnarzt. Außerdem fühlen sich meine Eltern nicht einsam. Cilchen wohnt bei ihnen. Meine Schwester Maria und ihr Mann Ernst lassen sich mit ihrem Sohn auch öfter sehen."
„Ich verstehe. Du meinst, zwischen unseren Familien ist das soziale Gefälle zu groß. Die Bedenken brauchst du nicht haben. Meine Mutti ist doch in Borna ebenfalls in einer Bauernfamilie groß geworden. Ja und das andere, da hast du vielleicht recht. Deine Eltern sind nicht allein und fühlen sich nicht einsam. Meine dagegen leiden unter dem Alleinsein, seitdem sie keinen Hund mehr haben. Wir brauchen nicht jedes zweite Wochenende nach Leipzig fahren."

In den nächsten Wochen spielten sich die gegenseitigen Besuche problemlos ein. Wir genossen die große, bequeme Wohnung in Nordhausen, erkundeten die parkähnliche Umgebung, unternahmen gemeinsam ausgedehnte Spaziergänge, ließen uns Muttis Kochkünste gut schmecken und schätzten den erholsamen Schlaf in Bärbels Doppelbett. Selbst in Leipzig gab es kaum Probleme. Bärbel fand gleich Unterhaltungsstoff mit Cilchen. Durch ihre Schwangerschaft tauschte sie ihre Gedanken mit ihr aus. Schließlich hatte Cilchen als Hebamme jahrelange Berufserfahrung.

„Bärbel, wie geht es dir mit der Schwangerschaft?"
„An und für sich gut. Mehr Appetit auf Saures, weniger auf Süßes."
„Hast du deine Periode regelmäßig gehabt?"
„Eigentlich schon. Während der Menses hatte ich kaum Schmerzen. Mal ein kleines Zwicken und Unwohlsein. Manche Frauen fühlen sich nahezu krank. Das gab es bei mir nicht. Gott sei Dank!"
Nach einer Weile ergänzte Bärbel:
„Allerdings bin ich Rh-negativ."
„Früher sind die Kinder solcher Mütter nach dem ersten Kind meistens gestorben. Der negative Rhesus-Faktor führt nämlich ab dem zweiten Baby unmittelbar nach der Geburt zur Verklumpung des Blutes, falls nicht sofort das Blut des Kindes ausgetauscht wird."
Bärbel hörte ihr interessiert zu.
„Schön, dass du mir das sagst."

Papa hatte in seiner gutmütigen und kontaktfreudigen Art Bärbel bald in sein Herz geschlossen. Mama hingegen verhielt sich etwas reservierter, möglicherweise deshalb, weil sie zwei ihrer vier Söhne hergeben musste. Paul, der älteste wurde als Pilot bei Stalingrad abgeschossen und Eberhard, der jüngste starb kurz nach dem Krieg als Schulkind an Typhus. Nun hatte sie das Gefühl, mich hergeben zu müssen. Bärbel akzeptierte unsere Familie, lebte sich in ihrer offenen und anpassungsfähigen Art schnell ein. Natürlich unterhielt sie sich mit ihrer lieben Mutti etwas mehr als mit allen anderen. Das sah ich ein. Bärbel lebte bis zu ihrem siebzehnten Lebensjahr mit ihr allein.

„Mutti wollte auf keinen Fall mehr heiraten", erklärte mir Bärbel.
„Weshalb wohl nicht?"
„Sie hat wenige Monate vor Kriegsbeginn ihren Herbert geheiratet. Er wurde bald eingezogen, gewissermaßen mitten in den Flitterwochen. Ihre Ehe war noch nicht zur Routine geworden. Ihre gegenseitige Liebe überhöhte sich durch die Trennung."
„Warum hat sie trotzdem ein zweites Mal geheiratet?"
„Ich habe wiederholt auf sie eingeredet und ihr gesagt: Irgendwann gehe ich aus dem Haus und heirate. Dann bist du ganz allein. Da hat sie es getan. Ich meine, es war keine Liebesheirat."
Trotz dieser engen Bindung zur Mutti ist sie gern nach Leipzig gefahren. Nicht selten hat sie mich ermahnt.
„Wir müssen wieder mal nach Leipzig fahren. Wir waren bereits zwei Mal hintereinander in Nordhausen."
Wir empfanden die ersten Wochen nach unserer Heirat sehr harmonisch trotz unserer widrigen Wohnverhältnisse.

Fluchtabsicht ad acta?

In dieser rundum glücklichen Zeit dachte ich an unseren gemeinsamen Urlaub vor einem Jahr in Jugoslawien. Eigentlich wollte ich Bärbel nicht daran erinnern, die Fluchtmöglichkeit damals nicht genutzt zu haben. Nur nicht unser glückliches Miteinander stören, war meine ernste Absicht. Meistens kam Bärbel zu mir. Seltener hielten wir uns in ihrem Mansardenzimmer auf. Als ich sie eines Tages mal dort besuchte, wagte ich in ihrer vertrauten Umgebung das Thema Flucht anzuschneiden.
„Bärbel, du bist jetzt schwanger. Da können wir wohl unsere Fluchtabsicht ad acta legen."
„Weißt du, wenn wir damals bereits verheiratet gewesen wären, hätten sich Vati und Mutti nicht so vehement dagegen ausgesprochen."
„Meinst du?"
„Ich glaube schon."
Was will sie damit sagen? Würde sie einem erneuten Versuch zustimmen? Das Gespräch stockte für einige Minuten. Jeder versteckte sich hinter seinen Gedanken. Endlich Bärbel: „Eventuell bekommen wir wieder eine Reise nach Jugoslawien."
„Die Dame vom Reisebüro hat für dieses Jahr noch keine erhalten. Sie ist nicht recht zuversichtlich."
In ihrer optimistischen Sichtweise unterbrach sie mich.
„Bis zum Sommer ist noch viel Zeit."
„Falls welche vorgesehen werden, ist es eher unwahrscheinlich, dass wir als jung verheiratetes Paar eine gemeinsame Reise bekommen."
„Mal sehen. Warten wir es ab."
Mit dieser positiven Grundhaltung glaubte sie, das Thema beenden zu können. In meiner hartnäckigen Art ließ ich nicht locker.
„Die DDR-Behörden haben vier Jahre nach dem Mauerbau versucht, das Reiseangebot für die Menschen zu erweitern. Wie bereits erwähnt, haben sie den Urlaubsort geographisch recht

geschickt gewählt. Es war nicht leicht, ganz im Süden in der Nähe der albanischen Grenze sich abzusetzen."
„Was willst du damit sagen?"
„Dass das zweijährige Experiment misslungen ist. Wie man so hört, ist einigen trotz allem die Flucht geglückt."
„Du nimmst an, es gibt dahin keine Reisen mehr."
„Davon gehe ich aus. Und außerdem bist du im Sommer sichtbar schwanger. Willst du dann noch eine so weite Reise unternehmen?"
Bärbel nachdenklich:
„Da hast du eigentlich recht."
„Wenn, dann müssen wir bald was unternehmen. Hast du nicht demnächst Osterferien?"
„Da gibt es keine Reisen nach Jugoslawien", antwortete Bärbel.
„Das stimmt."

Wir legten eine Unterhaltungspause ein, tranken und aßen eine Kleinigkeit. Sollte ich es wagen, ihr einen anderen Vorschlag zu unterbreiten? Ich zögerte. Wie wird sie darauf reagieren? Kann ich ihr so ein Risiko zumuten? Sie ist schwanger. Wir erwarten ein Kind und dürfen zufrieden sein. Dennoch entschloss ich mich, ihr den Wagnisgedanken mitzuteilen:
„Wir könnten in deinen Osterferien nach Ungarn fahren."
„Weshalb gerade nach Ungarn?"
„Du weißt doch, Ungarn grenzt an Jugoslawien. Ich meine, die Grenze ist nicht so stark abgesichert wie die nach Österreich."
„Du nimmst es zwar an, weißt es allerdings nicht."
Ich stellte fest, sie war nicht grundsätzlich gegen einen erneuten Fluchtversuch.
„Die Drau, ein Nebenfluss der Donau bildet dort die Grenze."
„Das Flusswasser ist sicherlich recht kalt zu dieser Jahreszeit."
„Na klar! Wir müssen natürlich unsere Kälteschutzanzüge mitnehmen. Auch Flossen und Schnorchel."
„Was sagen wir, wenn wir an der Grenze kontrolliert werden? Die entdecken diese Sachen."
„Du hast recht, Bärbel. Was fällt uns da ein?"

„Wir wollen im Plattensee tauchen. Der liegt doch nach Jugoslawien zu."
„Das stimmt. Aber der See eignet sich nicht fürs Tauchen. Er ist ein Steppensee, lediglich wenige Meter tief. Trübes Wasser. Schlechte Sichtverhältnisse. Meinst du, die glauben uns das?"
„Wir stellen uns einfach doof. Wir wollen den großen See mal kennen lernen, sagen wir."
Ich merkte, Bärbel lehnt meine Idee nicht ab, unterstützt sie sogar durch einen geschickten Gedanken. Ob sie das Nein zur Flucht vor einem Jahr wiedergutmachen will? Das war naheliegend. Von unserem Vorhaben erfuhr niemand etwas, auch nicht unsere Eltern. Wir meldeten uns bei den Eltern meines Patenkindes in Dresden an – gute Freunde aus meiner Chemnitzer Studentenzeit. Sie empfingen uns am Palmsonntag sehr herzlich. Ihre zwei älteren Kinder begrüßten uns liebevoll mit auswendig gelernten Reimen. Wir bewunderten ihr Talent, obwohl sie noch nicht in die Schule gingen. Abends plauderten wir über unsere gemeinsame Studentenzeit. Meine Freunde sollten Bärbel näher kennen lernen. Leider war es in den wenigen Stunden nur begrenzt möglich, zumal uns unser riskantes Vorhaben belastete. Ihnen gegenüber gaben wir an, einen Kurzurlaub in Ungarn zu verbringen, ohne näher darauf einzugehen. Ob sie mein verändertes Verhalten bemerkt haben? Nicht mehr so vertraut und offenherzig. Deuten sie meine Zurückhaltung als Folge der Heirat? Meine enge Freundschaft zu ihnen nicht so hervorheben zu wollen, um Bärbels Gefühle nicht zu verletzen? Ich weiß es nicht, ob sie es angenommen haben. Es entsprach nicht meinem Naturell, den Grund unserer Reise zu verschweigen. Es war jedoch unbedingt erforderlich, selbst unter sehr guten Freunden.

Am nächsten Tag verabschiedeten wir uns von den Eltern und ihren drei Kindern, fuhren zügig über Prag und Brünn in Richtung Pressburg, ohne eine Pause in den interessanten Städten zu machen. Unterwegs nahmen wir einen tschechischen Anhalter mit. Er suchte das Gespräch mit uns, verstand leider kein Deutsch. Radebrechend auf Russisch errieten wir, worüber er sich wunderte:

„Schon ein Auto! Noch jung!"
Er konnte sich nicht vorstellen, wie wir in unserem Alter bereits zu einem Auto gekommen waren. Uns wurde bewusst, dass es uns trotz aller Bescheidenheit besser geht als den Menschen hier im Lande. Bärbel kannte die komplizierte Geschichte, wie ich zum Trabi gekommen bin: Wartburgkauf, weil ein Käufer zurückgetreten ist und er lieber das neuste Modell haben wollte. Danach tauschte ich den Wartburg in einen Trabant mit Zahlungsausgleich ein.
„Den verwickelten Autokauf können wir dem höflichen Mitfahrer auf Russisch unmöglich erklären", sagte Bärbel zu mir gewandt.
„Autokauf sehr schwierig", brachte sie ihm bei.
In Brünn verabschiedete er sich von uns mit einem großen Dank.

Wir steuerten das kleine Städtchen Lundenburg ganz in der Nähe der österreichischen Grenze an. Es ist zwar historisch eine interessante Stadt. Dennoch verzichteten wir auf eine Besichtigung. Wie besessen suchten wir nach Schwachstellen in den Grenzabsperrungen nach Westeuropa. Dem Ziel ordneten wir alles unter. Es galt, keine Zeit zu vergeuden. Wir verließen die Stadt in südlicher Richtung, begaben uns auf eine kleine Nebenstraße und überquerten ein Bahngleis. Hier endete die Teerstraße und ging in einen Waldweg über. Am beginnenden Nadelwald hielten wir an, aßen und tranken eine Kleinigkeit. Danach tat ich so, als ob ich mir im dichten Wald ein stilles Örtchen suchen wollte, bemerkte dabei eine Baumreihe, deren Stämme mit weißer Farbe markiert waren. Ich ging suchenden Schrittes langsam weiter mit der Wunschvorstellung, bald vor dem Grenzzaun zu stehen und in ihm eine Stelle zu entdecken, die zur Flucht einlädt. Plötzlich überwältigte mich ein großes Angstgefühl, verscheuchte den Traum, in den noch nicht sichtbaren Absperrungen ein Schlupfloch zu finden. Die Realität vertrieb meine halluzinationsartigen Vorstellungen. Mit starken Herzklopfen kehrte ich zu Bärbel zurück.
„Bärbel, wir müssen hier weg. Ich habe ein mulmiges Gefühl."

Bevor ich ins Auto stieg, warf ich einen eiligen Blick zum Stellwerk hinüber. Ich riet ihr:
„Schau mal unauffällig zum kleinen Häuschen am Bahngleis! Der Mann darin beobachtet uns so verdächtig."
Ohne ihre Antwort abzuwarten, setzten wir uns ins Auto und überquerten die Bahngleise.

Nach wenigen hundert Metern kam uns ein Polizeiauto entgegen. Was sucht die Polizei hier in dieser Gott verlassenen Gegend, fragte ich mich im Stillen. Erst später, als wir Lundenburg hinter uns gelassen hatten, wurde mir bewusst:
„Bärbel, der Mann im Stellwerk hat die Polizei gerufen."
„Weshalb nimmst du das an?"
„Weil wir uns nahe der österreichischen Grenze so eigenartig verhalten haben."
„Das ist möglich."
„Ich glaube, wir haben großes Glück gehabt. Gott sei Dank sind wir gerade rechtzeitig aus dem Wald verschwunden. Wie hätten wir unseren Aufenthalt dort begründen können?"
„Ess- und Trinkpause gemacht", antwortete Bärbel schlagfertig.
„Die Polizei hätte dieses Argument nicht anerkannt. Unser Rastplatz liegt völlig abseits von der Fahrroute nach Ungarn."
„Da haben wir aber Schwein gehabt!"

Ohne weiter darüber nachzudenken, wählten wir eine Nebenstraße parallel zum Grenzverlauf in Richtung Pressburg. Sobald wir die March, ein Nebenfluss der Donau überquert hatten, bildete sie die Grenze zwischen der Slowakei und Österreich.
„Schau mal, hier auf der rechten Seite Stacheldrahtzaun!", rief Bärbel verwundert aus.
„Wir müssen direkt an der Grenze sein. Dahinter fließt gemächlich ein Fluss."
Ich reduzierte die Geschwindigkeit, versuchte nicht weniger als vierzig zu fahren. Andernfalls fällt unser Interesse an der Grenzsicherung auf.
„Hier gibt es tatsächlich keine fünf Kilometer Sperrzone vor der Grenze wie in der DDR", stellte Bärbel fest und ergänzte:

„Das muss nach meiner Karte die March sein."
Ich prägte mir während der Langsamfahrt das Landschaftsbild ein. Auf der linken Seite der Straße verlief eine Hügelkette. Kaum Baumbestand, verkarstet. Rechts Stacheldraht, bald dahinter die March. An einigen Stellen rückten die Berge so nahe an den Fluss heran, dass gerade noch für Straße und Sicherheitszaun Platz war.
„Bärbel, wir halten mal an. Das müssen wir uns alles genau ansehen."
„Wenn uns wieder jemand beobachtet?"
„Wir tun so, als ob wir am Auto etwas nachsehen müssen. Außerdem ist kaum Verkehr auf dieser Straße."
Wir stellten fest: Doppelter Stacheldrahtzaun, etwa drei Meter hoch. Dazwischen einen zwei Meter breiten, geharkten Erdstreifen. Selbstschussanlagen haben wir am Zaun nicht gesehen.
„Was sind das für Drähte? Die gehen ja von Pfosten zu Pfosten", stellte Bärbel fest.
„Das sind anscheinend Signaldrähte. Die lösen Alarm aus, sobald man den Zaun berührt."
„Da schnappen sie uns, sobald wir drüber klettern."
„Bis die hier sind, müssen wir den Zaun überwunden haben und in der March ans andere Ufer schwimmen."
„Ich glaub' nicht, ob wir den Doppelzaun so schnell überklettern können."
„Jetzt können wir das nicht: Keine Lederhandschuhe. Keine entsprechende Kleidung über dem Kälteschutzanzug. Wir bleiben überall hängen und zerreißen uns alles."
Bärbel überlegte:
„Wir könnten doch unter dem Stacheldraht durchkriechen, wenn wir uns einen Spaten besorgen und die Erde wegnehmen."
„Bärbel, eine gute Idee. Das Ufer auf der anderen Seite ist schön flach, allerdings etwas sumpfig. Da werden wir schon durchkommen."
„Oh nein! Da habe ich Angst, stecken zu bleiben, zu versinken."

Ich kannte Bärbels Urangst, im Sumpf abzusacken. Da helfen die besten Gegenargumente nichts. Die Flucht ein anderes Mal hier zu versuchen, verwarfen wir.

Bald erreichten wir die Stelle, an der die March ihr Wasser der Donau übergibt. Wir hielten an. Neugierig inspizierten wir das Gelände und entdeckten unweit von beiden Flüssen auf einer Anhöhe einen Turm. Anscheinend ein Überbleibsel einer Burg aus dem frühen Mittelalter.
„Bärbel komm, lass uns sehn, ob wir da hochsteigen können!"
„Was willst du denn da? Abhauen? Unmöglich!"
Ich versuchte, sie zu beruhigen.
„Du hast recht. Ich will mir nur den interessanten Zusammenfluss ansehen."
Wir bestiegen den Turm, ohne etwas bezahlen zu müssen. Die Plattform oben bot uns einen guten Rundblick auf die nahe Grenzsicherung an March und Donau. Wir waren die einzigen Besucher. Dennoch wagten wir nicht, uns laut zu unterhalten.
„Ich bin erstaunt, dass die uns so nahe an die Grenze ranlassen. Noch dazu der einmalige Ausblick auf Donau und March. Das lädt direkt zur Flucht ein", flüsterte ich ihr zu.
Ich prägte mir jede Einzelheit ein und stellte fest, dass ein doppelter Stacheldrahtzaun den Zugang zum Donauufer versperrt.
„Bärbel, ich nahm an, die Donau sei hier bereits Grenzfluss zu Ungarn. Aber auf der anderen Seite scheint ja noch Österreich zu sein. Daher die Stacheldrahtabsperrungen", schlussfolgerte ich.
„Erst nach Pressburg ist die Donau Grenzfluss zu Ungarn. Im Auto werden wir die Landkarte genau anschauen", klärte mich Bärbel auf.

Wir verweilten einige Minuten und saugten die schöne Flusslandschaft in uns auf: Die gemächlich dahinfließende March und die mächtige Donau im rechten Winkel dazu. Die Panoramasicht auf zwei gesellschaftliche Systeme, die unterschiedlich nicht sein können. Das eine mit der Überbetonung der gesellschaftlichen und wirtschaftlichen Freiheit, das andere mit vielen Einschränkungen, damit die Mächtigen ihre zwangsbeglückenden Ideen durchsetzen können. Um das sozialistische System am Leben zu erhalten, muss die Partei die Freiheit ihrer Untertanen rigoros beschränken. Daher sind Donau und March als natürliche Grenzbarrieren nicht hinreichend. Sie müssen zusätzlich durch hohe Stacheldrahthindernisse fluchtsicher verstärkt werden. Nicht Wenige empfinden die aufgezwungene Lebensweise wie eine von der Partei verordnete Umerziehung, eine Art staatliche Leibeigenschaft. Es gibt vielfältige Einschränkungen. So bei der Wahl des Wohnortes, Berufes, Arbeitsplatzes – kurzum bei der gesamten Lebensgestaltung. Beim Konsum sind wir auf das äußerst knappe Angebot angewiesen – im wesentlichen nur DDR-Produkte. Wir dürfen lediglich in die Länder reisen, bei denen die Bürger den Wahlzettel mit den vorbestimmten Kandidaten zu falten und in die Wahlurne zu werfen haben. So wie bei uns. Eine demokratische Alternative gibt es nicht. Die so beglückten Untertanen leben wie in einem riesengroßen GEFÄNGNIS ohne Rechte. Ich war außerstande, meine Gedanken zu unterdrücken, als ich auf die andere Seite von Donau und March blickte.

„Bärbel, schau mal! Hier kommst du bis an die Grenze ran und siehst, wie sie gesichert ist. Das ist in der DDR unmöglich. Wie du weißt, darfst du das Gebiet fünf Kilometer vor dem Stacheldrahtzaun nicht betreten."
„Die preußischen Deutschen perfektionieren nun mal alles. Aber wie wird die Grenze im liberalen Ungarn abgeriegelt sein?"
„Mal sehen, ob wir dort eine Schwachstelle finden."
Ich wünschte es mir, war aber nicht so optimistisch, wie ich Bärbel gegenüber vorgab. Mein Ich trieb mich, im Westen mit ihr ein neues Leben anzufangen. Diesen stark ausgeprägten Wunsch will ich erst aufgeben, wenn ich alle Fluchtmöglichkeiten überprüft haben werde. Das war mein fester Vorsatz. Wir setzten die Wagnisfahrt fort, erreichten Pressburg, überquerten die Donau und übernachteten bald irgendwo auf dem Wege zur jugoslawischen Grenze. Von ihr versprachen wir uns eine weniger perfekte Abriegelung.

Am nächsten Morgen setzten wir unsere Fahrt gen Süden entlang der ungarisch-österreichischen Grenze fort und erreichten bald den Neusiedler See. Nach unserer Landkarte ist der südlichste Zipfel ungarisch.
„Wasser ist stets ein Schwachpunkt bei der Grenzbefestigung. Wir müssen so nahe wie möglich an den See ran."
Sie nickte zustimmend. Wir hatten Glück. Die Nebenstraße führt unweit am See vorbei.
„Ich sehe schon Wasser", stellte sie fest.
„Wo denn?"
„Hinter dem verdorrten Schilf."
Tatsächlich! Wir hielten an, stiegen aus und schauten alles genau an.
„Weiter draußen stehen Wachtürme im Wasser. Der See kann unmöglich tief sein", erklärte sie.
„Du hast recht. Nicht mal zwei Meter an der tiefsten Stelle. Ein sogenannter Steppensee."
Es sah so aus, als ob die Türme nicht besetzt sind. Unterwassersperren? Doppelter Stacheldrahtzaun weiter draußen? Wie weit ist es bis zur Grenze im See? Verlieren wir nachts nicht die Orientierung im Wasser ohne Kompass? Sollten wir all die Unwägbarkeiten überwunden und in der Tat den österreichischen Teil des Sees erreicht haben, so frage ich mich: Wie kommen wir aus dem Wasser? Ist der dichte, breite Schilfgürtel nicht eine natürliche Barriere für uns? Fragen über Fragen gingen mir durch den Kopf, ohne sie einzeln mit Bärbel zu besprechen. Ihr Ergebnis wäre sowieso nicht positiv ausgefallen. Während dieser nervlich angespannten Analyse sah ich einen älteren Herrn auf uns zukommen. Er könnte noch in der Habsburger Monarchie das Licht der Welt erblickt haben. Ob er mir meine Fragen beantworten würde? Ich brachte ihm Vertrauen entgegen und begrüßte ihn:
„Guten Tag! Verstehen Sie Deutsch?"
„Ein biss`l."
„Wo ist hier die Grenze? Wir interessieren uns für die Vogelwelt."
Er machte eine abweisende Handbewegung und ging langsam weiter, ohne ein Wort zu sagen. Bärbel lachte schallend.

„Warum lachst du so unpassend?"
„Du hast Vögelwelt gesagt!"
„Ja und?"
„Du meintest sicherlich Vogelwelt."
Voller nervlicher Anspannung dauerte es ein paar Sekunden, bis ich verstand, was sie mir erklären wollte.
„Danke! Aber du weißt doch – Deutsch ist nicht meine Stärke."
In meiner Erregung setzte ich noch nach:
„Es gibt Wichtigeres zu überlegen, als mir eine Deutschstunde zu erteilen."
Sie nahm mir meinen Vorwurf nicht übel. Eigentlich hätte ich froh sein sollen, wenn sie in der kritischen Situation imstande war zu lachen.

Ich frage mich: Was habe ich verkehrt gemacht? Weshalb kam ich mit dem alten Herrn nicht ins Gespräch? – Ich bin mit der Tür ins Haus gefallen. Wie konnte ich ihm gleich nach dem Grenzverlauf fragen! Besser wäre gewesen, wie wir nach Sopron kommen, was es dort geschichtlich Interessantes zu sehen gibt. Möglicherweise hätte er uns danach Fragen zum Neusiedler See beantwortet. Als sich mein Adrenalinspiegel normalisiert hatte, tröstete ich Bärbel:
„Die Flucht über den Neusiedler See kommt nicht in die engere Wahl. Zu viele Risiken!"
„Das ist auch meine Meinung. Aber warum willst du unbedingt nach Jugoslawien flüchten und erst danach nach Österreich? Da müssen wir zwei Grenzen überwinden."
„Ich meine, die Grenze nach Jugoslawien ist nicht so perfekt abgesichert und bewacht wie nach Österreich. Jugoslawien ist ebenfalls kommunistisch, aber freier. Von dort nach Österreich soll`s keine Probleme geben."
„Sopron ist nach der Landkarte halbkreisartig von Österreich umgeben. Eventuell haben wir dort die Möglichkeit, bis an die Grenze ranzukommen", erklärte sie mir.
„Mal sehen. Versuchen wir`s."
Bärbels Argumente hatten mich nicht recht überzeugen können. Aber was wusste ich Genaues über die jugoslawische Grenze? – Nichts! Es waren lediglich Vermutungen. Es ist so-

gar sehr wahrscheinlich, dass alle westeuropäischen Grenzen nach einheitlichem Muster befestigt sind. Daher ging ich auf ihren Vorschlag ein. Nach nur wenigen Kilometern erreichten wir Sopron, dem einstmaligen Ödenburg. Bis Ende des Ersten Weltkrieges sprachen die meisten Einwohner deutsch. Durch eine unkorrekte Abstimmung wurde dieser Zipfel vom Burgenland abgetrennt und kam zu Ungarn. So erklärt sich, dass der ältere Herr uns verstand. Obwohl die Stadt auf uns einen historisch interessanten Eindruck machte, nahmen wir uns kaum Zeit, sie zu besichtigen. Wie vernarrt wollten wir den nahen Grenzverlauf inspizieren. Ein ausgedehntes Waldgebiet umgibt die Stadt im Südwesten. Wir fuhren mit unserem Trabi auf einer schmalen Waldstraße in diese Richtung. Bald erkannten wir in dem Hochwald einen Aussichtsturm.

„Von dem Turm lässt sich die ganze Umgebung gut überblicken", schlug Bärbel vor.

Ich tat so, als ob ich ihren Vorschlag überhört hätte und bog bei der nächsten Waldstraße rechts ab.

„Das ist doch nicht richtig. Weshalb machst du das?"

„Wir wollen möglichst nahe an den Grenzzaun kommen. Ich vermute ihn hier in dieser Richtung."

„Da bin ich gespannt, wie weit wir kommen."

Nach weniger als einem Kilometer stoppte uns ein berittener Grenzwächter in Uniform. Er forderte uns höflich auf umzukehren und wies uns den Weg zum Aussichtsturm. Die Plattform des Turmes bot uns oben eine gute Übersicht auf die Umgebung der Stadt. Wir erahnten zwar den Grenzverlauf. Einzelheiten waren jedoch nicht erkennbar. Die Ungarn hatten den Wald entlang der Grenze ebenso wie in der DDR gerodet, um Grenzverletzer besser zu stellen. Das kahl geschlagene Band blieb unserem geübten Auge nicht verborgen. Verwundert waren wir, dass das grenznahe Gebiet um Ödenburg für die Touristen völlig frei zugänglich ist. Wir trafen am Aussichtsturm ungarische Urlauber an, scheuten uns allerdings, mit ihnen Kontakt aufzunehmen. Uns steckte noch der fehlgeschlagene Versuch am Neusiedler See in den Knochen.

Wir kehrten nach Ödenburg zurück und beratschlagten unser weiteres Vorgehen.

„Ich habe im Radio gehört: In Wien sind im Augenblick die Weltmeisterschaften im Eiskunstlauf", erwähnte Bärbel.

„Was willst du damit sagen?"

„Wien ist von hier nicht weit weg. Wir fragen mal im Reisebüro, ob wir nicht ein Tagesvisum erhalten."

„Bärbel, das glaubst du doch selbst nicht."

„Wir stellen uns einfach mal ganz dumm. Mal sehen, was die dann sagen."

„Na gut. Wir fahren in Richtung Grenze und passen auf, ob wir an einem Reisebüro vorbeikommen."

Mit gemächlichem Tempo fuhren wir los, ließen nach wenigen Kilometern die letzten Häuser hinter uns, ohne ein Reisebüro zu sehen. Auf der rechten Seite aufgelockerter Wald, links freies Gelände.

„Da muss doch bald der Schlagbaum der Fünf-Kilometerzone kommen", fragte ich Bärbel.

„Eigentlich schon. – Bis zur Grenze dürfte es nicht mehr weit sein."

Was nun? Umkehren? Meine innere Unruhe steigerte sich. Bärbel auf dem Beifahrersitz wirkte auf mich ausgeglichen und gelassen. Plötzlich tauchte vor uns ein geschlossener Schlagbaum auf. Ich ließ den Trabi ausrollen. Er kam zum Stillstand. Etwa vierzig Meter wiederum ein Schlagbaum. Ebenfalls geschlossen. Rechts daneben wehte die ungarische
Flagge: rot-weiß-grün.

„Bärbel, wir sind bereits an der Grenze!"

„Wieso?"

„Siehst du die rot-weiß-rote Flagge von Österreich am geöffneten Schlagbaum?"

„Du hast recht."

„Habe ich eventuell den Schlagbaum an der Fünf-Kilometerzone übersehen?"

„Ganz gewiss nicht! Den gibt es hier nicht", versicherte mir Bärbel.

Inzwischen kam ein Soldat aus dem Gebäude auf der linken Seite der Straße heraus. Der erste Schlagbaum ging hoch. Er winkte uns, rein zu fahren. Ich reagierte nicht. Er ließ nicht locker und deutete mit seinen Händen zu kommen.
„Fahr doch! Warum fährst du nicht?"
Bärbel wollte mein Zögern nicht verstehen. Sie hoffte wohl, hier ein Tagesvisum für Wien zu erhalten.
„Wenn wir reinfahren, können sie das als Fluchtversuch auslegen."
Als der Soldat keine Anstalten machte, zu uns zu kommen, fuhren wir zu ihm hin, kurbelten das Fenster runter.
„Passport!"
Wir reichten ihm unsere DDR-Ausweise mit der weißen Passeinlage. Er verschwand damit im Abfertigungsgebäude. Wir nutzten die zwei, drei Minuten, um die Absperrungen kennen zu lernen. Am Schlagbaum einige Meter vor uns stand ein Soldat mit einer schussbereiten MP im Anschlag. Neben dem Schlagbaum rechts der bekannte doppelte Stacheldrahtzaun. Auf der österreichischen Seite war kein Mensch außerhalb des Gebäudes zu sehen. Bald erschien der Uniformierte an unserem Trabi und fragte:
„Visum?"
Wir schüttelten den Kopf. Er forderte uns auf mitzukommen. Im Büro fragte ein Angestellter auf Deutsch:
„Haben Sie ein Visum für Österreich?"
„Das wollen wir hier beantragen, ein Tagesvisum für die Eiskunst-Weltmeisterschaften in Wien."
Völlig verblüfft schaute er uns an, als ob er sagen wollte: Sind die Beiden so uninformiert oder tun sie nur so.

Er führte uns in einen Nebenraum zu einem etwas älteren Herrn in Uniform. Nicht groß, etwas untersetzt. Anscheinend der Chef der Grenzabteilung. Die ernsten Mienen verrieten nichts Gutes. Selbst Bärbel verlor ihren Optimismus. Ach wären wir bloß vor dem ersten Schlagbaum stehen geblieben! Warum gibt es hier in Ungarn einige Kilometer vor der Grenze keine Sperrzone? All diese Gedanken schwirrten uns durch den

Kopf. Nachdem sich beide Ungarn unterhalten hatten, informiert uns der Untergebene:
„Ein Visum für Österreich müssen Sie in der DDR beantragen."
Eisiges Schweigen unsererseits. Natürlich wussten wir das, stellten uns lediglich unwissend. Nachdem wir mit dem ersten Trick keinen Erfolg hatten, servierten wir ihnen die zweite Masche:
„Wir wollen am Balaton Urlaub machen. Tauchen!"
Beide sahen sich verwundert an, als ob sie fragen wollten: Zu dieser Jahreszeit? Zu kalt!
„Wir haben Kälteschutzanzüge."
„Wo?"
„Im Auto."
Sie fordern uns auf, das Gepäck aus dem Auto zu holen und die Koffer zu öffnen. Der Chef interessierte sich besonders für die Kälteschutzanzüge, vornehmlich für meinen Neoprenanzug. Wiederholt nahm er das Material zwischen Daumen und Zeigefinger, drückte es zusammen, überprüfte mit den Fingernägeln die Festigkeit des für ihn anscheinend unbekannten Schaumstoffes. Ich beobachtete seinen abcheckenden Gesichtsausdruck und versuchte seine Gedanken zu lesen: Kann das nicht auch ein schusshemmender Schutzanzug sein? Während er mit dem Tauchzeug beschäftigt war, holte ich aus meinem Rucksack zwei Äpfel, gab einen Bärbel mit dem wichtigen Hinweis:
„Aussichtsturm nicht erwähnen!"
Sofort befahl er uns, nicht miteinander zu sprechen.
„Mittag, Hunger", wagte ich zu sagen
Mit ernster Miene ordnete er an, Bärbel aus dem Raum zu führen. Ich war allein.

Im Gefängnis

Hoffentlich behält Bärbel ihre Nerven und sagt kein unüberlegtes Wort! Mir war inzwischen der Ernst der Lage bewusst geworden. Der erste Mann der Grenzkontrolle kann doch nicht annehmen, dass wir am offiziellen Grenzübergang fliehen wollten. Wir beabsichtigten nicht mal, den geöffneten Schlagbaum zu passieren und in den Kontrollbereich zu fahren. In der Tat nehmen wir nicht an, ein Tagesvisum nach Wien zu erhalten. Die Idee ist lediglich ein Vorwand, die Grenzbefestigung im Detail kennen zu lernen. Das kann ich keineswegs zugeben. Solche Gedanken bewegten mich. Hilflos stand ich vor ihm da und sagte kein einziges Wort. Ich wusste nicht, wie ich meinen Kopf aus der Schlinge ziehen sollte. Der Chef sprach mit seinem Übersetzer. Er teilte mir mit:
„Sie werden zur Polizei nach Sopron gebracht."
Ich erschrak. Jeder Widerstand ist zwecklos.

Auf der Straße zwischen den zwei Schlagbaumsperren stand ein Jeep für mich bereit. Beim Einsteigen sah ich unser Auto gewendet in Richtung Sopron stehen, allerdings ohne Bärbel. Zwei Soldaten fuhren mich in die Stadt. Keiner sprach ein Wort Deutsch. Wird Bärbel nachkommen? Ich erfuhr es nicht. Der Jeep hielt vor einem großen Gebäude. Die Zwei führten mich in das Haus. Sie übergaben mich einem Mann in Uniform. Was nun, dachte ich und schaute ihn verängstigt an.
„Mittag. Pause. Warten!"
Er sprach ein paar Brocken Deutsch, schloss eine schwere Tür auf, führte mich hinein und übergab mich zwei Soldaten. Was ist das für ein Raum? Etwa zwei, drei Meter breit, sechs oder mehr Meter lang – fensterlos. Er war sehr knapp möbliert – ein langer Tisch, zwei oder drei Stühle, mehr nicht, mit elektrischem Licht normal ausgeleuchtet. Die Soldaten sprachen kein Wort mit mir. Sieht denn eine Polizeistation in Ungarn so aus, fragte ich mich. Ich war äußerst unsicher und begann zu zweifeln. An der langen Seitenwand befanden sich mehrere Türen. Das sind keine Zimmertüren! In der oberen Türhälfte ein klei-

nes Guckfenster. Nach und nach wurde es mir zur Gewissheit: Ich bin nicht in einer Polizeistation, sondern im Gefängnis. In einem Vorraum, von dem die einzelnen Zellen abgehen. Ob die Zellen belegt sind? Ich hörte nichts, veränderte möglichst unbemerkt meinen Stehplatz, damit ich durch das Fensterchen der ersten Zelle einen verstohlenen Blick werfen konnte: Der Innenraum sehr spärlich ausgeleuchtet. Mit etwas Phantasie erkannte ich eine Pritsche.
Endlich! Nach einigen Minuten sah ich den Kopf eines jungen Mannes hinter der Sichtscheibe.

Die Gefängnisrealität belastete mein Gemüt. Bin ich in Untersuchungshaft? Muss ich hier im Korridor der Gefängniszellen warten, bis eine Zelle für mich frei wird? Nein, ich darf die Hoffnung nicht aufgeben! Ich muss hier warten, bis die Mittagspause vorüber ist. Möglicherweise gibt es hier keinen Warteraum. Deshalb haben mich die Verantwortlichen im Zellenvorraum untergebracht. Wo mag nur Bärbel sein? Wird sie in einem Frauengefängnis festgehalten? Die Ungewissheit quälte mich. Minuten wurden zu Stunden.

Außerhalb des Raumes hörte ich Stiefeltritte auf dem Steinfußboden. Sie kamen näher und näher. Dann ein Schlüsselgeräusch. Unsere Tür wurde aufgeschlossen. Ein Wächter übergab Bärbel den zwei Soldaten mit einer kurzen Anordnung auf Ungarisch. Ihr wurde am anderen Ende des langen Raumes ein Platz zugewiesen.
„Bärbel, wo warst so lange gewesen?"
 Mit ernster Miene und dem Zeigefinger auf dem Mund gab einer der Soldaten zu verstehen, uns nicht zu unterhalten. Nur nicht provozieren! Andernfalls lassen sie uns nicht frei. Wir hielten uns strikt daran und waren folgsame Gefangene, rechtund schutzlos gegenüber der Staatsmacht. Auf dem Tisch lagen Papierbögen mit Skizzen, die Einzelheiten von der Grenze darstellten. Wie es scheint, haben die Zwei die Aufgabe festzuhalten, wo die inhaftierten Grenzverletzer versucht haben, die Grenze zu überwinden. Ich vermute, eine Analyse der Zeichnungen soll Schwachstellen in der Grenzbefestigung aufzeigen.

Das Ziel ist, auf diese Weise den Zaun unüberwindbarer zu gestalten.
Nach etwa einer Stunde begann endlich das Verhör mit einem Dolmetscher in Zivil.
Der Beauftragte des Verhörs fragte mich:
„Was wollen Sie sich in Ungarn anschauen?"
„Wir wollen am Balaton Urlaub machen."
„Weshalb sind Sie nicht dorthin gefahren?"
„Weil wir uns erst die historisch interessante Stadt Sopron anschauen wollten."
„Aber Sie sind doch zum Grenzübergang gefahren."
„In Sopron erfuhren wir, dass in Wien zurzeit die Weltmeisterschaft im Eiskunstlauf stattfindet, Da wollten wir in einem Reisebüro fragen, ob wir ein Tagesvisum für Wien erhalten können."
„Sie waren doch am Grenzkontrollpunkt!"
„Wir sind gefahren, gefahren und fanden kein Reisebüro."
„Sie müssen doch gesehen haben, dass die Stadt zu Ende war."
„Das stimmt. Ich habe zu meiner Frau gesagt: Da muss bald der Schlagbaum der Fünf-Kilometer-Sperrzone kommen."
Keine Reaktion vom Vernehmungsbeamten. Ich fuhr fort:
„Plötzlich standen wir vor einem geschlossenen Schlagbaum. Nicht weit weg sahen wir die Flagge von Österreich und erschraken."
Ich gab dem Dolmetscher Zeit zum Übersetzen.
„Wir wollten umkehren. Da kam ein Beamter heraus. Der Schlagbaum öffnete sich und der Beamte winkte, zu ihm zu fahren. Ich wollte stehen bleiben. Aber meine Frau sagte: Fahr, fahr! Da bin ich halt gefahren."
Der Beamte war hartnäckig.
„Sie wussten doch, dass Sie in Richtung Grenze fahren."
„Das schon. Aber bei uns in der DDR ist das Gebiet vor der Grenze gesperrt. Das dürfen wir nicht mal als Fußgänger betreten und erst recht nicht mit dem Auto reinfahren. Nur mit Erlaubnis."
Der Chef hörte dem Dolmetscher aufmerksam zu, ging jedoch nicht auf meine Erklärung ein. Ob er das alles nicht genau genug übersetzt hat? Ich begann zu zweifeln. Mir war es extrem

wichtig, dem Vernehmungsbeamten mitzuteilen, dass es hier keine Sperrzone vor der Grenze gäbe. Weshalb nimmt er keine Stellung zu meinem stichhaltigen Entlastungsargument? Sind wir in seinen Augen weiterhin Grenzverletzer? Fluchtwillige?

Ohne Kommentar brachte man mich in den Vorraum der Zellen zurück. Bärbel sah mich fragend an. Mein leichtes Kopfnicken und mein entspannter Gesichtsausdruck verriet ihr: Es ist alles gut gegangen. Das anschließende Achselzucken sollte ihr sagen: Es ist nichts entschieden. Ob sie mich verstanden hat? Hoffentlich!

Bald wurde sie aufgefordert mitzukommen. Wird alles gut gehen? Werden wir uns widersprechen? Wird Bärbel besonnen und klug reagieren? Nicht die Nerven verlieren? Eigentlich hatten wir unsere Lügenargumentationslinie hinreichend gut durchgesprochen. Trotzdem können Ausrutscher passieren, die zum Nachhaken einladen. Habe ich unser Interesse an der historischen Altstadt von Ödenburg überzeugend vorgetragen? Nur gut, dass er auf das Thema Tauchen im Balaton nicht eingegangen ist. Tauchen in einem flachen, trüben Steppensee? Da gibt es kaum etwas zu sehen! Dann noch die naive Finte mit dem Tagesvisum nach Wien. Das glaubt doch keiner!

All diese Gedanken gingen mir durch den Kopf und beunruhigten mich. Wann werden wir hier herauskommen? An ein schnelles, gutes Ende glaubte ich nicht mehr. Mein Optimismus schwand dahin. Nichts konnte mich von meinen trübsinnigen Gedanken abbringen. Aus den besetzten Gefängniszellen hörte ich kein Geräusch, was mich ablenken könnte. Die zwei Soldaten sprachen kaum miteinander. Und wenn, ich hätte sowieso nichts verstanden. Der eine vervollständigte die Fluchtskizzen, der andere sah ihm zu. Ich stierte vor mich hin in einigen Metern Abstand von ihnen.

Ich weiß nicht mehr, wie viel Zeit vergangen war. Eine viertel Stunde? Eine halbe Stunde? Endlich hörte ich Schritte. Sie kamen näher. Bärbel wurde reingebracht. Sie setzte sich am anderen Ende des Raumes auf einen Stuhl, in der Nähe die Soldaten am Tisch. Ich hatte Blickkontakt mit ihr. Zeichen konnten wir uns nicht geben. Das wäre aufgefallen. Ich versuchte, ihre Körperhaltung und ihren Gesichtsausdruck zu deuten. Ich kam zum Ergebnis: Auf keinen Fall total negativ, eher neutral bis leicht optimistisch. Wenn sie doch meine Gedanken lesen könnte! Ein leichtes Kopfschütteln oder ein bestätigendes Nicken würde mir bei den weiteren Verhören helfen.

Inzwischen war es schon vier Uhr nachmittags geworden. Ein Widerhall der Schritte. Das Schließgeräusch an der Tür. Ich wurde zum weiteren Verhör gebracht. Hauptthema waren meine Landkarten. Die hatten sie anscheinend im Handschuhfach vom Trabi gefunden: Eine Übersichtskarte von Mitteleuropa mit ganz Deutschland, Tschechoslowakei, Polen, Ungarn, Österreich, ein Teil von Jugoslawien und anderen angrenzenden Ländern. Dazu je eine Straßenkarte von Tschechoslowakei und Ungarn.
„Warum haben Sie die Landkarte von Mitteleuropa mitgenommen?"
Etwas unsicher antwortete ich:
„Um eine Übersicht zu haben. Eigentlich brauchte ich sie nicht. Es ist keine Straßenkarte."
„Die Ostgrenze von Deutschland ist falsch."
„Das ist eine alte Karte."
Ich vermied absichtlich eine nähere Erläuterung. Sonst hätte ich ihm weitere Nahrung für seine Verdächtigung gegeben, nämlich dass wir von Ungarn aus nach dem Westen fliehen wollten. Diese Karte hatte ich mal viele Jahre vor dem Mauerbau an einer Tankstelle in Garmisch geschenkt bekommen. Da waren die deutschen Ostgebiete jenseits der Oder-Neiße-Linie noch angegeben mit: Unter polnischer Verwaltung.
Ich hatte Glück. Mit meiner kurzen knappen Antwort war er anscheinend zufrieden: Keine Straßenkarte. Alte Karte. Jetzt kam er auf die ungarische Landkarte zu sprechen.
„Sie wollen doch am Balaton Urlaub machen. Da brauchen Sie keine Landkarte mit Österreich und Jugoslawien."

Ganz offensichtlich glaubte er unseren Ausreden nicht. Kann der Mann unsere Gedanken lesen? Nein! Seine Schlussfolgerungen leitet er aus unserem Verhalten ab: Nach der Einreise sofort das Ödenburger Grenzgebiet aufgesucht! Jeder DDR-Bürger weiß, dass er kein Tagesvisum nach Wien bekommt! Er hat unsere Absicht durchschaut, ohne ein guter Psychologe sein zu müssen. Was antworte ich nur, um noch glaubhaft zu sein?
„Auf der ungarischen Landkarte sind nur Teilgebiete von Österreich und Jugoslawien drauf. Es gab keine andere Karte ohne die Nachbarländer."
Ob er meine Argumente einsah, weiß ich nicht. Zumindest widersprach er nicht. Auf unsere zweifelhaften Tauchabsichten im Balaton ging er nicht ein. Ich war froh. Vermutlich hatte er keine Ahnung vom Tauchen.

Sie führten mich zurück zu Bärbel und den zwei Soldaten. Was erlebte ich da! Bärbel, über den Tisch gebeugt, redete auf die Beiden ein:
„Balaton! Urlaub - Tauchen! Tauchen!"
Dabei versuchte sie das Tauchen vorzuführen: Den Kopf zwischen den beiden vorgestreckten Armen nach unten geneigt, dann mit den Armen die Schwimmbewegung nachmachend. Bärbel hatte es in ihrer kontaktfreudigen Art verstanden, die Barriere zwischen ihr und den beiden beiseite zu schieben: Mitfühlende Gesichter. Beide schnallten ihren Gummiknüppel vom Koppel ab und legten ihn demonstrativ abseits auf den Tisch. Was doch eine junge Frau gegenüber zwei wachhabenden Männern in einem Männergefängnis durch ihre Gegenwart bewirken kann! Trotz der entspannten Atmosphäre vermied ich es, mit Bärbel zu sprechen.
Inzwischen war es schon später Nachmittag geworden. Es tat sich nichts. Ich hatte den Eindruck, das Verhör sei beendet. Wir werden frei gelassen. Er hat keine großen Anschuldigungen erhoben. Oder telefoniert er mit dem Verantwortlichen am Grenzübergang, um einen Anlass zu finden, uns einzusperren? Ich grübelte und grübelte und verlor langsam meinen Optimismus. Eine Überprüfung der jugoslawischen Grenzabsicherung hatte ich mir sowieso aus dem Kopf geschlagen. Das Tauchen

im Balaton erfanden wir nur, um den nahe gelegenen jugoslawischen Grenzfluss Drau unverdächtig inspizieren zu können.

Endlich Schritte, näher und lauter kommend auf dem Steinfußboden! Die zwei Soldaten in unserem Raum ergriffen eiligst ihre Gummiknüppel und schnallten sie an. Bevor sich die Tür öffnete, nahmen sie militärische Haltung an. Bärbel und ich wurden ins Büro geholt. Der Chef legte uns das Verhörprotokoll zum Unterschreiben vor. Wir lasen es aufmerksam durch.
„Was geschieht mit dem Schreiben?", wollte ich wissen.
„Das schicken wir über die DDR-Botschaft nach Berlin."
Wir erschraken.
„Das ist so geschrieben, als ob wir flüchten wollten."
Keine Reaktion! Ich begründete meinen Einspruch dem Chef näher.
„Als wir sahen, dass wir bereits an der Grenze sind, wollten wir nicht in den Abfertigungsbereich einfahren. Wir wurden aber dazu aufgefordert."
Er machte keine Anstalten, auf meine Argumente einzugehen.
„Und außerdem wussten wir nicht, dass es hier vor der Grenze kein Sperrgebiet gibt. All diese Punkte haben Sie nicht erwähnt."
Ich hatte den Eindruck, dass der Dolmetscher alles hinreichend genau übersetzte. Endlich kam die niederschmetternde Entscheidung:
„Wir sind Militär. Da haben Sie zu gehorchen!"
Der Dolmetscher registrierte unsere entsetzten Gesichter. Der Chef zeigte keine Regung. Wir sahen uns bereits mit einem Bein im DDR-Gefängnis. Wir beugten uns der Macht. Enttäuscht unterschrieben wir. Der Dolmetscher gab uns die DDR-Pässe mit der weißen Passeinlage zurück.
„Sie dürfen sich nicht noch einmal in Grenznähe aufhalten", befahl uns der Chef und verließ uns.

Persona non grata

Der Dolmetscher gab uns die DDR-Pässe mit der weißen Passeinlage zurück. Wir entdeckten auf der Rückseite der Einlage einen handgeschriebenen Eintrag auf Ungarisch.
„Können Sie das übersetzen?", fragten wir ihn.
„Sie müssen Ungarn in 24 Stunden verlassen haben."
„Bärbel, wir sind zu einer unerwünschten Person erklärt. So eine Ausweisung kenne ich nur bei Diplomaten. Da heißt es: Persona non grata."
„Was machen wir jetzt?" Bärbel schaute mich dabei an.
„Weißt du, wir fahren heute noch los in Richtung Budapest und suchen morgen die DDR-Botschaft auf und erklären ihr, was uns hier alles widerfahren ist."
„Gut! Aber wir haben keine Adresse."
„Wir fragen den Dolmetscher, ob wir sie bekommen können."
Im Laufe des Nachmittags hatten wir gemerkt, dass er sich in unsere Lage versetzen kann. Wir trugen ihm unsere Bitte vor. Nach einigen Minuten übergab er uns auf einem Zettel die Adresse und fragte:
„Übernachten Sie heute in Sopron?"
„Nein, wir fahren bald los in Richtung Győr."

Nun ging alles sehr schnell. Wir erhielten den Autoschlüssel, überprüften, ob alles im Auto vorhanden ist, aßen und tranken noch eine Kleinigkeit und fuhren los, bevor es dunkel wurde.
„Wir können glücklich sein, dass sie uns frei gelassen haben, auch wenn wir Ungarn morgen verlassen müssen", stellte Bärbel sichtlich entspannt fest.
„Ehrlich gesagt, ich habe nicht mehr an diesen positiven Ausgang geglaubt. Mal sehen, was wir morgen bei der Botschaft erreichen werden."
Bei wenig Verkehr auf der Straße kamen wir gut voran.
„Bärbel, ein Auto fährt uns die ganze Zeit hinterher, ohne zu überholen."
„Wie siehst du das?"
„Im Rückspiegel."

Bärbel drehte sich unauffällig um.
„Meinst du den Pobjeda?"
„Genau, den meine ich. Wir sind doch schon mehr als zehn Kilometer gefahren und er ist immer noch da!"
„Konzentriere dich mal aufs Fahren! Ich werde es beobachten, ob es immer derselbe Wagen ist."
Bärbel tat in der nächsten halben Stunde so, als ob sie auf der hinteren Sitzbank etwas suchte und verlor dabei das nachfahrende Auto nicht aus dem Auge.
„Du hast recht. Es ist immer wieder derselbe Podjeda."
„Die trauen uns nicht. Sie meinen, wir könnten nach alldem nochmals an die österreichische Grenze fahren. Für die stand fest: Wir wollen flüchten."
„Meinst du wirklich?"
„Sonst würden sie nicht die aufwendige Kontrollfahrt machen."

Nach und nach legte sich die Abenddämmerung auf die Pußta-Landschaft nieder. Im Grunde genommen ein beruhigendes Bild, als ob sich die Natur mit uns versöhnen wollte. Die friedliche Stimmung versuchte, unsere Herzen zu erreichen, wenn das Verfolgerauto nicht gewesen wäre! Inzwischen hatte die Dunkelheit des Abends die Natur verhüllt. Lediglich die Scheinwerfer verrieten die andauernde Verfolgung. Wir näherten uns Györ. Die zwei Leuchtaugen wurden kleiner und kleiner, der Abstand größer. Endlich gaben die Verfolger auf nach fast neunzig gefahrenen Kilometern! In Gedanken riefen wir ihm hinterher: Wir fahren nicht mehr zur Grenze zurück. Glaub uns doch!
Nach einer knappen Stunde erreichten wir unser Ziel, die Grenzstadt Komarom an der Donau. Wir suchten uns ein Hotelzimmer und ließen uns das warme Essen nach dem stressigen Tag besonders gut schmecken.
„Hoffentlich wird die Botschaft unser Verhörprotokoll nicht nach Berlin weiterleiten! Das wäre unser größter Wunsch für morgen. Bärbel, ob wir das erreichen werden?"
„Ich glaub schon. Wir müssen es versuchen. Sonst würden wir umsonst nach Budapest gefahren sein."
Mit diesem Wunsch schliefen wir bald ein.

Der anbrechende Tag weckte uns rechtzeitig. Ohne großen Verkehr erreichten wir bald Budapest. In der Innenstadt zeigten wir einem Polizisten den Zettel mit der Botschaftsadresse. Wir hatten Glück! Wir befanden uns in unmittelbarer Nähe der Botschaft. Eine recht freundliche Dame empfing uns. Wir trugen ihr die Geschehnisse des gestrigen Tages vor.
„Ja und plötzlich standen wir vor der Grenze, die österreichische Flagge in Sichtweite! Sagen Sie, gibt es denn keine Sperrzone wie in der DDR?"
„Die gab es. Sie ist erst vor zwei Wochen aufgehoben worden."
„Deshalb ist uns das passiert. Wissen Sie, wir wollten ja vor dem ersten Schlagbaum stehen bleiben, weil wir die Grenze sahen. Wir wurden aber aufgefordert weiterzufahren."
Das gestrige Schockerlebnis war uns noch ins Gesicht geschrieben.
„Ich meine, das war alles nicht so schlimm. Sonst hätten sie Euch festgehalten", tröstete uns die Botschaftsangestellte.
„Gibt's das auch?"
„Doch, doch! Das erleben wir wiederholt."
Wir fühlten uns beruhigt und glaubten, unseren eigentlichen Wunsch vortragen zu können.
„Der Chef des Gefängnisses in Sopron hat einen Bericht über uns geschrieben und der ist so abgefasst, als ob wir flüchten wollten. Den schickt er hierher. Hoffentlich müssen Sie ihn nicht nach Berlin weitergeben!"
„Das können wir nicht verhindern. Leider!"
Obwohl sie unsere enttäuschten Gesichter wahrnahm, korrigierte sie nicht ihre Aussage. Unser Wunsch, eine Wende aus dieser ausweglosen Lage zu erreichen, ging nicht in Erfüllung. Wir zeigten ihr unsere Pässe mit der Einlage.
„Schauen sie mal, was hier steht!"
„Sie haben Ungarn innerhalb von 24 Stunde zu verlassen. Das bedeutet bis heute Abend. Daran müssen Sie sich halten. Sie können sich sogar noch etwas die Stadt anschauen."
Wir dankten ihr für die weniger hoffnungsvolle Beratung und verabschiedeten uns. Wir entschieden, Ungarn so schnell wie möglich zu verlassen und in die DDR zurückzukehren, um Zeit

zu gewinnen. Wir müssen handeln, bevor der verdammte Brief aus Sopron in Berlin ist. Das Protokoll ging uns unaufhörlich durch den Kopf.

Nachts in der Elbe

Wir wählten die schnellste Strecke über Brünn, Prag und Dresden nach Meißen. An den Grenzen gab es keine Probleme. Rückblickend quälte uns die Tatsache, umsonst nach Ungarn gefahren zu sein, nichts erreicht zu haben. Die Verhältnisse an der jugoslawischen Grenze im Bereich der Drau haben wir nicht überprüfen können. Wir nahmen an, dort leichter fliehen zu können. Enttäuscht stellten wir fest, wieder am Ausgangspunkt angelangt zu sein, ohne einen Ausweg aus der verflixten Lage zu erkennen. Die Zeit drängt. Vielleicht wartet die Stasi in Aschersleben schon auf uns. Solche pessimistischen Gedanken geisterten durch mein Gehirn. Um aus der handlungslähmenden Sackgasse herauszukommen, brauchen wir unbedingt eine Alternative, sagte ich mir.
„Bärbel, die Elbe hier in Meißen erinnert mich an meinen alten Gedanken, über diesen Fluss nach Westen zu fliehen."
„Du hast mir schon mal was davon erzählt. Aber ich kann mich nicht mehr genau erinnern."
„Bei Wittenberge wird doch die Elbe zum Grenzfluss Westdeutschlands."
„Siehst du da eine Fluchtmöglichkeit?"
„Auf der Elbe fahren doch die DDR-Schiffe mit ihren Lasten zum Hamburger Hafen, auch welche aus der Tschechoslowakei. Da müssen sie den Wasserweg freihalten."
„Du hast eigentlich recht. Aber warum erzählst du mir das jetzt? Lass uns erst mal nach Hause kommen."
„Ich habe mir schon mal die Gegend bei Wittenberge angesehen. Vielleicht habe ich dir davon erzählt. Ich bin jedoch noch nie in der Elbe geschwommen, geschnorchelt, erst recht nicht getaucht. Habe auch keinerlei Erfahrung über die Fließgeschwindigkeit des Flusses."
„Das willst du wohl alles hier ausprobieren? Weshalb hast du`s so eilig?"
„Stell dir vor: Wir kommen nach Hause und werden bald von der Stasi beschattet. Du weißt doch wegen des Briefes aus Sop-

ron! Dann muss es schnell gehen. Du willst doch auch nicht ins Gefängnis."
Bärbel schwieg nachdenklich.
„Pass auf, wir fahren jetzt elbabwärts bis zum Stadtausgang und schauen uns dort die Elbe an."
Bärbel war damit einverstanden.

Ungefähr einen Kilometer nach den letzten Häusern verläuft das Elbufer parallel zur Straße, dazwischen ein schmaler Wiesenstreifen, aufgelockerter Baumbestand am Ufer.
„Das wäre schon eine günstige Einstiegsstelle", schlug Bärbel vor und fuhr fort:
„Wenn du die Fließgeschwindigkeit ermitteln willst, wäre es gut, wenn wir nach etwa einem Kilometer einen passenden Ausstieg fänden."
Auch das stellte kein Problem dar.
„Diese Teststrecke will ich mich treiben lassen und zwar im Dunkeln."
„Weshalb im Dunkeln? Da findest du nicht, wo du raus musst."
„Du hast recht. Ich muss mir die ganze Strecke gut einprägen, besonders da, wo ich aus dem Wasser steigen werde. Und unterwegs darf ich nicht an irgendeinem Gestrüpp hängen bleiben. Deshalb nicht zu nahe am Ufer treiben lassen. Tagsüber wäre das alles kein Problem. Wenn wir allerdings gezwungen werden, bei Wittenberge zu fliehen, das können wir nur nachts unternehmen."
„Wenn ich an Wittenberge denke, habe ich jetzt schon ein beklemmendes Gefühl."
Sie sah mich nachdenklich an, widersprach mir allerdings nicht. Zu Fuß gingen wir möglichst unauffällig am Ufer entlang, prägten uns markante Einzelheiten ein und suchten uns in der Stadt für die Nacht ein Zimmer. Zunächst erholten wir uns etwas von der langen Autofahrt und aßen mit großem Appetit Abendbrot. Es begann dunkel zu werden. Ich zog meinen Neoprenanzug an als Schutz gegen das kalte Elbwasser, darüber die Oberbekleidung. Sodann fuhren wir zur Einstiegsstelle.

„Zieh dir noch Flossen an, damit du nicht abgetrieben wirst", ermahnte mich Bärbel und fuhr zu der Stelle, wo sie mich erwartet.
Die erste halbe Minute kämpfte ich gegen die Kälte, bis sich das Flusswasser zwischen Schutzanzug und nackter Haut erwärmt hatte. Danach genoss ich die Ruhe und den Frieden, ohne Flossenschlag dahingleiten zu können, gleichsam als Bruder eines gewaltigen Stromes. Die Dunkelheit der Nacht empfand ich nicht als Bedrohung, sondern als Schutz, nicht gesehen zu werden. Weder Mond noch Sterne spiegelten sich auf der kräuselnden Wasseroberfläche wider. Die Vögel schwiegen und kein Auto auf der Straße fuhr vorüber. Bald sah ich den hohen Baumbestand. Mit wenigen Flossenschlägen erreichte ich das rettende Ufer.
„Du hast fünfzehn Minuten gebraucht", stellte Bärbel fest und trocknete mich mit einem Handtuch ab.
„Am Ufer ist die Strömung nicht so stark wie in Flussmitte."
„Und wie hast du dich gefühlt?"
„Es waren für mich entspannende Minuten, rundum eine nützliche Erfahrung, sich nachts im Fluss treiben zu lassen. Hier gibt's keine Grenzer, die mit einer MP auf mich lauern."
Bärbel hörte mir schweigend zu. Wir fuhren zum Hotel. Erst vor dem Einschlafen kam sie auf mein Gespräch am Elbufer zurück.
„Auf mich hat die Elbe bedrückend gewirkt, ohne einen einzigen Stern am Himmel, ohne einen Lichtreflex auf der Wasseroberfläche. Wie sich die dunkle Wassermasse lautlos dahinwälzt. Einfach unheimlich!"

Am nächsten Morgen ging es nach Aschersleben, ohne in Leipzig zu halten. Was hätten wir auch meinen Eltern erzählen sollen? Etwa, was wir in den letzten vier Tage erlebt haben? Frisch verheiratet und solche Pläne? Nein! Diese Ängste wollten wir nicht nur Bärbels Eltern, sondern ebenso meinen ersparen. Von unseren Fluchtabsichten in Ungarn wusste kein Mensch etwas. Voller innerer Anspannung erlebten wir die erste Woche zu Hause. Werden wir von der Stasi zum Verhör abgeholt? Normalerweise reagiert sie schnell. Ich dachte an das Kommen-erwünscht-Telegramm von Elisabeth. Nur wenige Tage später fragten damals zwei Stasi-Herren bei meiner Wirtin nach mir. Die Gefahr, abgeholt zu werden, hing wie ein Damoklesschwert über uns. Während der Woche schlief Bärbel in ihrem Zimmer. Nur am Wochenende übernachtete sie bei mir. Aber am Abend kam sie jeden Tag vorbei.

„Bärbel, schläfst du auch so unruhig?"

„Und wie! Ich schlafe schlecht ein, habe Angstträume, schrecke aus dem Schlaf auf."

Zur Beruhigung sagte ich ihr:

„Die zwei Pressluftflaschen haben genug Druck drauf, brauchen nicht nachgefüllt werden."

„Gott sei Dank! Im Notfall können wir ja dann schnell handeln."

„Bärbel, hast du den Eindruck, dass dich die Stasi schon beschattet?"

„Ich habe bis jetzt nichts bemerkt."

Auch in meiner Arbeit wollte keine verdächtige Person wissen, was wir abends und am Wochenende unternehmen. So verging eine Woche nach der anderen, ohne zu wissen, warum nichts geschieht.

„Falls das Verhörprotokoll aus Sopron in Berlin angekommen wäre, hätte uns die örtliche Stasi zumindest vorgeladen. Du bist doch der gleichen Meinung."

„Völlig klar, Bärbel. Die haben ja sogar bei meiner Wirtin nach mir gefragt. Nur wegen Liesbeths Telegramm."

„Wer hat nun den Teufelsbrief nicht weitergegeben, die nette Dame in der Budapester Botschaft oder ist er erst gar nicht dort angekommen?", rätselte Bärbel.

„Das werden wir nie ganz klären können. Ich vermute, das Soproner Gefängnis hat das Schreiben nicht abgeschickt. So meine Meinung."

„Wie kommst du darauf?"

„Ganz einfach! Wir ließen uns die Adresse von der DDR-Botschaft geben, um dort vorzusprechen. Das haben sie uns nicht abgenommen. Wir gäben das nur als Vorwand an, um erneut unbemerkt an die österreichische Grenze zu gelangen."

„Weshalb nimmst du das an?"
„Sonst wären sie uns nicht neunzig Kilometer bis kurz vor Györ hinterhergefahren. Erst dann glaubten sie uns. "
„Hoffentlich hast du recht!"
„Die Botschaftsdame war zwar freundlich. Aber die preußischen Deutschen halten nun mal Vorschriften genau ein. Das ist bekannt."

All die Schlussfolgerungen beruhigten uns. Wir schliefen wieder besser. Uns wurde bewusst: Trotz der Wagnisse hatten wir viel Glück gehabt. Der Mai mit seinem frischen Grün und der vollen Blütenpracht stimmte uns optimistisch. Wir machten zwar einige wenige Tauchversuche im Aschersleber Junkers-Badesee, so auch einmal den Versuch, zu zweit mit einem Gerät zu tauchen. Wir reichten uns abwechselnd den Lungenautomat. Die Übung war gedacht für den Fall, wenn ein Gerät mal ausfällt. Als wir dabei an einem dürren Ast unter Wasser hängen blieben, probierte Bärbel aufzutauchen, was ihr erst nach einigen Sekunden gelang. Der Schock saß bei ihr so tief, dass sie diesen Versuch nicht mehr wiederholen wollte.

Wohnung fürs Baby

Eines Tages besuchten uns Bärbels Eltern. Bärbels Gaubenzimmer kannten sie bereits. Mein Zimmer sahen sie das erste Mal.
„Sagt mal, wo wollt ihr mal wohnen, wenn euer Baby da ist?", fragte Bärbels Mutter.
„Hier bei Theo, falls wir bis dahin nichts Besseres bekommen. Wir dürfen die Küche und das Bad mitbenutzen. Du weißt ja, ich habe weder eine separate Küche noch ein Bad, die Toilette im Treppenhaus."
Die Eltern sahen sich alles an: Die Küche veraltet, nicht renoviert. Meine Wirtin und ich benutzten im Bad nur die Toilette und das Waschbecken, nie die Badewanne. Überall nur kaltes Wasser. Ob der Badeofen mit dem Warmwasserboiler überhaupt noch intakt ist, war nie überprüft worden. Die ganze Vierzimmer-Wohnung hätte neu gestrichen werden müssen. Kann man das von einer fast achtzig Jahre alten Frau erwarten? Wohl kaum.
„Euer Baby will sich ja hier mal wohlfühlen. Da müsst ihr noch viel verbessern", war die Meinung unseres Besuches.

Das sahen wir ebenso. Bärbel versuchte, über ihre Schule eine Wohnung zu bekommen.
„Da kommen erst mal Familien mit zwei Kindern dran, die noch bei ihren Eltern wohnen", wurde ihr gesagt.
„Ach hätte ich mich doch vor Jahren für eine AWG-Wohnung angemeldet, da könnten wir jetzt vielleicht schon einziehen", so Bärbels Wunschdenken.
Ich war damals nicht scharf auf eine Genossenschaftswohnung. Eher träumte ich von einem kleinen Häuschen. Als ich vor ein paar Jahren mit meinem Freund Uli einen Kollegen auf der Burg besuchte, lernten wir sein bescheidenes Haus kennen und waren davon begeistert.
„Uli, wäre das nicht was für uns beide, ein kleines Holzhäuschen auf dem Nachbargrundstück? Schöne, ruhige Lage!"

Uli teilte meine Meinung und wandte sich an unseren Kollegen:
„Ist der Grund in Privatbesitz?"
„Das schon. Wie ich hörte, will der Besitzer auch verkaufen. Aber ob ihr eine Baugenehmigung bekommt, das glaube ich kaum."
Wie recht hatte unser Kollege! Ganze fünf Baugenehmigungen hatte die Stadt erteilt und zwar für kleine Einfamilienhäuser in einer Größe von acht mal zehn Meter an einer anderen Stelle auf der Burg. So zum Beispiel für den Chefarzt des Krankenhauses und für unseren Leiter des Konstruktionsbüros – für uns Junggesellen total aussichtslos!

Nun aber wieder zurück in die Gegenwart! Der Misserfolg in Ungarn plagte uns nicht mehr. Die verstrichene Zeit überzeugte uns mehr und mehr: Der Brief aus Sopron ist in Berlin nicht angekommen. Davon waren wir mittlerweile überzeugt. Wir fühlten uns befreit von der enormen Seelenlast und waren beide wieder handlungsfähig. Wir sprachen nicht mehr von Flucht, sondern nur noch davon, wie wir zu einer Wohnung kommen. In Bärbels Lehrerkollegium war bekannt geworden: Wir erwarten ein Kind. Eines Tages kam sie zu mir mit der freudigen Nachricht:
„Meine Kollegen haben mich in die Wohnungskommission der Volksbildung gewählt."
„Meine Gratulation! Da besteht Aussicht, Wohnraum zugeteilt zu bekommen."
„Ich bin ganz optimistisch."
Ich neigte dazu, ihren Optimismus zu teilen, obwohl ich die Realität kannte: Viele dringende Fälle standen wenig frei werdenden Wohnungen gegenüber. Sollte da das Wohnungsamt für uns entscheiden? Ich wollte Bärbels Zuversicht nicht nehmen. Sie wünschte sich einen Jungen, ich eher ein Mädchen. Bärbel hatte keine Probleme mit ihrer Schwangerschaft. Es ging ihr gut und wir genossen beide den Maienfrühling.

Am Wochenende hielten wir uns öfter im riesigen Garten von Katharina auf. Er umfasst einen halben Hektar, also viel zu groß, um die ganze Fläche für Nutzpflanzen zu bearbeiten, Im unteren ebenen Teil wuchs Gemüse für die Küche, blühten Frühlingsblumen, wurden die ersten Beeren reif und neben dem kleinen massiven Gartenhäuschen zierte ein großer Apfelbaum mit vielen kleinen Früchten den Garten. Der größere Teil des Gartens, ein relativ steiler Hang, überließ Katharina der Natur, zum Teil mit dichtem Strauchwerk überwuchert. Dazwischen gab es einige lichte Stellen, auf denen wir ungestört die romantische, naturbelassene Gartenidylle genießen konnten. Mitunter half ich Katharina bei der Gartenarbeit, weil ich mich nicht stundenlang nichts tuend erholen konnte. Zufrieden und beglückt erlebten wir schöne Tage und Wochen. Abwechselnd besuchten wir unsere Eltern in Nordhausen und Leipzig. Erstaunlich schnell lebte sich Bärbel in unserer Familie ein. Meine Schwester Cilchen und mein Vater waren für sie die Lieblingsgesprächspartner. Ihre kommunikative Art half ihr, sich der neuen Situation anzupassen.

Beruflich arbeitete ich im Team an einer interessanten Konstruktionsaufgabe, um eine Baureihe für Portalmaschinen zum Fräsen, Hobeln und Schleifen zu entwickeln. Unsere Gruppe konstruierte abgeschirmt und ungestört in einem separaten Raum. Die ersten Erfolge stellten sich ein. Mit einem gewissen Glücksgefühl erhofften Bärbel und ich, bald eine positive Nachricht vom Wohnungsamt zu erhalten. Trotz des Fehlschlages in Ungarn erwachte in uns ein bestimmtes Urvertrauen, das Hoffnung nährt und Zuversicht stärkt. Wie üblich besuchte mich Bärbel nach meiner Arbeit. Ihr Gesichtsausdruck aber heute ernst und enttäuscht.
„Das Wohnungsamt hat unser Gesuch abgelehnt."
„Hat es uns wenigstens auf die Dringlichkeitsliste gesetzt?"
„Auch das nicht."
„Weshalb nicht?"
„Ich nehme an, weil das Kind noch nicht da ist."
„Das heißt also, wir müssten erst mal mit unserem Kind eine gewisse Zeit in meinem Zimmer wohnen. Oder Du mit dem Kind bei deinen Eltern in Nordhausen. Ob sie damit einverstanden wären?"

„Für paar Tage schon. Für länger wohl nicht. Da würden wir uns ja nur das Wochenende sehen."
„Das ist nicht gut. Vielleicht sollten wir uns nach Tapeten für mein Zimmer umsehen. Das müsste schon längst renoviert werden."
Wir fanden keine zufriedenstellende Lösung für unser Problem. Das Wohnungsamt hatte Bärbels Erwartungen zutiefst enttäuscht.
„Wohnen ist doch ein elementares Bedürfnis, so wie das Essen und Trinken! Wie kann das Amt so ein primäres Verlangen abschmettern, ohne ein Fünkchen Hoffnung zu geben!"
Völlig frustriert saß sie neben mir und war zutiefst traurig. In diesem Gefühlszustand konnte ich sie unmöglich in ihr Gaubenzimmer gehen lassen.
„Bärbel, ich spreche mit Frau Hunold, meiner Vermieterin. Vielleicht macht die uns einen Vorschlag."

Mit diesem kleinen Lichtblick brachte ich Bärbel in ihr Zimmer. Als ich Frau Hunold bei der nächsten Gelegenheit auf unser Problem ansprach, zeigte sie großes Verständnis. Ich wohnte bereits sechs Jahre bei ihr. Sie kannte meine politische Einstellung zum System, wusste, dass ich bewusst erst kurz vor Schließung der Wahllokale zur Volkskammerwahl gegangen bin, um so zu zeigen: Mit so einer Scheinwahl bin ich nicht einverstanden! Ich suchte mir jeweils einen Vorwand, nicht eher zu Hause zu sein. In so einem Fall hatten die Wahlschlepper bereits zwei Mal bei Frau Hunold geklingelt, um mich aufzufordern, zur Wahl zu gehen. Unvergessen blieb auch bei ihr der Stasibesuch, der nach mir damals fragte. Als ich sie wieder mal in der Küche traf, machte sie mir ein unerwartetes Angebot:
„Herr Richter, Sie können meine zwei großen Zimmer haben. Ich ziehe in ihr Zimmer um, bin allein. Das reicht mir."
„Ja wirklich? Das wäre eine gute Lösung – vielen, vielen Dank, Frau Hunold! Das werde ich heute Abend Bärbel erzählen."
Ich fragte mich, weshalb sie mir so einen selbstlosen Vorschlag unterbreite. Ich hatte mich zwar viel mit ihren zwei Enkelkindern abgegeben. Doch seitdem wir verheiratet sind, kamen sie

nicht mehr so oft. Bärbel wurde es zu viel. Das merkten die beiden anscheinend.
„Ich habe den ganzen Tag Kinder um mich", gestand sie mir eines Abends.
Ich registrierte, Frau Hunold wollte mich auf keinen Fall verlieren. Ich war für sie ein angenehmer Untermieter. Kleinreparaturen machte ich nach Möglichkeit selbst. Das schätzte sie sehr. Wann kommt schon ein Handwerker bei der sozialistischen Mangelwirtschaft ins Haus!

Als ich das nächste Mal mit Bärbel zusammenkam, erzählte ich ihr die Überraschung.
„Toll! Das ist eine gute Lösung. Da können wir zunächst auf eine eigene Wohnung verzichten."
Hocherfreut bedankte sie sich bei Frau Hunold.
„Ich muss aber erst das Wohnungsamt fragen, ob es das genehmigt", sagte sie zu Frau Hunold gewandt. Ich wollte es nicht glauben und fragte deshalb Bärbel:
„Meinst du, dass Frau Hunold nicht selbst darüber entscheiden darf? Es ist ja schließlich ihr eigenes Haus! Und außerdem wird nicht mehr Wohnraum benötigt. Es ist nur ein Zimmertausch."
„Du hast recht. Und trotzdem: Es besteht eine strenge Wohnraumbewirtschaftung. Ich werde morgen hingehen und fragen. Das wird schon klappen."
Ich ließ mich von Bärbels lebensbejahender Mentalität anstecken. Wir verbrachten gemeinsam einen Abend voller Hoffnungsfreude und Zuversicht. Umso größer war die Enttäuschung, als Bärbel am nächsten Tag abends zu mir kam.
„Stell dir vor, die haben Hunolds Vorschlag abgelehnt."
„Weshalb?"
„Ohne nähere Begründung."
„Was denkst du, warum sie nicht mit unserer Lösung einverstanden sind?"
„Das liegt doch auf der Hand. Sie rechnen mit dem Ableben von Frau Hunold. Dann wird ihre Vierzimmer-Wohnung frei."

„Du meinst frei für eine Familie eines Dozenten der Polizeischule zum Beispiel, so wie über uns bereits eine solche Familie wohnt."
„Du kannst annehmen, dass das Wohnungsamt so oder ähnlich kalkuliert."
Die niederschmetternde Enttäuschung lähmte unsere kreativen Gedanken. Anscheinend müssen wir mit dem zufrieden sein, was wir haben: Mit zwei einzelnen Zimmern, mehr als tausend Meter voneinander entfernt! Das Baby im Kinderwagen hin- und herschiebend! Oder Tapeten kaufen und künftig bei mir zu dritt in einem Zimmer unterkommen, wie nach der Vertreibung aus der schlesischen Heimat! Aber seitdem sind allerdings mehr als zwanzig Jahre vergangen. Mit Uli zusammen ein Holzhäuschen bauen, wurde ebenfalls nicht genehmigt. Da muss doch etwas faul sein mit der sozialistischen Wirtschaftspolitik, fragte ich mich im Stillen. Nur gut, dass ich solche frustrierenden Gedanken für mich behielt und nicht noch Bärbel damit belastete! Kein Aufbegehren, keine Wut kam an die Oberfläche. Hatten uns die gesellschaftlichen Verhältnisse über Jahre zu einer gewissen Zwangstoleranz erzogen oder treffender gesagt, deformiert? Gibt es einen Ausweg aus dieser aufgezwungenen Lethargie? Diesen Abend verbrachten wir mehr schweigend als unterhaltend. Bärbels Augen verrieten ihre tiefe Enttäuschung. Selbst an Flucht dachte ich nicht mehr. Sie ist schwanger. Wir erwarten noch in diesem Jahr unser erstes Kind.
Inzwischen war es spät geworden.
„Ich schlage vor, du schläfst heute in meinem Bett, ich auf dem Sitzsofa. Es ist zwar kein Wochenende, aber ich kann dich nicht nach Hause gehen lassen nach dieser Enttäuschung."
Sie widersprach mir nicht. Bevor wir einschliefen, sagte ich ihr noch tröstend:
„Und in den nächsten Tagen suchen wir uns Tapeten raus für mein Zimmer."
Am anderen Tag nahm jeder wie gewohnt seine Arbeit auf, sie in der Sonderschule bei ihren behinderten Kindern, ich im Büro. An eine Beschwerde, ein Aufbegehren oder gar an einen Protest dachte keiner von uns. Wie konnte sich auch unter die-

sen gesellschaftlichen Verhältnissen ein gesundes Selbstwertgefühl entwickeln!

Entschluss, die DDR zu verlassen

Als Bärbel mich abends besuchte, machte sie einen anderen Eindruck auf mich. Im Zwielicht von Verzweiflung und Hoffnung spürte ich in ihr einen veränderten Bewusstseinszustand. Nicht mehr gebrochen, sondern aufbegehrend, als ob sie sich mit Händen und Füßen gegen etwas wehren wollte.
„Erzähl mir, wie du abhauen willst!"
Diese Aufforderung traf mich völlig unerwartet. Jetzt noch? Ihre Schwangerschaft ist bereits erkennbar, dachte ich, ohne es auszusprechen.
„Du weißt doch, in der Elbe bei Wittenberge. Traust du dir das noch zu?"
„Wenn, dann bald. Wir dürfen nicht mehr lange warten. Wenn das Kind zu groß ist, drückt´s aufs Herz."
„Die Anstrengung, die Aufregung! Kann das Kind nicht Schädigungen davon bekommen?"
„In den ersten Monaten werden die inneren Organe, das Gehirn und die Nerven angelegt. Danach wächst es mehr oder weniger nur noch."
„Woher weißt du das so genau?"
„Das haben wir alles haargenau in Halle durchgenommen."
„Wann wollen wir's machen? Ich kann dazu unmöglich Urlaub nehmen. Das fällt auf. Und du hast keine Ferien."

Wir überlegten uns ein passendes Wochenende. Beim Übergang zur Fünf-Tage-Arbeitswoche war seit Ostern alle vierzehn Tage der Sonnabend arbeitsfrei.
„Das nächste verlängerte Wochenende fällt auf den 17. und 18. Juni", sagte ich ihr.
„Da war doch 1953 der Volksaufstand hier bei uns. Ich meine, an diesen Tagen wird die Grenze besonders stark bewacht sein."
„Du kannst recht haben. Was machen wir da? Willst du vierzehn Tage länger warten? Das Kind wird größer und größer."
„Nein! Das ist nicht gut. Ich schlage vor, wir fahren Freitag gleich nach deinem Dienstschluss kurz nach vier los. Ich habe

sowieso schon früher frei. Die Tage sind in dieser Jahreszeit lange hell und der Weg ist nicht so weit. Das klappt schon."
Ich war mit Bärbels Vorschlag einverstanden.

Als nun das Fluchtdatum feststand, ergab sich kurzfristig eine Dienstreise nach Chemnitz. Ich besuchte zusammen mit einem Kollegen das Institut für Werkzeugmaschinen. Wir hofften, passende Literatur für unsere Konstruktionsaufgabe zu finden. Uns wurde unter anderem eine Doktorarbeit aus München wärmstens empfohlen. Das Institut hatte die Kopie erst neulich erhalten, anscheinend von einer Person, die interessante Literatur unerlaubt in die DDR weitergab. Leider fanden wir keine verwertbaren Unterlagen. Auf der Rückfahrt bat ich meinen Kollegen, einen kurzen Zwischenstopp bei meinen Eltern in Leipzig zu machen. Verwundert erfüllte er mir meinen unüblichen Wunsch, ohne Näheres zu fragen. In Anbetracht des bevorstehenden, riskanten Unternehmens begrüßte ich meine Eltern mit dem folgenschweren Gedanken, sie für lange Zeit oder gar nie mehr zu sehen. Cilchen traf mich in der Waschküche und wunderte sich:
„Warum verabschiedest du dich so feierlich, ich meine anders als sonst?"
„Findest du?"
Mit dieser Gegenfrage war sie zwar nicht zufrieden. Aber sie merkte in ihrer sensiblen Art, dass ich ihrer Frage ausweichen wollte. Ahnte sie eventuell etwas? Hatte Bärbel mit ihr als Hebamme nicht nur über ihre Schwangerschaft gesprochen? Vielleicht auch über unsere anfangs noch diffusen Fluchtabsichten? Mir schien es fast so, zumal sich Cilchen neuerdings auch über Bärbels Interesse am Tauchen wunderte.

Als ich wieder in Aschersleben ankam, habe ich das Thema nicht angesprochen. Es galt, noch einige andere Kleinigkeiten zu erledigen.
„Bärbel, die Trägergurte von deinem Tauchgerät sind recht hell. Kannst du die etwas dunkler färben?"
„Kein Problem!"

Sie besorgte sich schwarze Farbe und zeigte mir die Gurte nach dem Färben mit ernstem Gesichtsausdruck.
„Schau mal, die sind kohlrabenschwarz geworden! Ich habe zu viel Farbe ins Wasser getan. Soll ich sie noch mal nachbehandeln?"
Ich erschrak - schwarze Farbe und Tod! Ich unterdrückte meinen Gedankengang. Ich bin sicher, Bärbel dachte das gleiche, ohne es auszusprechen.
„Nein, lass es! Das geht schon."
Bärbel schlug vor, ihre Haare kürzer schneiden zu lassen.
„Da kann ich besser den Taucheranzug drüberziehen."
„Das stimmt. Lass sie dir kürzer schneiden!"
Als sie nach dem Friseur zu mir kam, erzählte sie mir:
„Du, ich habe unterwegs Katharina getroffen. Sie war entsetzt, warum ich meine schönen langen Haaren habe abschneiden lassen. Ich konnte ihr doch nicht den wahren Grund sagen."
„Natürlich nicht. Die wird sich bald wieder beruhigen."
„Sag mal, hast du dir schon mal Gedanken gemacht, wenn sie uns in der Elbe entdecken?"
„Natürlich, Bärbel. Auf keinen Fall versuchen wegzutauchen oder auszureißen! Hände hoch und ergeben! Die nicht provozieren zu schießen! Lieber ins Gefängnis als sterben!"
„Da bin ich ganz deiner Meinung."
„Wenn sie uns schnappen, werden wir bestimmt wieder getrennt verhört wie in Sopron. Was sagen wir dann, Bärbel?"
„Ich sage: Mir sind die Nerven durchgegangen. Die haben uns keine Hoffnung gemacht, irgendwann eine Wohnung zu bekommen. Sogar die zwei Zimmer bei Frau Hunold haben sie abgelehnt. Wir nur als Untermieter!"
„Das ist eine gute Strategie."
„Ich nehme die ganze Schuld auf mich, um dich zu entlasten. Weil ich schwanger bin, werden sie mich hoffentlich eher entlassen."
„Mal sehen, ob sie so menschlich handeln werden. Damit aber deine Aussagen glaubhaft erscheinen, darf ich nichts unternehmen, was eine Planung der Flucht verraten könnte. Den Arbeitsplatz so verlassen wie immer!"
„Das gleiche gilt ja auch für mich."

Nach einer kleinen Denkpause fuhr Bärbel fort:
„Was mache ich da bloß? Das Schuljahr geht bald zu Ende. Ich kann doch nicht die Beurteilung für meine Kinder einer Kollegin aufbürden! Das geht nicht."
„Weißt du, die Beurteilungen hättest du bereits fertig gehabt, bevor das Wohnungsamt dir die enttäuschenden Absagen mitteilte."
„Danke für den guten Vorschlag. Hoffentlich glauben die mir das alles! Normalerweise schreibe ich die Beurteilungen nicht so früh."

So verging ein Tag nach dem anderen und das Fluchtdatum rückte näher. Bärbel hatte zwar keine Probleme mit ihrer Schwangerschaft, aber unsere Nerven waren bis aufs Äußerste angespannt. Auf meinem kleinen runden Tisch stand seit mehr als einer Woche eine Vase mit einem blühenden Rotdornzweig, daneben eine Kerze. Von einem Tag auf den anderen hingen Blüten und Blätter kraftlos am Zweig herab, obwohl Wasser in der Vase war.
„Bärbel, schau mal, der Rotdorn ist welk!"
„Ja eben! Gestern war er noch frisch."
Jeder von uns dachte: Das ist kein gutes Zeichen! Aber keiner sprach es aus.
„Bärbel, ich habe noch etwas auf dem Herzen: Schreib bitte deiner Mutti einen lieben Brief! Nicht, dass sie denkt, ich hätte dich zur Flucht überredet. Die vielen Enttäuschungen haben dich doch dazu gebracht."
„Das stimmt."
„Stecke ihn erst in den Briefkasten, kurz bevor wir losfahren."
„Weshalb denn das?"
„Sie soll ihn erst nach unserer hoffentlich geglückten Nacht in den Händen halten. Du weißt ja, sonst verhindert sie unsere Flucht."
„Ich nehme an, sie vermutet jetzt nicht mehr, dass wir flüchten wollen. Wegen meiner Schwangerschaft."

Am letzte Tag vor unserer geplanten Entscheidungsnacht erfüllte sie mir meinen Wunsch.

„Willst du ihn mal lesen? Der letzte Satz gefällt mir nicht so richtig."
Sie gab ihn mir. Ich war überrascht: Das Schriftbild ausgeglichen, verriet keine innere Unruhe. Sie hatte alles gut leserlich, keinesfalls fahrig geschrieben. Der Inhalt bestätigte ihr gutes Verhältnis zur Mutti.
„Du hast recht. Der letzte Satz passt nicht so richtig zum ganzen Brief, wenn du schreibst: Macht euch nicht zu viel Sorgen um uns, lebt euer Leben . . . Eigentlich willst du sie bitten, unser Weggehen zu verzeihen. Das kannst du jedoch nicht direkt schreiben. Falls sie uns erwischen, kann die Stasi deinen Eltern vorwerfen, weshalb sie die Flucht nicht gemeldet hätten. Dazu wären sie nämlich verpflichtet, uns zu verraten."
„Soll ich den ganzen Brief noch mal schreiben?"
Ich zögerte. Vor lauter Nervosität fiel mir keine passende Formulierung ein.
„Schick ihn so weg", sagte ich ihr mit schlechtem Gewissen.

Der letzte Tag in Aschersleben: Ein Freitag, Bärbel zur Schule, ich ins Büro. Unmittelbar danach werden wir mit dem Auto die Stadt verlassen, die nach dem Studium sieben Jahre lang mein erster Arbeitsplatz gewesen ist, an dem ich mich wohl fühle, eine interessante Aufgabe habe, mich mit meinen Kollegen gut verstehe, Freundschaften geschlossen habe, Bärbel kennen lernte . . . Und jetzt kehren wir diesem Ort den Rücken, ohne Verabschiedung, ohne Wiedersehen sagen zu können. Ich weiß nicht, ob in Bärbel vergleichbare Gefühle der Wehmut aufkamen. Bevor wir aus der Stadt herauskamen, kreuzte zwei Mal eine Katze unseren Weg, als ob sie uns sagen wollte: Bleibt hier, fahrt nicht weiter! Solche abergläubigen Gedanken zwangen uns nicht zur Umkehr, unser Ziel aufzugeben. So fuhren wir etwa eine halbe Stunde in Richtung Wittenberge, ohne viel zu reden. Jeder gab sich seinen Gedanken hin. Plötzlich fiel mir ein:
„Haben wir überhaupt beide Bleigürtel dabei? Ich meine nicht! Bärbel, haben wir einen vergessen?"
Wir hielten an und fanden im Kofferraum unter den Tauchutensilien nur einen Gürtel vor.

„Wir müssen sofort umkehren. Den habe ich in meinem Zimmer liegen gelassen. Ohne Ausgleichgewicht können wir nicht tauchen."
Das sah Bärbel ein. Durch dieses Missgeschick verloren wir eine ganze Stunde.
„Ich schlage vor, unsere Flucht um einen Tag zu verschieben. Wir kommen zu spät in Wittenberge an und dann noch weit vor der Sperrzone in die Elbe. Nein, das tun wir nicht", entschied Bärbel.
Im Grunde genommen ändere ich ungern einen festgelegten Zeitplan ab, zumal wir ja nicht am Tag des Volksaufstandes abhauen wollen, schlussfolgerte ich. Aber Bärbels Einwand überzeugte mich.
„Du hast recht. Wir suchen uns in Stendal ein Hotelzimmer und verschieben alles um einen Tag."

Letzte Nacht

Wir fanden in der Stadt ein Zimmer, ließen uns das Abendbrot schmecken und gingen bald zu Bett. Bevor wir einschliefen, unterhielten wir uns noch etwas.
„Weißt du, ich fühle mich total entspannt. Der Druck, heute Nacht zu fliehen, ist weg. Der Gedanke, im Dunkeln stundenlang in der Elbe zu plätschern, ist wie weggeblasen. Es tut mir sehr gut, dass wir unser Vorhaben um einen ganzen Tag verschoben haben."
„Bärbel, das geht mir genauso. Ich fühle mich völlig entlastet. Nur gut, dass wir zurückfahren mussten. Die Zeit zur Flucht wäre knapp geworden."
In dem Bewusstsein, die nächste Nacht nicht schlafen zu können, hatten wir vor, unsere Unterhaltung langsam ausklingen zu lassen. Doch Bärbel musste noch einen Gedanken loswerden:
„Wenn die uns morgen erwischen, können wir lange Zeit nicht so zusammen sein wie jetzt."
„Du hast recht. Das müssen wir leider hinnehmen, hoffentlich nicht zu lange!"
An die Festnahme habe ich natürlich gedacht, jedoch nicht erwartet, dass sie mit mir darüber sprechen wollte. Falls ich im Detail darauf eingegangen wäre, hätten wir sicherlich nicht einschlafen können.

Ohne Angstträume, sondern gut ausgeruht erwachten wir morgens, ließen uns das Hotelfrühstück schmecken und saßen bald im Auto. Ich ahnte, Bärbel beunruhigt etwas.
„Wir kommen immer näher an die Grenze. Was sagen wir, wenn die Polizei uns kontrolliert und sie im Kofferraum unsere Tauchsachen entdeckt?"
„Oh ja. Kurz vor Wittenberger müssen wir über die Elbe. Die Wahrscheinlichkeit, dass wir dort kontrolliert werden, ist durchaus gegeben."
„Du meinst wegen der Grenznähe."

„Nicht nur das, sondern über die Elbbrücke fahren nicht nur Autos, auch Züge."
„Das macht doch nichts."
„Stell dir vor: Die Gleise befinden sich auf der Autofahrbahn. Lange bevor ein Zug kommt, ist die Brücke gesperrt. Das lädt doch zur Autokontrolle ein."
„Ach so. Da müssen wir uns was überlegen."
„Ich habe eine Idee. Wir sagen, wir wollen im Plauer See tauchen. Wir haben ja alles dabei - Kälteschutzanzüge, Tauchgeräte und und . . ."
„Liegt denn der See in dieser Richtung?"
„Doch, nördlich von Wittenberge!"
„Dann passt´s ja."
Wir kamen gut voran. Wie üblich in der DDR - wenig Verkehr auf Nebenstrecken. Einige Kilometer vor Wittenberge lasen wir: Elbbrücke gesperrt. Die Umleitung führte uns nach Wahrenberg, ein kleines Dorf elbabwärts direkt am Fluss.
„Da kommen wir zu nahe an die Sperrzone ran", gab ich Bärbel zu bedenken.
„Umso besser. Da haben wir's nicht so weit zur Grenze."
Ich bestaunte Bärbels ungebrochenen Optimismus.
„Hoffentlich machen wir uns nicht verdächtig! Sie können uns kontrollieren."
Meinen Einwand überhörte sie. Bald erreichten wir das Elbufer. Nur wenige Autos vor uns. Ich atmete auf. Kein Mensch kümmerte sich um uns. Nach wenigen Minuten setzte uns die Fähre ans andere Ufer über.
„Es ist alles gut gegangen. Meine Bedenken sind nicht eingetroffen", stellte ich zufrieden fest.

Wir freuten uns beide, ohne unangenehme Kontrollen Wittenberge erreicht zu haben, parkten unser Auto auf dem Marktplatz und bestellten uns im benachbarten Hotel ein Mittagessen.
„Was machen wir nach dem Essen?", fragte Bärbel.
„Wir müssen versuchen, Mittagsschlaf zu halten, um vorzuschlafen. Du weißt ja weshalb."

„Hoffentlich schlafen wir ein, vor lauter Aufregung", gab sie zu bedenken.
„Ich habe auch Zweifel. Deshalb schlage ich vor, getrennt in Einzelzimmern zu schlafen, damit keiner dem anderen die Unruhe übertragen kann."
„Eigentlich hast du recht. Doch es ist schon ein eigenartiges Gefühl, im Hotel in getrennten Zimmern zu schlafen, obwohl wir zusammengehören."
Wir ließen uns die Zimmerschlüssel an der Rezeption geben und zahlten gleich für eine Nacht. Die Empfangsdame schaute uns verwundert an, hatte aber nichts gegen die sofortige Bezahlung. Inzwischen war es spät geworden und die ersten Kaffeegäste trafen bereits ein.
„Bärbel, gegen fünf kommst du auf mein Zimmer. Dann gehen wir in Ruhe Abendessen. Einverstanden?"
„Ich weiß nicht, ob ich so lange schlafen kann. Aber macht nichts."
Ihr außergewöhnliches Gefühlsgemisch verriet mir: Hätten wir nicht doch lieber in einem gemeinsamen Zimmer ruhen sollen? Soll ich meinen Vorschlag korrigieren und mit in ihr Zimmer gehen? Mit diesem inneren Zwiespalt verabschiedete ich mich von ihr und suchte mein Zimmer auf.

Ohne mich auszuziehen, legte ich mich aufs Bett und versuchte zu schlafen. Es fiel mir schwer abzuschalten. In Gedanken sah ich die Landkarte von Frau Hunold in ihrem Büro an der Wand hängen und versuchte, die große Elbwindung zwischen Wittenberge und Schnackenburg in drei Abschnitte aufzuteilen:

Erste Teilstrecke: Elbeinstieg bis Beginn der Fünf-Kilometer-Sperrzone. Das bedeutet, bis zum mittleren Abschnitt der S-Flusswindung.

Zweite Teilstrecke: Beginn der Sperrzone bis etwa einen Kilometer, bevor die Elbe zum Grenzfluss wird.

Dritte Teilstrecke: Grenzabschnitt mit großem Risiko, entdeckt zu werden.

Bald beruhigte ich mich, schloss meine Augen und ließ im Geiste die Elblandschaft an mir vorüberziehen, so wie ich sie vor drei Jahren kennen gelernt hatte. Mit diesem entspannten Gedanken muss ich eingeschlafen sein. Als Bärbel in meinem Zimmer erschien, war ich bereits wach.
„Wie hast du geschlafen?", fragte ich Bärbel.
„Nicht gut. Ich hatte einen Alptraum. Ich bin beim Tauchen mit einem Schiff zusammengestoßen. Es ging alles drunter und drüber. Ich kann´s gar nicht erzählen – ein schrecklicher Angsttraum."
„Da hast du ja gar keinen erholsamen Schlaf gehabt – schade! Ich habe zwar geschlafen, tief nicht, aber ohne belastenden Traum."
Ich wechselte das Thema.
„Zum Abendessen ist es noch zu früh. Wir fahren an die Elbe und suchen uns eine geeignete Einstiegsstelle für heute Nacht", schlug ich vor.
„Da können wir gleich unsere Tauchutensilien dort in der Nähe verstecken."
Wir fuhren mit dem Trabi ein Stück auf der schmalen Landstraße in Richtung Wahrenberg, bogen bald im spitzen Winkel rechts in einen Waldweg ein, stellten das Auto etwa hundert Meter vor der Elbe ab und suchten am Ufer einen passenden Einstieg für heute Nacht.
„Ich glaube, hier können wir reingehen. Das scheint ein Anglerplatz zu sein, ohne Sträucher und Gestrüpp."
„Du hast recht, Bärbel. Nicht weit weg vom Waldweg. Jetzt müssen wir noch ein Versteck für die Tauchgeräte finden."
Wir entdeckten unter einer nicht allzu hohen Pappel in der Nähe des Anglerplatzes eine schlecht einsehbare Stelle und versteckten alle notwendigen Sachen für heute Abend unter dem Baum in einer Mulde.

Mit dem Gefühl, alles gut organisiert zu haben, fuhren wir zum Hotel zurück. Auf dem Parkplatz hielt ein VW Käfer mit Hamburger Kennzeichen, nicht weit weg von unserem Trabi. Es stiegen eine Frau und ein Mann aus und betraten das Hotel. Das Hamburger Pärchen sahen wir in unserem Restaurant wieder. Am liebsten hätte ich mich an ihren Tisch gesetzt, um mit ihnen Kontakt aufzunehmen. Wie schön wäre es, wenn sie uns morgen früh in Schnackenburg empfingen und uns mit ihrem Auto zu meinem Freund nach Hamburg mitnähmen. Die Vernunft versuchte, meinen Wunschgedanken zu unterdrücken. Während wir unser kräftiges Abendbrot aßen, nämlich Bratkartoffeln mit Ei, blickte ich unauffällig wiederholt zu den Beiden hinüber. Mit meinen Gedanken war ich mit Bärbel schon im Westen. Gott sei Dank siegte am Ende der Verstand über meine Träumerei. Nach dem Essen suchten wir unsere Zimmer auf, gönnten uns noch eine Verdauungspause, bis die Sonne hinter dem Horizont verschwand und sich die Abenddämmerung friedlich auf die Elbniederung senkte. Wir gaben die Zimmerschlüssel kommentarlos an der Rezeption ab und hofften natürlich, dass wir sie nicht mehr brauchten, falls alles klappt. Aber weiß man es denn? Sollten wir unser Vorhaben wider Erwarten abbrechen müssen, so können wir unsere Zimmerschlüssel erneut haben, um uns von dem misslungenen Fluchtversuch zu erholen.

„Wir fahren jetzt an die Elbe in die Nähe unseres Verstecks. Du steigst aus und ich fahre wieder zurück."

„Wo willst du denn den Trabi abstellen?"

„Natürlich auf dem Parkplatz vorm Hotel, damit nichts auffällt."

„Und wie kommst du dann zu mir?"

„Zu Fuß natürlich."

„Da lässt du mich aber lange allein! Es wird doch immer dunkler."

„Ich werde mich beeilen. Die drei Kilometer schaffe ich in einer halben Stunde, wenn ich zwischendurch renne."

„So ganz wohl ist mir dabei nicht. Aber schon gut."

„Wir treffen uns in der Nähe der Pappel."

Werden wir durchkommen?

Ohne Umarmung ließ ich Bärbel allein zurück, stellte das Auto mit den Fahrzeugpapieren am Hotel verschlossen ab und steckte den Autoschlüssel ein. Ich beeilte mich, schnell zurück zu kommen, rannte teilweise, bis ich außer Atem war. Bärbel traf ich wie vereinbart in der Nähe der Pappel.
„Hast du Angst ausgestanden?"
„Nicht so. Du warst ja schnell wieder da. Es war schon recht einsam hier. Kein Mensch ist vorbeigekommen, kein Angler."
„Gut, dass dich niemand gesehen hat. Ich schlage vor, wir gehen auf dem Deich etwas spazieren. Es ist noch nicht dunkel genug."
Völlig gelöst und entspannt ließen wir den abendlichen Frieden auf uns wirken. Die Flusslandschaft war zur Ruhe gekommen, unberührt vom Pulsschlag der Zeit, als ob sich die Stille nach Sonnenuntergang in diese Landschaft zurückgezogen hätte. Kein Vogellaut unterbrach unser Schweigen. Verkehrslärm war weit und breit nicht zu hören. Lautlos bewegte sich das Elbwasser Hamburg entgegen. Der zunehmende Mond stand schon hoch am Himmel, umkränzt von Schleierwolken. Sein blasses Licht spiegelte sich kräuselnd und wellenwiegend auf dem dahingleitenden Elbwasser wider. Wir ließen die wenigen Minuten der träumenden Versonnenheit und des Glücklichseins auf uns wirken. Danach suchten wir unser Versteck auf und zogen uns um.
„Zieh dir genug warme Sachen unter den Trockentauchanzug! Der wärmt nicht. Er ist nur aus Gummi", ermahnte ich sie.
„Ich ziehe mir noch den selbstgestrickten Pullover drunter, den ich dir zu Weihnachten geschenkt habe."
„Denke daran, unsere Personalausweise, deine und meine Armbanduhr möglichst zusätzlich wasserdicht an deinem Körper unterzubringen!"
„Ja, ja, daran habe ich schon gedacht."
„Und den Autoschlüssel gebe ich dir auch noch."
„Weshalb denn das?"

„Weißt du, wenn wir drüben sind, schicken wir ihn sofort meinem Bruder. Der kann dann unseren Trabi abholen."
„Wenn die Stasi ihn nicht schon kassiert hat."

Ohne Hektik und Nervosität machten wir uns tauchfertig. Uns Beiden war klar, dass wir die ersten zwei Elbabschnitte schwimmend mit dem Schnorchel im Mund zurücklegen und nur im Grenzabschnitt die Tauchgeräte benutzen, sobald Gefahr droht; denn der Luftvorrat einer Pressluftflasche reicht etwa nur für fünfzig Minuten.
„Bärbel, ich ziehe unter meinen Nassanzug nur die Badehose an. Die Schuhe und alle übrigen Anziehsachen von dir und mir verstauen wir neben der Pappel."
„Auf jeden Fall! Wenn wir unsere Flucht abbrechen müssen, brauchen wir unsere Sachen wieder."
Während ich meinen Neoprenanzug bereits angezogen hatte, bemühte sich Bärbel noch, alle Sachen an ihrem Körper unterzubringen. Mein Gehörsinn passte auf, ob nicht ein Nachtangler vorüber kommen und uns beobachten könnte. In diesem sensibilisierten Zustand vernahm ich auf einmal das Blättergesäusel der Pappel. Eine leichte Luftbewegung verursachte es, dachte ich mir. Bald verstärkte sich das Geräusch und ging in ein unangenehmes Flattern der recht steifen Pappelblätter über. Für das wohltuende Waldesrauschen fehlte der Wind. Das lauter und lauter werdende Blattgeraschel nahm ich in dieser außergewöhnlichen Situation als ein Warnzeichen an. Es stimmte mich sehr nachdenklich.

Mit der Gewissheit, alles gut durchdacht und vorbereitet zu haben, überquerten wir den Deich, suchten den Anglerplatz auf, den wir als Start unseres nächtlichen Unternehmens ausgewählt hatten.
„Bärbel, schau mal, was ist das da für ein Leuchten?"
Dabei zeigte ich elbabwärts in Richtung Grenze. Sie schaute zwar hin. Mir schien es jedoch so, als ob sie mit dem Trockenanzug, gleichsam ihrer zweiten Haut und dem Tragen des Tauchgeräts beschäftigt war. Schockiert stellte ich fest: Auf einem hohen Turm montierter lichtstarker Scheinwerfer sucht

im Grenzbereich das Elbufer nach Grenzverletzern ab. Ich begann zu zweifeln. Haben wir überhaupt eine Chance, unentdeckt nach dem Westen zu kommen? Der urplötzliche Schrecken wühlte meine Seele auf. Eine unausgesprochene Vorahnung quälte mich. Mein spontaner Gedanke: Abbrechen, nichts als Abbrechen! Mein panikartiges Angstgefühl verriet ich Bärbel nicht. Ich überlegte, wie komme ich wieder zur Ruhe, um die richtige Entscheidung zu treffen.

„Lass uns ein Vaterunser beten, dass alles gut geht", schlug ich vor.

Wir beteten gemeinsam: Langsam, äußerlich ruhig, andächtig. Jeder mit der gleichen Bitte, aber keiner sprach sie nochmals aus. Wir standen beide unsicher mit zittrigen Beinen am Ufer und schwiegen ein paar Sekunden. Ich wollte auf keinen Fall als Erster das Elbufer hinabsteigen. Bedenken und Zweifel plagten mich. Die Angst vor einem Unheil überkam mich, wagte sie jedoch nicht auszusprechen. Nicht nur einmal hatte mir Bärbel widersprochen, wenn ich die Elbe als realistische Fluchtmöglichkeit vorschlug. Das Aufleuchten der Grenzscheinwerfer rüttelte in mir die Erinnerung wach, was mir Bärbel bei solch einem Gespräch einmal sagte:

„Du kommst durch – aber ich? Ich nicht."

Wie angewurzelt und zeitgleich gelähmt verharrte ich am Ufer. Bereit, unser Vorhaben aufzugeben. Nicht ein Wort traf die Entscheidung, sondern Bärbels erster Schritt. Sie stieg die Uferkante hinab, tauchte mit dem ganzen Körper wie gewohnt unter und hielt die rechte Hand über Wasser. Der Wasserdruck presste den Trockenanzug zusammen. Ich öffnete die wasserdichte Gummimanschette am Handgelenk mit einem Finger routinemäßig, damit die Luft entweichen kann. Als der Vorgang abgeschlossen war, tauchte Bärbel auf und sagte erbost:

„Mein ganzer Arm ist nass geworden! Was hast du bloß gemacht?"

„Das bisschen Wasser! – Ich werde das kalte Flusswasser am ganzen Körper zu spüren bekommen."

„Ich habe schließlich einen Trockenanzug, keinen Nassanzug!"

Was war passiert? Wahrscheinlich hatte ich meinen Finger noch unter der Manschette, als sie die Hand wieder ins Wasser eintauchte.
„Ist dein nasser Arm noch kalt?"
„Es ist schon etwas besser."
Wer von uns beiden hatte nun entschieden, die Flucht nicht abzubrechen, trotz der nicht einkalkulierten, taghell leuchtenden Grenzscheinwerfer? Weder ich noch Bärbel, sondern die Abfolge der ersten Handlungsschritte.

Wir ließen uns ins Wasser gleiten, beide mit einer Sicherheitsleine verbunden, den Schnorchel im Mund und die Taucherbrille vor den Augen. Die Luft im Tauchgerät sparten wir uns für den Grenzbereich auf. Das fließende Wasser brachte uns bei leichtem Flossenschlag gut voran. Im Elbabschnitt vor dem Sperrgebiet fühlte ich mich unbeobachtet und sicher, tauchte wiederholt auf, um in Flussmitte zu bleiben und die Umgebung wahrzunehmen. Auf der linken Seite der Elbe sah ich in der Ferne die Scheinwerfer eines Autos. Das starke Fernlicht kam näher und näher. Die gebündelten Lichtkegel durchschnitten gleichsam die zu Ruhe gekommene nächtliche Landschaft. Wohin will es nur, das teuflische Fahrzeug? Da ist doch kein Dorf mehr, nur eine der best abgesicherten Grenze auf der Erde! In einer Kurve schwenkte das Fernlicht sogar über die Elbe. Hat der nächtliche Fahrer meinen Kopf im Licht-Schatten-Wechsel auf der Wasseroberfläche wahrgenommen? Wohl kaum. Bald war das Auto an uns vorüber. Der starke Lichtkegel erhellte den Grenzwald. Ich hörte ein lautes, wildes Vogelgeschrei. Ich fühlte, es will uns warnen: Macht nicht weiter! Kehrt um! Gefahr! Gefahr! Es dauerte einige Minuten, bis sich die aufgeschreckte Krähenkolonie beruhigte. Bärbel hatte von diesem Spektakel nichts mitbekommen. Gott sei Dank, dachte ich. Ich schaute zum fahl erleuchteten Nachthimmel empor. Der uns begleitende Mond hatte bereits den Zenit überschritten. Es musste etwa elf oder später gewesen sein. Das Auto kam wieder zurück, nun aber abgeblendet. Es hat die Wachablösung an den Grenzzaun gebracht, nahm ich an.

Das aufregende Geschrei der Krähen wirkte in mir eine gewisse Zeit nach. Das gemächliche, beständige Dahingleiten im Wasser beruhigte mich allmählich. Lautlos, völlig entspannt und schwerelos trug uns das Elbwasser schnorchelnd und flossenschwimmend dem Westen entgegen. Das Begehren an einen positiven Ausgang unseres Vorhabens beflügelte mich. Selbst der Suchscheinwerfer an der Grenze machte mich nicht nervös. Durch konzentrierte Beobachtungen kannte ich ungefähr seine Einschaltzeiten. Sobald das Ufer an der Grenze abgeleuchtet war, folgte eine Pause. Sie dauerte in der Regel fünfzehn Minuten, konnte jedoch kürzer oder länger sein. Falls der Scheinwerfer eingeschaltet wird, verstecken wir uns am Ufer im überfluteten Gebüsch für einige Minuten oder legen gleich die Tauchgeräte an, schlussfolgerte ich. So könnten wir mit etwas Glück die Grenzer überlisten. Davon ging ich aus.

Pause auf der Graswulst-Insel

Nach meinen Beobachtungen hatten wir inzwischen die Sperrzone erreicht, befanden uns also im zweiten Teil der Elbwindung.
„Bärbel, ist es für dich zu anstrengend?"
„Eigentlich nicht. Das dahinfließende Wasser bringt uns gut voran. Die Flossen bewege ich nur leicht, damit mein Körper warm bleibt."
„Bevor wir in den Grenzbereich kommen, legen wir eine kleine Pause ein."
„Einverstanden."
Ich war erstaunt, dass sich Bärbel anscheinend genauso rundum wohl fühlte wie ich. Wird dieses entspannte Gefühl durch die schwerelose, horizontale Lage des Körpers und die gymnastische, leichte Beinbewegung hervorgerufen? Die Halswirbel völlig entlastet, Kopf und Körper bilden eine Linie unter der Wasseroberfläche. Mir kamen dankbare Gedanken in den Sinn. Wo hat Mutter Elbe all das viele Wasser gesammelt? Ich erinnerte mich: Der Geburtsort der Elbe ist auf dem Riesengebirgskamm unweit der Schneekoppe in meiner schlesischen Heimat. Von dort fließt das jungfräuliche Wasser den Südhang hinunter und nimmt auf der tschechischen Seite viele kleine Flüsse des Riesengebirges auf. Die Töchter Moldau und Eger übergeben das Wasser ihrer Mutter Elbe nördlich von Prag. Weitere Nahrung erhält sie von der Schwarzen Elster, Mulde, Saale und als Letzte von der Havel. Ob uns das Elbwasser aus drei Staaten wohlbehalten in die Bundesrepublik tragen wird, bevor es in die Nordsee fließt? Werden die beiden deutschen Staaten wieder mal zusammenkommen, so wie die Mutter Elbe sie verbindet? Das wird für Bärbel und mich in unserem Leben ein unerfüllter Traum bleiben. Davon waren wir überzeugt. Möglicherweise wird dieser Wunsch künftigen Generationen erfüllt werden, uns nicht. Solche und ähnliche Gedanken kamen mir in den Sinn, als wir beide nebeneinander stundenlang schweigend von der Mutter Elbe westwärts getragen wurden.

Der uns bisher treu begleitende zunehmende Mond mit seinem blassen Licht versteckte sich hinter einer aufgelockerten Wolkenwand, bevor er unterging. Das Flussufer mit seinem Baum- und Strauchbewuchs glitt an uns langsam vorüber, nur als dunkler Schatten erkennbar. Die veränderten Umstände erschwerten unsere Orientierung. Ich erfasste Bärbels linke Hand und bat sie, mit dem Kopf aus dem Wasser zu kommen.
„Wir müssten am Ende der großen Flusswindung sein. Danach beginnt der Grenzbereich", erklärte ich Bärbel.
„Dazu kann ich dir nichts sagen. Ich hatte meinen Kopf fast die ganze Zeit unter der Wasseroberfläche."
Ich steuerte mit ihr das linke Flussufer an. Es war flach und durch den erhöhten Wasserstand leicht überschwemmt. Wir setzten uns auf einen kleinen Graswulst, mit den Füßen noch im Wasser. Auch die benachbarten Büsche vom Wasser umgeben, danach Wald. Die Nacht schien uns dunkler zu sein als zuvor, weil der Mondschein fehlte. Hier fühlten wir uns sicher und unbeobachtet auf der Miniinsel, zumal sich die Morgendämmerung noch nicht bemerkbar machte. Die Pause tat uns gut. Das Alleinsein, die Stille und den Frieden der Natur ließen wir auf uns wirken. Bärbel kramte eine Thermosflasche hervor.
„Willst du etwas heißen Tee trinken?"
„An und für sich ist mir nicht kalt."
„Aber dein Körper braucht Flüssigkeit", begründete Bärbel ihr Angebot.
„Sag mal, wo hast denn du den Tee zubereitet?"
„Im Hotel in Wittenberge."

In der kurzen Teepause überdachten wir unser spektakuläres Vorhaben. Uns war bewusst, der riskante Elbabschnitt steht uns noch bevor.
„Bärbel, falls wir unsere Flucht abbrechen wollen, müssen wir das jetzt tun. Später geht's nicht mehr."
Sie überlegte, antwortete nicht sofort. Ich wollte die Flucht fortsetzen, verriet es ihr aber nicht.
„Plätschern wir weiter."
Mit diesen drei Worten hatte sie sich für das Verlassen der DDR entschieden.

„Was machen wir mit der leeren Thermosflasche?"
„Schmeiß sie ins Gelände!"
Mir fiel auf, dass der Suchscheinwerfer während unserer Pause nicht mehr aufleuchtete.
„Bärbel, ich glaube, die haben den Scheinwerfer abgeschaltet."
„Das ist doch nur gut."
„Ich finde es auch. Wir müssen uns beeilen. Die Morgendämmerung wird bald einsetzen. Noch was Wichtiges: Wenn wir jetzt wieder schnorcheln, fasse ich deine linke Hand und behalte sie während des ganzen Grenzabschnittes. Bei Gefahr drücke ich sie ganz fest, damit du Bescheid weißt. Bitte deinen Kopf immer im Wasser lassen, nicht auftauchen! Zur Orientierung komme ich nur mit dem obersten Rand der Taucherbrille an die Wasseroberfläche. Und das möglichst selten."
„Die Schnorchelnden, die müssen doch rausschauen."
„Das ist klar. Die haben eine schwarze Tarnfarbe."

Dunkles Etwas

Nach den notwendigen Sicherheitsabsprachen begaben wir uns erneut ins Wasser ohne Umarmung, ohne Kuss. Weder Angst noch Panik quälte uns, obwohl die reale Gefahr bestand, geschnappt zu werden. An die Folgen dachte in dieser außergewöhnlichen Situation keiner von uns. Wir konzentrierten uns auf den Augenblick und steuerten auf die Elbmitte zu. Der Nachthimmel spiegelte sich auf der Wasseroberfläche wider. Was ist da zu erkennen? Hundert Meter vor mir ein riesiges dunkles Etwas mitten im Fluss! Was kann das sein? Eine Barriere? Nein. Die können doch nicht die Elbe absperren! Da wäre ja der Schiffsverkehr blockiert. Wir kamen näher. Der große Kollos nahm Gestalt an: Ein Schiff vor Anker! Aha, dachte ich: Nachts ruht der Schiffsverkehr. Das Flussschiff ragte sehr weit aus dem Wasser heraus. Wahrscheinlich wenig beladen. Als wir wenige Meter links vom Stahlriesen vorüber kamen, setzte ein aufgeregtes Bellen einer ganzen Hundeherde ein, so ohrenbetäubend laut, dass ich glaubte, die Tiere befänden sich auf Deck. Ob sie uns gewittert haben und durch ihr anhaltendes Gebelle die Grenzsicherung alarmieren wollen? Erst als wir das Schiff ein ganzes Stück hinter uns gelassen hatten, verstummte das Gekläffe, ohne dass der Scheinwerfer den Fluss absuchte und die Grenzbewachung mit ihrem Motorboot uns auffischte.

Scheinwerfer des Wachbootes

Der gleichmäßige Flossenschlag half, meine innere Anspannung abzubauen. Meinen Druck auf Bärbels Hand reduzierte ich, ohne meine Wachsamkeit zu mindern. Alle paar Minuten hob ich den Kopf wenige Zentimeter über den Wasserspiegel und beobachtete durch den oberen Rand der Taucherbrille die veränderte Umgebung. Ich strebte an, in Flussmitte zu bleiben, damit die Grenzposten an beiden Ufern gleich weit weg sind und sie uns im Dunkeln nicht gut erkennen können. Besonders konzentrierte ich mich auf das linke Ufer, das nach der Hunoldlandkarte bald westdeutsches Gebiet werden müsste. In der beginnenden Morgendämmerung trat der dunkle Wald deutlicher hervor. Ich sah ein breites, helles Band am linken flachen Ufer, das ich nicht deuten konnte. Die Entfernung war zu groß. Beim nächsten Mal erkannte ich auf der Fläche zwei dunkle Streifen. Wie aufgemalt verschwanden sie im Uferwasser. Ist das vielleicht ein Felsen, der hier ins Wasser ragt? Im Auenwald eher unwahrscheinlich. Näher gekommen wagte ich es nochmals, das Rätsel zu lösen. Nach wenigen Sekunden leuchtete vor der hellen Stelle ein Licht auf, so groß und rund wie ein Fußball. Blitzschnell verschwand ich mit der Taucherbrille im Wasser, bevor der Lichtkegel auf mich ausgerichtet war. Nun war mir klar: Das ist der Scheinwerfer des Wachbootes vor dem Grenzzaun. In großer Angst, uns verraten zu haben, drückte ich Bärbels Hand sehr fest. Mein Herz hämmerte mit schnellen, starken Schlägen bis zum Hals hoch. Jetzt werden sie sofort den Bootsmotor anlassen, uns auffischen und verhaften. Bange Sekunden vergingen. - Ich vernahm kein Motorengeräusch. Anscheinend haben sie die zwei Schnorchelnden nicht richtig deuten können. Eine gewisse Zeit blieb ich mit der Taucherbrille unter Wasser. Ich befürchtete, bei einem erneuten Orientierungsblick entdeckt zu werden. Nach ein, zwei Minuten bekam ich Zweifel, ob wir uns noch in Flussmitte befinden. Eigentlich müssten wir das Kontrollboot hinter uns gelassen haben, nahm ich an.

Ich wagte es abermals, einen kurzen Blick über die Wasseroberfläche zu werfen. Ohne zu zögern, schaltete die Bootswache den nicht mehr strahlend hell leuchtenden Scheinwerfer ein. Im gleichen Augenblick verschwand ich mit der oberen Kopfhälfte im Wasser. Nahezu zeitgleich und zielgenau sah ich den schwachen Lichtkegel über mir durchs trübe Wasser scheinen. Jetzt ist es endgültig aus! Ich hörte im Geiste bereits den Bootsmotor knattern. Wie konnte ich nur so unvorsichtig sein! Ich hätte mir doch denken können, dass man in fließenden Gewässern nicht so schnell die Richtung verliert. Zudem fehlten nur noch zwanzig, dreißig Meter, bis wir am Liegeplatz des Bootes vorüber gewesen wären. Es häuften sich meine Fehleinschätzungen in den Beobachtungen und Entfernungen. Die nervliche Belastung verzerrte mein Zeitempfinden Dem Grenzpersonal erging es anscheinend ähnlich nach durchwachter Nacht. Sonst hätte es die Schnorchelenden über der Wasseroberfläche richtig gedeutet. Seine Konzentrationsschwäche hatte uns vor einem Desaster bewahrt.

Mit einem belastenden Gefühl im Bauch verging eine Minute nach der anderen, Bärbels Hand ständig im festen Griff. Die Angst, doch noch entdeckt und erwischt zu werden, wich nicht aus meinem Körper. Wir müssten endlich den Grenzzaun hinter uns gelassen haben, fragte ich mich. Haben wir Westdeutschland am linken Flussufer erreicht? Befinden wir uns in Flussmitte oder sind wir ungewollt in die Nähe des DDR-Ufers geraten? Die Ungewissheit plagte mich. Wage ich für eine Sekunde einen Blick über die Wasseroberfläche? Das Risiko, im Scheinwerferlicht entdeckt zu werden, ist sehr groß. Der Nachthimmel wird von Minute zu Minute heller und heller. Im Zwiespalt meiner Überlegungen wusste ich nicht, was ich tun sollte. Endlich besiegte ich die Ungewissheit und schaute auf: Der helle Streifen nicht mehr zu sehen! Am linken Ufer kein Wald! Ich schlussfolgerte Schnackenburger Gelände, also Westdeutschland. Soweit hatte ich noch die Hunoldkarte in Erinnerung. Dagegen rechts hinter dem Deich ein Wachturm. Ich tauchte mit meinem Kopf sofort wieder unter. Wir verließen die Flussmitte und steuerten nach links, um mehr Abstand zum Wachturm zu haben. Bei einem weiteren Kontrollblick glaubte ich in der Morgendämmerung erkannt zu haben: Der Turm ist nicht besetzt. Endlich Erleichterung! Haben wir es geschafft? Wozu dann dieser Beobachtungsturm? Wahrscheinlich deshalb, weil der Grenzzaun hier die Elbe bereits erreicht hat und sich auf der anderen Seite entlang des Flusses fortsetzt, meinte ich. Verständlich, dass das für die Grenzsicherung einen neuralgischen Punkt darstellt. Im Grunde genommen könnten wir bereits an Land gehen. Warum jedoch das Tauchgerät bis nach Schnackenburg tragen? Mit einem gewissen Hochgefühl des Glücks schnorchelten wir auf der linken Flussseite weiter, umso näher an den Ort zu kommen.

Bootssperre der Grenzsicherung

Ich hielt Bärbels Hand nicht mehr so fest, weil ich meinte, wir sind außer Gefahr. Doch was entdecke ich in der Ferne auf der Wasseroberfläche? Vier kleine Schatten vom linken Ufer zur Flussmitte zu! Wie an einer Kette aufgereiht. Das Dämmergrau gab das Rätsel nicht preis. Wir mussten näher ran, um es identifizieren zu können. Eine gewisse Unruhe machte sich in mir breit. Ich tauchte wiederum auf und glaubte, es könnte eine Bootssperre sein. Wir steuerten das linke Ufer an. Im Schutz zweier Büsche spürte ich Grund unter meinen Füßen. Ich gab Bärbel ein Zeichen aufzutauchen. Seit der Pause auf der Graswulst war sie wie vereinbart mit dem Kopf ständig unter Wasser geblieben.

„Sag mal, hast du bemerkt, wie ein Grenzer den Scheinwerfer auf uns gerichtet hat?"
„Nein, wo denn?"
„Da, wo der Wald aufhört. Ein Wachposten im Boot muss etwas auf der Wasseroberfläche gesehen haben. Deshalb hat er auf uns geleuchtet. Gott sei Dank nicht erkannt!"
„Wo sind wir hier?"
„Ich glaubte, wir sind schon am westdeutschen Ufer. Aber schau mal, die vier kleinen Boote dort weit vorn! Es scheint so zu sein, dass die Grenze erst hier ist und nicht dort, wo sie uns beleuchtet haben. Die Karte von Frau Hunold ist anscheinend nicht so genau."
Dazu konnte Bärbel nichts sagen. Sie hatte die Landkarte nie genau angeschaut.
„Sind denn die Boote überhaupt besetzt?", fragte ich.
„Ich sehe niemand."
Ohne mit Bärbel darüber zu sprechen, nahm ich an, dass an den Booten eine Unterwassersperre hängt.
„Du, wir müssen um die Bootsreihe drum herum tauchen."

Wir erkannten die Umrisse der Bootskörper nicht deutlich. Es war noch zu dunkel. Sie wirkten auf uns recht klein. Deshalb glaubte ich, von ihnen entsprechend weit weg zu sein. Aus der

Froschperspektive lässt sich eine Entfernung nicht genau schätzen. Meine Augen befanden sich lediglich wenige Zentimeter über dem Wasserspiegel. Ich wollte sicher sein und schlug Bärbel vor:
„Wir schwimmen noch etwas zurück, damit der Abstand größer wird und wir an den Booten vorbeikommen."
Das taten wir auch, jedoch mit wenig Erfolg. Es kostete viel Kraft, gegen die Strömung zu schwimmen. Wir schafften nur wenige Meter und standen von Büschen geschützt bis zum Kopf im Wasser.
„Probieren wir es! Der Abstand müsste reichen."
Wir nahmen den Schnorchel aus dem Mund und legten den Lungenautomat an.
„Bärbel, mit kräftigen Flossenschlägen zur Flussmitte!"
„Oh!"
Ein fester Händedruck und wir tauchten beide ab. Bärbel kam gut voran, ich weniger. Ich benötigte viel Kraft, um auf Tiefe zu kommen, weil mein Bleigürtel nicht schwer genug war. Die straffe Sicherheitsleine verriet mir: Bärbel ist tiefer und mir voraus. Je weiter wir vom Ufer wegkamen, umso stärker spürten wir die Strömung. - Plötzlich ein Hindernis! Ich torkelte, wurde in die Seitenlage gedreht. Die Sicherheitsleine straff. Ich zog kräftig an der Leine – Widerstand! – Endlich gab er nach. Bärbel in meiner Nähe, sich unruhig um ihre eigene Achse hin- und herdrehend. Was hat sie nur? Was ist mit ihr los? Ich versuchte, ihre Hand zu fassen. Es gelang mir nicht. Ich verlor an Tiefe. Nur nicht auftauchen! Vielleicht sind die Boote doch besetzt, befürchtete ich. Ich erwischte Bärbels linken Oberschenkel. Durch Bärbels anhaltend kräftige Flossenschläge nach unten gerichtet, entglitt sie mir. Nach einigen Sekunden bewegte sie ihre Beine nicht mehr so stark und wurde ruhiger. Ich erwischte das linke Knie. Um ihre Hand zu fassen und zu erfahren, was mit ihr geschehen ist, ließ ich das Knie los. In dem Moment ging sie auf Tiefe und die Verbindungsleine straffte sich. Endlich ist alles wieder in Ordnung! Und die angezogene Leine hilft mir, leichter unter Wasser zu bleiben.

Keine Minute später erneut ein Hindernis! Es schob mir die Taucherbrille auf die Stirn und riss mir den Lungenautomat aus dem Mund. Die Sicherheitsleine straff. Mir wurde blitzschnell klar: Lebensbedrohende Situation! Unter Wasser wie gefesselt ohne Luft. Ein verschwommenes Wasserbild vor den Augen! Panik und Todesangst beherrschten mich. Bald hatte ich durch die Erregung den Sauerstoffvorrat in meiner Lunge aufgebraucht. Was tun? Du musst handeln! Ein trüber Lichtschein verriet mir, wo oben ist. Mit paar Flossenschlägen versuchte ich, die Wasseroberfläche zu erreichen. Doch die Flussströmung war stärker. Sie zog mich an der Leine hängend wieder in die Horizontale. Versuch es nochmals, gab ich mir den Befehl. Aber diesmal kräftiger! Es klappte für einen kurzen Moment. Beim weiteren Mal erhielt die lufthungrige Lunge mehr Nahrung. Meine Panik legte sich. Ich schob unter Wasser die Taucherbrille von der Stirn vor die Augen und drückte mit der ausgeatmeten Luft das Wasser aus der Taucherbrille. Endlich sehe ich wieder! Ich fand den Lungenautomat vor meiner Brust und steckte das Mundstück in den Mund. Endlich wieder Luft! Ich zog an der Sicherheitsleine. Sie hing irgendwo fest. Und am anderen Ende Bärbel! Ich suchte nach der Ursache, weshalb wir in der starken Wasserströmung hängen blieben. Unter Wasser sah ich nichts. Es war zu trübe. Also auftauchen! Neben mir zur Flussmitte zu eine Boje. Durch den erhöhten Wasserstand und die starke Strömung tanzte sie an der Wasseroberfläche auf und ab. Bei erneutem Auftauchen suchte ich die kleinen Boote. Nichts zu sehen! Also können Bärbel und ich nur am Seil der Boje festhängen. Deshalb muss ich die Sicherheitsleine an mir lösen, damit sich Bärbel befreien kann, schlussfolgerte ich. Ich probierte, den Knoten der Sicherheitsleine an meinem Körper zu lösen. Mit beiden Händen brachte ich den Knoten nicht auf. Die Strömung spannte das Seil zu stark. Mit der linken Hand umfasste ich die Leine, beugte meinen Arm, um so die Spannung aus der Leine zu nehmen. Doch mit einer Hand war ich außerstande, den festgezurrten Knoten zu lösen. Was nun? Die Sicherheitsleine von meinem Körper abstreifen! Über die Hüfte brachte ich sie mit viel Mühe drüber. Endlich spürte ich die Schlaufe in den Kniekehlen. Dann fädelte ich den rechten Fuß aus der Schlinge. Mit dem linken blieb ich hängen. Als ich versuchte, mich aus der Schlaufe zu strampeln, verlor ich meine Flosse. Ich kam mir vor wie schwimmamputiert. Endlich befreit! Jetzt wird Bärbel auftauchen. Ich starrte auf die pendelnde Boje auf dem Wasser. Weshalb kommt sie nicht hoch? Hängt sie am Bojenseil fest? Inzwischen hatte mich die starke Strömung weit abgetrieben. Ich verlor die Boje aus den Augen. Voller Sorge und innerer Unruhe steuerte ich mit einer Flosse mehr schlecht als recht aufs linke Ufer zu. Ich fühlte an meinen Füßen Gras. Eine überschwemmte Uferwiese. Ich richtete mich auf und patschte durch das flache Wasser, bis ich trockenen Boden unter meinen Füßen spürte. Ich schaute in Richtung Boje. Wo bleibt sie nur? Weshalb taucht sie nicht auf?

Im Westen

Ich drehte mich um – Häuser! Wir sind in Schnackenburg. Ich legte alles ab: Tauchgerät, den schweren Bleigürtel, Taucherbrille, Flosse. Vor mir ein Nebenfluss der Elbe. Über eine Brücke erreichte ich das erste Haus und klopfte am Fenster, um Hilfe zu holen. Eine öffentliche Uhr verriet mir die Zeit – zehn vor vier. Weiteres nervöses Klopfen! Endlich erschien eine Frau an der Haustür.
„Wo ist hier der Grenzschutz! Meine Frau ist in der Elbe. Ich brauche Hilfe."
Sie sah mich noch etwas verschlafen an. Ich im Taucheranzug. Das kann kein Scherz sein, dachte sie.
„Der Grenzschutz ist jetzt nicht im Dienst. Ich sag Bescheid."
Es dauerte und dauerte. Obwohl mir klar war, dass niemand auf uns wartet, wurde jede weitere Minute zur Ewigkeit. Endlich erschien ein Angehöriger des Grenzschutzes.
„Meine Frau hängt unter Wasser an einer Schifffahrtsboje fest. Wir müssen sie befreien. Es eilt."
„Welche Boje ist es?"
„Einige hundert Meter flussaufwärts."
„Dort, wo die Fischnetzstation ist? – Sehr gefährlich!"
Ich wusste nicht, was er mir damit sagen wollte, zeigte ihm aber die Richtung an.
„Da brauchen wir das Motorboot. Das dauert mindestens eine halbe Stunde."
„Meine Frau hat höchstens für fünfzig Minuten Luftreserve. Wir müssen uns beeilen."
Ich holte meine Tauchutensilien ans Haus und ging zum Deich. Inzwischen hatte der Morgen die Nacht abgelöst. Meine Augen suchten das nahe Elbufer ab, hofften, irgendwo hier in der Nähe Bärbel zu finden. Ist sie zu schwach, in den Ort zu kommen? Liegt sie irgendwo hier erschöpft am Deich und wartet, bis sie wieder zu Kräften kommt? Ich suchte den ganzen Deichhang ab – keine Bärbel. Ich schaute sehnsüchtig zur Boje hin. Wird ihr Luftvorrat noch reichen? Hoffentlich! Falls sie noch mit der Sicherheitsleine am Bojenseil gefesselt ist, benö-

tigt sie nicht so viel Luft wie beim Flossenschwimmen. Da könnte der Luftvorrat der Flasche länger als sechzig Minuten reichen. So überlegte ich. Dennoch wurde ich von Minute zu Minute nervöser. Ach könnte ich den Zeitlauf anhalten! Es geht um Bärbels Leben. Können meine Ungeduld und meine Eile irgendetwas bewirken? Die Zeit bremsen, aufhalten? Ob ich mal zur Boje laufe? Nein, das Boot muss doch bald startklar sein. Ich lief zum Haus zurück. Es verging mehr als eine Stunde, bis mich der Mann vom Grenzschutz zum Hafen führte. Ich nahm natürlich meine Tauchsachen mit. Das Motorboot startete unverzüglich und ankerte an der Boje. Ich legte alles an und wollte mich ins Wasser begeben.
„Halt! Wir wollen Sie anleinen, damit nichts passiert. Die Strömung ist stark."
Ich versuchte, an der Boje abzutauchen. Mit einer Flosse schaffte ich es nicht, auf Tiefe zu kommen. Zudem trieb mich die kräftige Strömung ab. Die Bootsbesatzung sah meinen Misserfolg und zog mich aus dem Wasser. Ich überlegte auf Deck, wie ich zu Bärbel runterkommen könnte. Mich am Bojenseil runter hangeln, wäre eine Möglichkeit.
„Wir haben sie schon", hörte ich eine Männerstimme rufen.
Erst jetzt bemerkte ich, wie zwei Männer in einem Ruderboot in Ufernähe ein riesiges Fischernetz bargen. Die Fische hingen leblos im Netz, verhakt mit ihren Kiemen. Als sie das Netz aus dem Wasser hoben, erkannte ich Bärbel. Nur einige wenige Aale bewegten sich noch.

Oh Schreck – ein DDR-Motorboot

Plötzlich sah ich, wie ein zweites Motorboot in Elbmitte ankerte. Auf Deck erkannte ich zwei DDR-Grenzsoldaten, der eine mit einer MP bewaffnet, der zweite beobachtete uns durch ein Fernglas. Ich bekam schreckliche Angst und wandte mich an den Bundesgrenzschutz auf unserem Boot.
„Der kann auf mich schießen, wenn er mich im Taucheranzug erkannt hat."
„Wenn wir dabei sind, schießt er nicht", versicherte mir der Mann des Grenzschutzes.
Die Sorge um Bärbel verdrängte meine Furcht, erschossen zu werden. Die Fischer brachten Bärbel auf unser Deck. Das Tauchgerät hatten sie ihr abgenommen und unweit von ihr hingelegt. Ich begann sofort mit der Mund-zu-Mund-Beatmung, vernahm, wie meine Luft deutlich hörbar aus ihrer Lunge strömte, wie nach einem anstrengenden Waldlauf mit einem leichten Schnarchgeräusch. Ein Helfer schnitt Bärbels Taucheranzug auf. Abwechselnd führte ich die Herzmassage durch. Ihre Kleidung trocken. Der Gummianzug hatte alles schön abgedichtet. Ob sie bald aktiv ausatmet? Meine Hand an ihrem warmen Körper. Die Pressluftflasche leer. Demnach hat sie den Luftvorrat nutzen können. Wie anstrengend ist das Drücken mit dem Handballen auf das Herz! Der Helfer löste mich ab. Ich sah mir Bärbels Hände an. An einem Finger eine kleine Hautabschürfung, sonst keine Verletzung. Das vordere Ende eines Fingers gekrümmt! Steif! Ich erschrak. Ist das die beginnende Leichenstarre? Vor Bärbel hockend sackte ich zusammen, verlor meine letzte Hoffnung. Immer noch kein Lebenszeichen! Der Helfer beendete die Wiederbelebung. Das DDR-Boot war verschwunden, nachdem es alles mitbekommen hatte.

Alles aus!

Wir steuerten den Hafen an. Die Helfer legten Bärbel am Ufer auf eine Holzterrasse. Ein Arzt erschien, beugte sich über Bärbel und untersuchte sie, hörte mit seinem Stethoskop ihr Herz ab, ob es noch schlägt. Und richtete sich mit nachdenklicher Miene wieder auf, ohne mir das schockierende Ergebnis mitzuteilen. Er versetzte sich sehr einfühlsam in meine Lage und wollte mir das tragische Ende unserer Flucht schonend beibringen. Er beugte sich nochmals über Bärbel, wiederholte den Vorgang und reichte mir kopfschüttelnd die Hand. - Ein sinnloses Ende. Alles ist aus. Was kann ich noch retten? Ich dachte an Bärbel und ihr Kind. Ich fragte den Arzt:
„Meine Frau ist schwanger. Kann man das Kind noch retten?"
Obwohl ich seine Antwort erahnte, wandte ich mich dennoch an ihn. Mir war bewusst, nicht nur Bärbel hat die fürchterlichen Todesängste durchstehen müssen, sondern auch ihr Kind.
„Im wievielten Monat war ihre Frau?"
Hilflos und allein gelassen gab ich recht unsicher zur Antwort;
„Im sechsten."
Er schüttelte den Kopf.
Sie führten mich nahezu willenlos von Bärbel weg, ohne zu widersprechen. Dazu fehlte mir die Kraft. In einem Zimmer boten sie mir heißen Tee an.
„Mir ist nicht kalt."
„Aber Sie waren doch die ganze Nacht in der Elbe."
Sie gaben mir Kleidung zum Umziehen. Eine Uniform vom Bundesgrenzschutz.

Kriminalbeamter

In einem weiteren Zimmer wollte ein Herr in Zivil genau wissen, wie es zum Unfall gekommen sei.
„Wir kamen unter Wasser an ein Hindernis. Meine Frau wurde unruhig und schwamm mit kräftigen Flossenschlägen nach unten. Da glaubte ich, es sei alles in Ordnung."
„Warum kam es dann zu dem tragischen Unfall?"
„Anscheinend wollte sie auftauchen. In der Dunkelheit unter Wasser hat sie oben mit unten verwechselt. Wahrscheinlich hatte ihr das Hindernis den Lungenautomat aus dem Mund gerissen."
„Weshalb haben Sie ihre Frau an der Sicherheitsleine nicht an die Wasseroberfläche gezogen?"
„Das hätte ich tun sollen."
Es fiel mir schwer fortzufahren. Nach einer Pause erzählte ich weiter.
„Wir glaubten, die Bojen sind DDR-Boote. Die wollten wir umtauchen. Es war ja noch dunkel. Da war ich froh, dass sie tiefer taucht, damit die Bootsbesatzung uns nicht entdeckt."
Der fremde Mann stellte Fragen, hörte mir zu, ohne große Kommentare abzugeben. Wer mag das wohl sein, der alles so genau wissen will.
„Sagen Sie, wer sind Sie?"
„Ich bin Kriminalbeamter."
„Hätten wir uns nicht so getäuscht, dann würde meine Frau noch leben. Äußerst tragisch!"
Obwohl ich die Tragweite des schicksalhaften Geschehens erfasste, war ich nach der schlaflosen und anstrengenden Nacht völlig apathisch, nicht fähig, tief traurig zu sein oder gar zu weinen. Ich fühlte in mir eine totale Leere und Sinnlosigkeit.
„Ich möchte mir mal mit Ihnen die Stelle ansehen, wo das passiert ist", schlug der Beamte vor.

Wir fuhren mit einem kleinen Motorboot bis zur Boje, die die Schifffahrtsgrenze markiert. Von hier bis zum Ufer war das Fischernetz gespannt, an beiden Enden an je einer Netzboje

befestigt. Damit das Netz in der Mitte nicht zu stark durchhängt, war es dort an einem Seil aufgehängt. Die beiden Seilenden waren an der rechten und linken Netzboje befestigt. Zwei Ankerbojen etwa dreißig Meter flussaufwärts hielten das Netz. So konnte es die Strömung nicht abtreiben.
Jetzt wurde mir die nächtliche Täuschung bewusst. Aus unserer Sicht – die Augen nur wenige Zentimeter über dem Wasser – bildeten die vier Bojen eine Linie. Die falsch geschätzte Entfernung und die Dunkelheit verstärkten die optische Täuschung. Wir glaubten irrtümlich, vier kleine Boote der DDR-Grenzsicherung zu erkennen. Beim ersten Hindernis waren wir an das Seil gekommen, das die Ankerboje mit der äußeren Netzboje verbindet. Dieses Seil riss Bärbels Lungenautomat aus dem Mund. In panischer Luftnot wollte sie auftauchen, verwechselte aber oben mit unten, schwamm in die Tiefe, täuschte mich. Sie dachte nicht daran, in ihrer Todesnot meinen Automaten wechselweise zu benutzen. Wenige Sekunden später passierte mir das Gleiche: Die Wasserströmung drückte mich zwischen Netz und dem Seil durch, das ein Durchhängen des Netzes in der Mitte verhindert. Das obere Netzende riss mir die Verbindung zur Pressluftflasche aus dem Mund. Bärbel und ich hingen demnach zwischen Netz und Halteseil, sie auf der einen, ich auf der anderen Netzseite und nicht, wie ich irrtümlich glaubte, am Seil der Schifffahrtsboje. Jetzt wurden mir die trügerischen Wahrnehmungen und die Kette meiner fehlerhaften Schlussfolgerungen total bewusst. Wie konnte mir das nur passieren, wollte ich laut hinausschreien. Der Kriminalbeamte sah mir meine Verzweiflung an und versuchte, mich zu trösten.
„Das ist sehr tragisch. Es war noch zu dunkel, um alles richtig zu erkennen. Falls Sie zwischen den Sträuchern eine halbe Stunde gewartet hätten, wäre Ihnen klargeworden: Das sind keine Boote und Sie wären an Land gegangen."
Ich schwieg. Wenn ich doch ... Meine Fehleinschätzungen führten letztendlich zum Tode von Bärbel. Dieses Schuldgefühl werde ich niemals ganz überwinden. Mit diesem Gedanken brachte uns das Boot zurück.
„Ich habe an Ihrer Frau keine Verletzungen festgestellt. Nur eine kleine Hautabschürfung an einem Finger."

Mit dieser Feststellung verabschiedete er sich von mir. Ein Angestellter der Gemeinde sprach mich an:
„Bevor wir Sie nach Uelzen in ein Übergangslager fahren, wollen Sie sich sicherlich von Ihrer Frau verabschieden. Hier noch die zwei Personalausweise, die Armbanduhren von Ihnen und ihrer Frau. Das fanden wir bei ihr unter dem Taucheranzug. Es ist nichts nass geworden."

Letzter Kuss

Er führte mich in einen Raum. Dort lag Bärbel in einem Sarg. Ich ging zu ihr hin, streichelte ihre Wange, wollte mit ihr sprechen, brachte aber kein einziges Wort hervor. Nicht mal eine Träne lief über die Wange. Mein Denken und Fühlen waren wie blockiert. Als ob mich eine Schockstarre fesselte. Bärbel hatte ein weißes Leichenhemd an. Als ich es anfasste, merkte ich, es war kein Hemd, sondern ein hemdartiges Tuch auf ihren nackten Oberkörper gelegt. Warum hat man ihr überhaupt das schöne Kleid ausgezogen? Es war doch nicht nass! Das Höschen hatte man ihr gelassen. Was ist denn das zwischen ihren Beinen? Mein warmer Pullover! Sie hatte ihn selbst gestrickt und mir zu Weihnachten geschenkt. Sie trug ihn unter dem Gummianzug, damit das kalte Elbwasser sie nicht unterkühlt. Ich habe jetzt nichts zum Anziehen. Voller innerer Hemmungen ließ ich den Pullover liegen. An der einen Hand trug sie ihren Ehering, an der anderen einen bescheidenen Schmuckring. Ob ich beide als Andenken haben darf? Ich meinte, sie erlaubt es mir.
Erst jetzt bemerkte ich, zwei Männer standen an der geöffneten Tür und beobachteten mich mit neugierigen Blicken. Anstatt zu ihnen zu gehen und sie zu bitten, mich allein zu lassen, gab ich Bärbel einen scheuen letzten Kuss auf den Mund und ließ sie allein. Sie hätte wahrlich einen anderen Abschied verdient. Der Gedanke ließ mich nicht los.

Fahrt nach Gießen

Der Bundesgrenzschutz brachte mich mit einem Jeep nach Uelzen. Eine wilde, halsbrecherische Fahrt! So empfand ich sie. Ich auf der Rückbank des hart gefederten Autos. Bei jeder Kurve musste ich mich festhalten. Entweder drückte es mich gegen die Tür oder ich rutschte zur Automitte. Ich befürchtete einen Unfall, sagte aber nichts. Ich dachte an Bärbel und ihr tragisches Ende.
In dem kleinen Durchgangslager trafen wir niemand an. Ich als einziger Ankömmling und das noch ausgerechnet an einem Sonntag! Der Bundesgrenzschutz holte einen Mann. Er schloss die Kleiderkammer auf.
„Hier können Sie sich was Passendes raussuchen. Es sind alles gespendete Sachen."
Unterwäsche, Sporthemd, Hose, Jacke, Schuhe – alles vorhanden. Natürlich getragen, aber sauber. Er überreichte mir einen kleinen Karton der Bundeswehr mit haltbaren Lebensmitteln, wahrscheinlich für Soldaten in Notsituationen gedacht.
„Und das hier ist für die Körperpflege."
Rasierzeug, Zahnputzsachen, Seife, Kamm und anderes. Zum Schluss gab er mir eine Fahrkarte nach Gießen ins Notaufnahmelager. Endlich saß ich im Zug. Ganz allein in einem Abteil rechts an der Tür. Stierte vor mich hin, ohne durchs Fenster zu schauen, die vorbeiziehende Landschaft zu betrachten. Ich fühlte mich verlassen, wie ausgestoßen. Meine Gedanken kreiselten nur um das Geschehene. Wie viele Jahre habe ich gehofft, hierher zu kommen! Und jetzt ist mir das erreichte Ziel nichts mehr wert. Ich versuchte, mich aus der Denkschleife der Geschehnisse der letzten Nacht zu befreien. Unmöglich! Ich fragte mich wiederholt: Wie konnte ich nur die konkrete Situation so falsch einschätzen? Daraus die tödlichen Handlungsschritte ziehen? Umso klarer ist mir jetzt alles, was ich verkehrt gemacht habe.

Endlich setzte sich eine Frau mir gegenüber hin. Hoffentlich spricht sie mich an, sucht das Gespräch mit mir, verjagt meine brütenden Gedanken! Ich wartete und wartete – vergeblich! Mir fehlte die Kraft, sie anzusprechen in meiner abwartenden, passiven Haltung. Was mag sie von mir denken? Meine Kleidung lud sie gewiss nicht zu einem Gespräch ein. Ihre Augen verweilten einige Sekunden an meinen unmodernen Schuhen. Haben diese Füße das steife Schuhwerk so geformt? Nein, das haben andere vollbracht! Ein starker Fuß unterhalb des Knöchels. Sonst würde das Oberleder an dieser Stelle den Fuß umfassen. Danach betrachteten ihre Pupillen meine ärmlich behosten Beine, schweigend und unauffällig für wenige Momente. Sie sah Bärbels und meinen Ehering nebeneinander auf meinem Finger. Was mag sie gedacht haben? So unmodern, bescheiden gekleidet und zwei Eheringe? Eigenartig! Das Umsteigen in Hannover erlöste mich aus der bedrückenden Lage.

Im Zug nach Gießen füllte sich das Abteil. Die Leute unterhielten sich, ich teilnahmslos dazwischen. Es war wie üblich ein Kommen und Gehen. Ich verließ auch mal meinen Sitzplatz, hielt mich im Gang auf und betrachtete die vorüberziehende Landschaft. Sie erlöste mich für kurze Momente von meinen wiederkehrenden Gedanken voller Selbstvorwürfe. Das Grün der Natur tat meinen Augen gut und beruhigte mich ein klein wenig. Ich war erstaunt, wie viel gebaut worden ist, seitdem ich vor zehn Jahren das letzte Mal im Westen war. Es zogen Dörfer vorüber, an deren Ortsrändern Neubaugebiete mit vielen Einfamilienhäusern zu sehen waren. Solche positiven Eindrücke währten nur kurz. Weshalb durfte ich das nicht mit Bärbel erleben? Sofort fühlte ich mich wieder in der Grübelschleife gefesselt.

Endlich in Gießen! Nur wenige hundert Meter hinter der Bahngleisbrücke sah ich bereits den Schlagbaum des Lagers. In gewissem Abstand vor dem Häuschen der Einlasskontrolle empfingen mich zwei Herren und sprachen mich an:
„Kommen Sie von Uelzen?"
„Ja."
„Dann sind Sie Herr Richter?"
Ich schwieg. Es kam mir vor wie ein Verhör.

„Wir haben von Ihrem furchtbaren Schicksal gehört – unser Beileid."
Sie reichten mir die Hand. Mein schweres Leid lasen sie mir von den Augen ab. Nach einer Weile fragte ich sie:
„Wer sind Sie überhaupt?"
„Wir kommen von der Bildzeitung."
Sie registrierten meine Enttäuschung.
„Auch das noch!"
Sie merkten, dass ich der Bildzeitung nichts Näheres erzählen wollte. Sie versuchten es dennoch mit der Feststellung:
„Das ist doch alles schon durch die Weltpresse gegangen!"
Selbst mit dieser angeblichen Feststellung war ich nicht bereit, mein nächtliches Schicksal der Bildzeitung auszubreiten. Sie probierten es auf einem recht geschickten Weg, ihr Ziel zu erreichen:
„Haben Sie hier in der Nähe Verwandte?"
„Von meiner Frau, nicht von mir."
„Wo wohnen die denn?"
Ich erinnerte mich nicht sofort an den Ort. Dann fiel mir das Reisespiel ein, bei dem man sich die Namen der erwähnten Städte merken musste. Meine Schwiegermutter nannte damals Battenberg.
„Das ist keine Stadt – gilt nicht", widersprach ich ihr damals.
„Doch, das ist eine", belehrte sie mich.
Dadurch erinnerte ich mich an den Wohnort und sagte ihn den Reportern.
„Wie heißen die Verwandten?"
„Das weiß ich nicht. Wegen der Mauer konnten wir die Verwandten nie besuchen. – Ich meine, der Onkel ist Zahnarzt."
Inzwischen standen wir vor der Einlasskontrolle. Ein Reporter verschwand im Häuschen und telefonierte. Kurz darauf kam er wieder raus und sagte:
„In Battenberg gibt es zwei Zahnärzte. Einer heißt Frommhold."
„Das ist der Onkel meiner Frau."
Er telefonierte nochmals und kam mit der Nachricht zurück:
„In einer Stunde sind Onkel und Tante hier. Dann können Sie mit ihnen sprechen."

Ich war total überrascht, wie schnell sie den Verwandtentreff organisiert hatten. Und das alles mit so wenigen und vagen Informationen! Aus Dankbarkeit gab ich ihnen einige knappe Hinweise zum Hergang des Unfalls.

„Ich verstehe nicht, dass man an dieser Stelle des westdeutschen Ufers Fischernetze auslegt."

Das war meine Kernaussage, die ich den Pressevertretern gegenüber loswerden wollte. Warum taten das die Elbfischer? Weil sie wussten, dass in der Sperrzone der DDR nicht gefischt werden darf. Daher erhofften sie sich ein besseres Fangergebnis kurz nach dem Grenzzaun. In mir tauchte erneut das Bild mit meiner Frau im Fischernetz auf in Gemeinschaft mit den wenigen Fischen. Oh – ich wag es kaum zu sagen: Die westdeutschen Fischer haben mir Bärbel regelrecht weggefischt.

Notaufnahmelager

Ich verabschiedete mich von beiden Bildreportern und betrat das Lager. Aller Wahrscheinlichkeit nach wurde ich schon erwartet. Ich bekam Abendbrot und man zeigte mir mein Zimmer mit Doppelstockbetten. Es war in der Zwischenzeit neun Uhr abends geworden. Bald erwartete ich meine Verwandten vor dem Lager. Ich kannte sie nur vom Hörensagen. Die Tante ist die wenig ältere Schwester von Bärbels Mutter. Davon hatte mir Bärbel öfter erzählt. Wie werde ich ihnen begegnen? Werden sie überhaupt unseren Entschluss, nach dem Westen zu flüchten, verstehen nach dieser Katastrophe? Diese Ungewissheit überlagerte meine Trauergedanken. Wird meine Schwiegermutter jemals den Tod ihrer einzigen Tochter verkraften können? Sie hatte bereits ihren Mann vor Moskau im Krieg hergeben müssen. All die quälenden Gedanken belasteten mich.

Über die Eisenbahnbrücke sah ich ein Paar kommen. Das könnten sie sein! Obwohl ich mehr als 24 Stunden kein Auge zugemacht hatte, spürte ich meine Müdigkeit nicht. Die innere Anspannung besiegte mein Schlafbedürfnis. Sie kamen näher und näher. Jetzt nahm ich die Gesichtszüge der Frau wahr. Das ist ja Bärbels Mutter! Ich ging ihr entgegen und wollte ihr um den Hals fallen. Mein Gefühl brachte zum Ausdruck: Der Schmerz ist zu groß. Wir können ihn nur gemeinsam tragen. Da trat der Mann dazwischen und hielt mich sanft zurück. Erst jetzt nahm ich die Realität wahr: Das sind Bärbels Verwandte. Ich bin bisher für sie eine unbekannte Person. Bärbels Tante hat mich durch ihre Ähnlichkeit mit Bärbels Mutter zu dieser Gefühlshandlung verleitet. Die Tante fragte mich:
„Wo ist Bärbel? Ist sie denn wirklich tot?"
Ich nickte. Die Tante wollte es nicht wahrhaben und fragte nach:
„Ist sie in der Leichenhalle?"
Ich brachte kein Wort raus. Mein trauriges Gesicht gab die erschütternde Antwort.

„Das wird Elly nicht verkraften können."
Mit Elly meinte sie Bärbels Mutter. Der gleiche Gedanke lastete auf mir bereits den ganzen Tag: Wie sage ich es Bärbels Eltern? Mein übergroßes Schuldgefühl bekam ich nicht los. Der Onkel bedauerte genauso Bärbels Tod, stellte jedoch die zielgerichtete Frage:
„Haben Bärbels Eltern von dem Unfall erfahren?"
Ich schüttelte den Kopf.
„Dann fahren wir schnell zum Hauptpostamt und geben ein Telegramm auf. Vielleicht hat es noch auf."
Auf der Fahrt dorthin wurden wir uns einig, zunächst nur den Unfall mitzuteilen:
„Unsere liebe Bärbel lebensgefährlich verletzt. Liebe Grüße – Theo."
Die erschütternde Nachricht von ihrem Tod sollten sie erst in einem weiteren Telegramm einen Tag später erfahren. Bevor sich die Verwandten von mir verabschiedeten, gaben sie mir den klugen Hinweis:
„Wir nehmen dich nicht mit nach Battenberg. Du hast sehr viel Formalitäten zu erledigen. Das geht am schnellsten im Lager:"
Auch wenn ich mich allein gelassen fühlte, war ich Onkel und Tante sehr dankbar für den wertvollen Tipp. Ich suchte mein Zimmer im Lager auf. Die leeren Doppelstockbetten und ich der einzige Schlafgast! Das Gefühl der Isoliertheit und Einsamkeit verstärkte meine abgrundtiefe Traurigkeit. Dennoch schlief ich bald ein, aber nur deshalb, weil ich das Schlafbedürfnis einer ganzen Nacht nachzuholen hatte.

Montag, der zweite Tag in der Bundesrepublik, war ausgefüllt mit Formalitäten der Notaufnahme. Die Lagerleitung gab in meinem Auftrag ein Telegramm an Bärbels Eltern auf, dass ihre Tochter leider verstorben sei. Sie telefonierte zudem mit einer bestimmten Behörde der DDR. Im Normalfall ist es nicht üblich, mit Dienststellen von drüben Kontakt aufzunehmen. Es muss jedoch ein wichtiger Grund vorgelegen haben, wahrscheinlich Bärbels Tod.

Beim Warten vor den einzelnen Büros kam ich mit den wenigen Flüchtlingen des Lagers ins Gespräch. Mein Fluchtschicksal hatte sich bereits rumgesprochen. Ein junger Mann sprach mich an:
„Ich bin auch über die Elbe abgehauen."
„Wo denn?", wollte ich wissen.
„Etwas weiter elbabwärts. Ein paar Tage zuvor hatte ich Nachtdienst auf einem Wachturm an der Elbe. Da bin ich eingeschlafen. Als ich aufwachte, sah ich Fußabdrücke auf dem gerechten Grenzstreifen. Da muss einer geflüchtet sein, als ich geschlafen habe, sagte ich mir."
„Hat die Kontrolle am Morgen die Spuren entdeckt?"
„Sowieso! Es gab eine große Debatte mit meinem Vorgesetzten. Ich durfte doch nicht sagen, dass ich geschlafen habe. Als er einen Tag später wiederum damit anfing, bin ich beim nächsten Nachtdienst durch die Elbe geschwommen."
Dieses Fluchtdrama wirkte auf mich relativ echt und nicht erfunden. Bei anderen Schilderungen war ich sehr skeptisch, wie zum Beispiel, als einer mir erzählte, angetrunken über den Grenzzaun geklettert zu sein. Die Stelle sei nicht vermint gewesen. Er prophezeite mir:
„Bei dir wird es schnell gehen. In wenigen Tagen bist du wieder draußen."
Ich fragte ihn:
„Wie lange bist du schon hier?"
„Zwei Wochen."

Endlich wurde ich aufgerufen. Hinter dem Schreibtisch saß ein Mann mittleren Alters in Zivil. Er wollte von mir wissen, wo und wie ich über die Grenze gekommen sei. Offensichtlich wusste er von meinem Schicksal.
„Sie haben bei der Flucht ihre Frau verloren. Mein aufrichtiges Beileid."
Nach einer kurzen Pause fragte er:
„Haben Sie ein Foto von ihr?"
Ich nickte und gab es ihm, konnte aber meine Tränen nicht unterdrücken.
„Eine sympathische junge Frau."

Das einzige Foto, das Bärbel unter dem Taucheranzug trocken mitgebracht hatte! Ich bewahrte es in der Geldbörse auf, die mir gestern Abend Bärbels Tante geschenkt hatte. Ich war zutiefst traurig. Als er das merkte, sagte er:
„Wir wollen hier die Befragung abbrechen und Sie nicht in weitere Büros schicken. Das holen wir zu einem späteren Zeitpunkt nach, wenn Sie zur Ruhe gekommen sind."
Ich war damit einverstanden, musste allerdings noch den Vorwurf anführen, der zur missglückten Flucht führte.
„Ich verstehe nicht, dass es erlaubt ist, Fischernetze in der Nähe des Grenzzaunes auf westdeutscher Seite auszulegen."
„Das können Sie bei der späteren Befragung vorbringen."
War dieser Trost ehrlich gemeint? Ich zweifelte und dachte an künftige Flüchtlinge, die wiederum im gleichen Fischernetz ihren Tod finden werden.
„Morgen werden Sie ins Lager nach Unna-Massen gebracht. Dort werden alle weiteren Formalitäten für Sie erledigt."
Zufrieden über die verkürzte Notaufnahme verließ ich das Büro. Wie recht hatten die jungen Männer gehabt! Warum hält man sie hier so lange fest? Glauben die Beamten ihr Fluchterlebnis nicht? Meine ursprüngliche Skepsis schlug in Gewissheit um: Diese Personen hat die DDR geschickt, um hier einen bestimmten Auftrag zu erledigen.

Ich suchte Ruhe, ging in mein Zimmer. Der spartanisch eingerichtete Raum wirkte auf mich zu nüchtern. Die leeren Doppelstockbetten störten mich. Ich streckte mich auf einer Pritsche aus und versuchte zu entspannen. Es gelang mir nicht. Ich irrte im Lager umher. Finde ich jemand, dem ich mein Herz ausschütten kann? Meine Schuldgefühle abladen?
Da ein Schild: Hauskapelle! Ich ging hinein: Ruhe, Blumen, geschmackvoll eingerichtet – keine Doppelstockbetten! Ich allein - alles lud zum Entspannen und Beten ein. Ich weiß nicht, wie lange ich mich meinen Gedanken hingab. Es kreiste alles um Bärbel. Sie allein in Schnackenburg! Wann wird dort ihre Beerdigung sein? Die Lagerleitung verhandelte mit irgendeiner Behörde über die Beerdigungskosten.
Als ich die Kapelle verließ, sprach mich eine Frau an.

„Sind Sie Herr Richter?"
Mit einem leichten Kopfnicken gab ich ihr die Betätigung.
„Sie werden sich in nächster Zeit bei Firmen bewerben wollen. Da ist es im Westen üblich, entsprechend gekleidet zu sein."
So viel sah ich ein, dass ich mich nicht mit meinen Sachen aus der Altkleidersammlung vorstellen kann. Ich fragte:
„Wer sind Sie?"
„Ich bin von der Caritas. Ich lade Sie ein, mit mir in die Stadt zu gehen, um Sie auf Kosten der Caritas einzukleiden."
Ich bedankte mich ganz herzlich und nahm das Angebot an. Sie ging mit mir in ein Herrenausstattergeschäft, kleidete mich dort auf Kosten der Caritas komplett ein: Dunkler Anzug, Oberhemd, Binder, Schuhe. Ich bedankte mich natürlich für die großzügige Unterstützung. Erst jetzt wurde mir bewusst: Ich kann mich über nichts von Herzen freuen. Die Welt erscheint mir trist und grau, nicht mehr hell und farbig.

Unna-Massen – nach Uelzen und Gießen meine dritte Station. Hier begegnete ich kaum Flüchtlingen aus der DDR, sondern in der Mehrzahl Spätaussiedlern aus Oberschlesien und der Sowjetunion. Kaum Einzelpersonen, meist Familien mit Kindern. Sie freuten sich, nach vielen Wartejahren endlich in der Bundesrepublik zu sein, hatten konkrete Vorstellung, wo sie wohnen möchten, möglichst in der Nähe von Verwandten oder guten Bekannten. Sie suchten in der Umgebung des Lagers Gebrauchtwagenmärkte auf, studierten das Angebot und wählten bereits in ihrer Vorstellung ihre Wunschautomarke aus. Alles Menschen voller Optimismus, nur zukunftsorientiert! Ach könnte mich doch ihre positive Lebenseinstellung anstecken!

Beerdigung

Ich hingegen hatte anfangs mit vielen Formalitäten zu tun: Personalausweis beantragen, arbeitslos melden und dazu die Unterstützung anfordern, Bewerbungen schreiben, Anträge als Vertriebener aus Schlesien und Flüchtling aus der DDR einreichen. Dazu stand im Lager kundiges Personal bereit.
Während dieser organisatorischen Erledigungen rief mich Onkel Erich aus Battenberg an.
„Bärbel soll in Battenberg beerdigt werden und nicht in Schnackenburg."
„Von wem hast du das erfahren?"
„Das hat mir Bärbels Vater am Telefon gesagt. In Schnackenburg könnte doch niemand das Grab pflegen. Ich schlage vor, du kommst hierher. Dann fahren wir gemeinsam nach Schnackenburg, um vor Ort die Überführung zu klären."
„Das ist eine gute Entscheidung. Ich komme morgen."

Als ich in Battenberg ankam, fuhren wir am gleichen Tag los. Ich saß das erste Mal in meinem Leben in einem BMW. Auf der Autobahn überholten wir laufend andere Autos. Ich schaute auf den Tacho: 150 Geschwindigkeit. Ich dachte an Bärbel. Wie schnell sie ihr Leben hergeben musste!
„Ist es nicht gefährlich, mit dieser hohen Geschwindigkeit zu fahren?"
„Das Auto wird in bestimmten Zeitabständen überprüft, ob alles in Ordnung ist", klärte mich Tante Ilse auf.
Der Wagen rollte ruhig über die Autobahn dahin, ohne störende Schwingungen, ohne verdächtige Geräusche. Nur der Tacho verriet mir die hohe Geschwindigkeit. Die Menschen im Westen haben einen schnelleren Lebensrhythmus, stellte ich fest. Onkel Erich hatte seine Praxis lediglich für einen halben Tag geschlossen. Zeit ist eben Geld. Als wir in Schnackenburg ankamen, gab es nicht viel zu erledigen. Onkel Erich hatte einiges vorab telefonisch geklärt. Wir schauten uns nur kurz die Unglücksstelle an der Elbe an und begaben uns danach auf die Rückreise, der Bestatter im zweiten Auto mit Bärbel. Als er

nach uns in Battenberg ankam, brachten wir Bärbel in einen Raum unter der Friedhofskapelle. Beim Kaffeetrinken fragte der Bestatter meine Verwandten:
„Wollen Sie sich von ihrer Nichte verabschieden?"
„Wissen Sie, ich will sie so in Erinnerung behalten, wie ich sie gekannt habe", entschied Tante.
Er sah mich an und merkte, ich wolle Bärbel nochmals sehen. Der letzte Abschiedskuss am Sonntagmorgen in Schnackenburg unter den vier Spähaugen belastete mich. Wir gingen gemeinsam zu ihr hoch.
„Warten Sie mal vor der Tür! Ich sprühe den Sarg ein. Ihre Frau ist in anderen Umständen und das warme Wetter dazu."
Nach wenigen Minuten kam er wieder heraus.
„Sie können Ihre Frau nicht mehr anfassen. Ich lasse den Sarg zu."
Ich nickte, bedankte mich für alles und verabschiedete mich von ihm.

Ich betrat den kleinen Raum, stand schweigend vor dem Sarg und fragte mich: Warum musste das passieren? Wie konnte ich nur Bärbels panikartiges Verhalten in dieser schicksalhaften Nacht so verkehrt deuten? Die entscheidenden Minuten über Leben und Tod liefen gedanklich wie ein Film vor meinen Augen ab. Wir hatten doch bereits erkannt, dass die angeblichen DDR-Boote nicht besetzt waren. Warum haben wir zwischen den Büschen im Wasser nicht eine viertel Stunde gewartet? Dann hätten wir im anbrechenden Tag erkannt: Das sind keine Boote, sondern Bojen! Wie kam ich überhaupt auf den Gedanken, dass hier die Grenze sein könnte? Es war doch kein doppelter Stacheldrahtzaun zu sehen! Den hatte ich etwa einen Kilometer davor festgestellt! Wie war es möglich, aus meinen Wahrnehmungen die falschen Schlüsse zu ziehen? Bewirkten die anstrengenden Stunden der schlaflosen Nacht die abgrundtiefen Fehleinschätzungen? Vor Bärbels Sarg stehend, quälte mich die Gewissenspein, an ihrem Tod schuldig zu sein. Warum musste mir das passieren? Ich erhielt keine Antwort und begann zu beten. Erst als in mir etwas Ruhe eintrat, verließ ich den Raum. Draußen am Waldfriedhof und an den Gärten erlöste mich die umgebende Natur von der uferlosen, grüblerischen Zergliederung meiner Situation. Ich darf meine Lebensenergie nicht fehl investieren, nicht wiederholt die Todessituation aufdröseln. Keiner kann das Leben vorhersagen, im Voraus berechnen. Mit diesem positiven Vorsatz ging ich zu Bärbels Verwandten.

Onkel und Tante organisierten bereits die Beerdigung für Freitag. Ganz nach Wunsch von Bärbels Eltern. Ich war ihnen sehr dankbar, dass sie sich nicht nur um die Vorbereitung, sondern auch um die Kosten kümmerten. Onkel Erich rief wenige Stunden vor der Beerdigung Bärbels Vater an.
„Gottfried, heute Nachmittag ist Bärbels Beerdigung. Wir haben alles nach euren Vorstellungen organisiert."
„Ja, ja, Erich. Ist gut. Danke!"
Gottfrieds Stimme versagte.
Onkel Erich gab mir den Telefonhörer. Es kam kein Gespräch zustande. Es war nur ein Schluchzen und Weinen. So gab ich den Hörer wieder zurück.
„Gottfried, Ihr beide seid bei der Beerdigung in Gedanken miteingeschlossen. Sag das Elly!"
Bärbels Mutter war nicht fähig, ans Telefon zu kommen. Ihre unfassbare Traurigkeit lähmte sie. Mit Bärbels Tod ist für sie das Leben sinnlos geworden. So brach das gut gemeinte Gespräch im Nichts ab.

Aus München reiste Lotti, Bärbels Cousine an. Sie brachte ihre Tochter Katrin mit. Es tat mir sehr gut, sie kennen zu lernen. Endlich eine Person in meinem Alter, die auch Bärbel kannte! Sie hatte viel Zeit für mich, versetzte sich in meine Gefühlssituation. Im Gegensatz zu ihren Eltern brauchte sie sich nicht um die Vorbereitung der Beerdigung zu kümmern. Sie hörte mir zu, wenn ich meinen Trauerschmerz bei ihr ablud. Wir besuchten gemeinsam Bärbel. Auch sie bekam feuchte Augen, als wir vor dem Sarg standen. Als Lotti laut zu weinen begann, verließen wir den kleinen Raum und begaben uns an die frische Luft. Ich schilderte ihr die Schicksalsnacht und sie erzählte aus ihrer gemeinsamen Zeit mit Bärbel, bevor ich sie kennen lernte.

Tag der Beerdigung. – Ich hatte mir vorgenommen, sehr stark zu sein, meinen Schmerz des Alleinseins nicht zu zeigen. Auf keinen Fall Spielball meiner Trauer zu werden und die Kontrolle über mein Leid zu verlieren. Wie schaffe ich das? Gibt es eine Hilfe? Während meiner Schulzeit habe ich als Ministrant oft am Grab direkt neben dem Sarg gestanden. Mir ist also der Vorgang einer Beerdigung sehr wohl bekannt. Jedoch fühlte ich mich mit der verstorbenen Person nicht emotional verbunden! Zumeist waren das ältere Menschen. Ich muss mich zwingen, Herr meiner Gedanken zu sein, sagte ich mir. Welche Methode hilft mir dabei? Ich habe mich auf das gesprochene Wort und die ablaufende Handlungsfolge zu konzentrieren, nahm ich mir vor.

Bärbel vor dem Altar der Friedhofskapelle. Der Sarg mit wunderschönen Blumen geschmückt. Lotti an meiner Seite. Der evangelische Pfarrer ging auf Bärbels tragisches Ende ein, ohne Einzelheiten zu schildern. Er verstand es, uns sehr einfühlsam zu trösten. Mir kam im Moment des Trostes der passende Liedtext in den Sinn:
Wir sind nur Gast auf Erden und wandern ohne Ruh mit mancherlei Beschwerden der ewigen Heimat zu.
Wir haben nicht gesungen, weil wir unsicher waren, ob das Lied unter den anwesenden Battenbergern hinreichend bekannt sei. Junge Männer trugen Bärbel zu Grabe. Ich hörte dem Pfarrer aufmerksam zu, als er einen Text aus der Bibel verlas. Vor dem offenen Grab stehend gab ich Bärbel einen letzten Blumenstrauß auf die Reise in die Ewigkeit mit. Während der ganzen Beerdigung gelang es mir, äußerlich ruhig zu bleiben, keine Träne zu vergießen. Nicht wenige Teilnehmer werden sich gewundert haben: Wie ist es möglich, nach so einem extrem tragischen Tod einer jungen Ehefrau keinen sichtbaren Schmerz zu zeigen. Im Nachhinein kam mir der Gedanke, zu perfekt Herr meiner Trauer gewesen zu sein, zumal sich mein Schicksal in der ganzen Stadt rumgesprochen hatte.

Beim anschließenden Kaffee und Kuchen lernte ich weitere Verwandte von Bärbel kennen. Unter anderen sah ich Gunda, eine Cousine von ihr wieder. Vor einem Jahr begegneten wir ihr zufällig, als ich mit Bärbel die Leipziger Oper besuchte. Sie war vor dem Mauerbau nach dem Westen geflüchtet und besuchte damals ihre Mutter in Borna. Es tat mir gut, wiederum eine Person zu treffen, die Bärbel kannte. Sie fragte mich:
„Wie kam es zu dem tragischen Unfall? Hatten ihre Kräfte nachgelassen?"
„Das auf keinen Fall. Wir sind getaucht. Plötzlich wurde sie unruhig. Ich wusste nicht, weshalb. Kurz darauf tauchte sie mit kräftigen Flossenschlägen nach unten. Da glaubte ich, es sei alles wieder in Ordnung."
„Und was war der Grund ihrer Unruhe?"
„Ihr ist der Lungenautomat aus dem Mund gerissen worden. Sie hatte dadurch keine Verbindung zur Taucherflasche, hatte keine Luft mehr und wollte auftauchen."
„Warum hat sie's nicht getan?"
„Nachts ist unter Wasser alles dunkel. Da ist sie statt nach oben nach unten getaucht. Dadurch täuschte sie mich. Ich nahm an, es gäbe keine Probleme."
Ich schilderte den nächtlichen Hergang mit den gehäuften Fehleinschätzungen und falschen Schlussfolgerungen, die letztendlich zu Bärbels tragischem Tod führten.
„Weißt du, der wahre Sachverhalt, wie ich ihn dir dargestellt habe, ist mir erst im Nachhinein klargeworden. Sogar das Fischernetz habe ich in der Nacht nicht bemerkt."
Ich fühlte mich erleichtert, dass ich mein Schicksal anderen Trauergästen nicht erzählen musste.

Nach dem Abendbrot saß ich mit Tante und Onkel im Wohnzimmer. Wir ließen die Anspannung des Tages ein klein wenig an uns abgleiten. Tante stellte fest:
„Erich, zum Kaffeetrinken sind aber wenig Trauergäste gekommen. Wir hatten doch mehr eingeladen."
„Wer kommt schon gern zu so einem weniger erfreulichen Anlass. Das musst du verstehen."

Birgit, die siebzehn Jahre jüngere Schwester von Lotti mischte sich kaum in solche traurigen Gespräche ein. Auf Grund des großen Altersunterschiedes kannte sie Bärbel kaum.

„Onkel Erich, es tat mir gut, dass ich Gunda, die Tochter deiner Schwester wiedergesehen habe. Bärbel hatte sie mir mal in Leipzig vorgestellt. Sie ist eine sympathische junge Frau."

Tante und Onkel unterhielten sich einige Minuten über Gunda und ihre Mutter. Sie sprachen über die unterschiedlichen Ansichten von Menschen, die nicht der gleichen Generation angehören. Ich mischte mich nicht ein, fand es interessant zuzuhören. Ich dachte an uns. Das Verhaltensmuster von Gunda ähnelt dem von Bärbel. Obwohl sich die Unterhaltung den Lebenden zuwandte, landete ich in meinen Gedanken wiederum bei Bärbel.

„Der menschliche Körper besteht aus Abermilliarden Atomen. So auch Bärbel", äußerte ich gegenüber Onkel Erich.

„Aus unzählig vielen. Was willst du damit sagen?"

„Onkel Erich, stell dir vor: Wenn du nach Jahren irgendwo im Atlantik ein Glas Wasser schöpfst, sollen etwa hundert Atome von Bärbel drin sein."

„Wie kommst du darauf?"

„Das habe ich mal gelesen. Das soll nur verdeutlichen, aus wie vielen Atomen der Mensch besteht."

„Es ist nur die Frage, ob sich die Atome so gleichmäßig verteilen werden."

„Das ist sicherlich nicht der Fall. Das Bild mit dem Wasserglas hilft, Unvorstellbares zu verstehen."

Es mag eigenartig klingen: Mit dieser Vorstellung fühlte ich mich irgendwie erleichtert. Von Bärbel geht nichts verloren. Kein einziges Atom. Dieser tröstende Gedanke entkrampfte mich für einige Stunden in Battenberg. Am Sonntag kehrte ich nach Unna-Massen ins Lager zurück.

Meine neue Arbeitsstelle

Eigentlich hatten Bärbel und ich vor, uns im Stuttgarter Raum niederzulassen. Dort gibt es mehrere Werke, die die gleichen Maschinen herstellen wie in Aschersleben. Ich wollte natürlich in dem bisherigen Aufgabengebiet einen Arbeitsplatz finden. Weshalb sollte ich meine praktischen Erfahrungen von sieben Jahren nicht nutzen! Nun bin ich allein. Wer pflegt Bärbels Grab, wenn ich nach dem Süden gehe? Ich besann mich: Die nächste Konkurrenzfirma befindet sich in Siegen. Dort bewarb ich mich. Sie lud mich zu einem Vorstellungsgespräch ein. Mein Betreuer im Lager gab mir einige wertvolle Tipps:
„Im Augenblick ist ein Rückgang auf dem Arbeitsmarkt. Sie haben Glück, dass die Firma Waldrich in Siegen Leute sucht. Bitte nehmen Sie das Angebot an! Falls die Bezahlung nicht gut sein sollte, können Sie später wechseln. Das Stellenangebot wird wieder besser."

Mit diesem Rat stellte ich mich in Siegen vor. Ich war total unerfahren, wie man sich bewirbt. Im Osten ist alles vorgeschrieben und bis ins Detail festgelegt. Insbesondere bei der Bezahlung gibt es dort kaum Spielraum. Ich wurde auf höchster Ebene empfangen. Vom Schwiegersohn Herrn Klein und der Leitung. Der Besitzer Herr Waldrich war alt und krank. Er hatte die Führung weitestgehend dem Kaufmann Klein übertragen. Er stellte gezielte kaufmännische Fragen:
„Wo kaufen Sie die elektrischen Antriebsaggregate für die Hobelmaschinen ein?"
„Für Maschinen ins kapitalistische Ausland bei BBC in Westdeutschland, sonst DDR-Antriebe."
„In welche Länder exportiert Aschersleben die Hobelmaschinen?"
„Mehrere Maschinen gehen nach Brasilien, aber auch nach Indien."
„Da bin ich aber erstaunt."
Die Gesichter verrieten Verwunderung. Wie ist das nur möglich? Nach einer kleinen Denkpause fragte Klein weiter:

„In welcher Preislage verkauft Aschersleben die Maschinen?"
„Zwischen zwei- und sechshunderttausend Mark je nach Größe."
Allgemeines Unverständnis auf den Mienen der Manager. Wie können die da drüben Maschinen dieser Bauart halb verschenken! Später erfuhr ich, dass Waldrich seine Maschinen ab einer Million aufwärts abgibt.
Meine Antworten auf technische Fragen bewiesen ihnen, ich sei Fachmann für Hobelmaschinen. Der Leiter der Personalabteilung unterbreitete ein Angebot.
„Sie können in unserer Hobelmaschinenabteilung Anfang Juli anfangen."
Ich werde gebraucht, bekomme eine Anstellung. Die Arbeit wird mir helfen, mich von meinem Lebensabsturz zu erholen.
„Wir bieten Ihnen ein monatliches Anfangsgehalt von tausend Mark."
Obwohl ich das Gehalt von Konstrukteuren nicht kannte, muss er mir meine Enttäuschung angesehen haben. Deshalb sein näherer Kommentar:
„Mit diesem Gehalt können sie sich in einer gesetzlichen Krankenversicherung anmelden. Sonst müssten Sie sich freiwillig versichern. Und das ist teurer."
Ohne zu widersprechen, stimmte ich dem Angebot zu.

Die Leitung wusste von meinem Schicksal. Meine Augen verrieten mein gebrochenes Ich. Zudem ließ die DDR-Diktatur eine gesunde Entwicklung des Selbstbewusstseins nicht zu. Möglicherweise hat der Personalleiter erwartet, dass ich mit dem geringen Gehalt nicht einverstanden bin. Ich brauchte ihm meine Mittellosigkeit nicht zu erklären. Bis auf ein kleines Überbrückungsgeld im Lager und eine Arbeitslosenunterstützung von fünfhundert Mark hatte ich bislang nichts bekommen.
„In den ersten Tagen Ihrer Tätigkeit erhalten Sie ein zinsloses Darlehen von einem Monatsgehalt. Es wird mit den ersten sechs Gehaltszahlungen verrechnet."
„Ich bin damit einverstanden – vielen Dank."
„Wir bieten Ihnen eine kleine Wohnung an für zweihundertfünfzig Mark im Monat. Allerdings unmöbliert."

Das erschien mir zu teuer. Und dann noch Möbel kaufen! Ich beabsichtigte, ein möbliertes Zimmer zu mieten. So hatte ich bisher auch gewohnt.
„Ich suche mir selbst was – vielen Dank!"
Nicht gerade beglückt, aber zufrieden verabschiedete ich mich.

Erst jetzt begann ich nachzudenken: Die Firma hat mir sehr viel Vertrauen entgegengebracht. Ohne Zeugnisse, ohne Qualifikationsnachweise hat sie mich eingestellt. Ich könnte ja auch von den DDR-Behörden geschickt worden sein! Mit einem bestimmten Auftrag. Ohne diese Gedanken völlig zu verdrängen, begab ich mich anschießend auf Zimmersuche. In Firmennähe sah ich eine Kirche. Ich stellte mich im Pfarrbüro vor.
„Guten Tag! Ich suche ein möbliertes Zimmer als Untermieter. Kennen Sie jemand, bei dem ich mal nachfragen könnte?"
Die freundliche Pfarrsekretärin gab mir bereitwillig Auskunft.
„Ja, doch. Es ist eine ältere Dame, verwitwet. Ich habe aber nicht Straße und Hausnummer im Kopf. Moment mal! Ich schaue nach."
Sie fingerte im Karteikasten.
„Hier, das ist sie. Damaschkestraße 4."
Ich erklärte ihr, weshalb ich ein Zimmer benötige.
„Ich fange am ersten Juli bei Waldrich an. Wie weit ist die Straße von der Firma weg?"
„Ganz in der Nähe. Ungefähr fünf Minuten Fußweg."
Die Sekretärin erklärte mir den Weg. Mit einem herzlichen Dankeschön verabschiedete ich mich. In wenigen Minuten stand ich vor der Haustür meiner möglichen Vermieterin. Ich klingelte. Eine ältere Frau mit einem gutmütigen Gesicht öffnete.
„Guten Tag! Ich suche ein möbliertes Zimmer. Haben Sie eins?"
„Ja, schon. Aber sagen Sie, wer schickt Sie zu mir?"
Ich erklärte ihr alles, auch, dass ich im nächsten Monat bei Waldrich anfangen werde. Sie schenkte mir Vertrauen, zeigte mir im zweiten Stock ein Mansardenzimmer. Mit einem Gaubenfenster und möbliert. Im ersten Stock führte sie mich ins Bad.

„Hier können Sie sich waschen, die Toilette benutzen."
„Ist Küchenbenutzung erlaubt? Zum Frühstück ein warmes Getränk? Am Wochenende eine Kleinigkeit kochen?"
Auch da gab es keinen Widerspruch. Über den Preis wurden wir uns einig. Achtzig Mark im Monat. Wir legten nichts schriftlich fest, sondern alles wurde mit einem Handschlag besiegelt.

Auf dem Wege ins Lager fragte ich mich, weshalb hat diese Witwe einen völlig fremden Mann in ihr Haus gelassen, alles bereitwillig gezeigt? Im Westen hört man wiederholt von Fällen, dass sich Menschen unter einem Vorwand Einlass verschaffen und dann Verbrechen begehen. Was mag der Grund gewesen sein, dass sie mir alles glaubte? Vielleicht der dunkle Anzug? Der schwarze Binder? Ohne über meinen Trauerfall mit ihr gesprochen zu haben, muss ich doch auf sie einen vertrauenswürdigen Eindruck gemacht haben. Sonst hätte sie mir das Zimmer nicht gegeben. Es erfüllt alle meine Wünsche: Ruhig gelegen, nah zum Arbeitsplatz, preiswert und Kontakt zur Vermieterin, so wie in Aschersleben.

Zurück im Lager: Es gab eine große Überraschung. Mein langjähriger Freund Alfred und seine Frau Brigitte standen plötzlich vor mir. Bärbel und ich hatten ihnen von unserem Vorhaben nichts mitgeteilt. Wir dachten zwar daran, weil sie in der Nähe von Hamburg wohnen und für uns die Elbe als Fluchtweg feststand. Wir hielten uns ganz konsequent an unseren Vorsatz, wirklich keinem Menschen von unserer Fluchtabsicht etwas mitzuteilen. Die Gefahr, bereits bei der Planung verhaftet zu werden, erschien uns nicht ausgeschlossen.
Todtraurig und mit leerem Gesichtsausdruck fragte ich:
„Wie habt ihr erfahren, dass ich hier bin?"
„Ein guter Bekannter von uns hat dein Foto in der Bildzeitung gesehen."
„Kennt der mich überhaupt?"
„Ihr seid euch mal bei meinen Eltern begegnet, als er die Leipziger Messe besuchte."
„Ja, ich erinnere mich."

Ob ich es wage, unsere missglückte Flucht zu erzählen? Habe ich genügend Kraft? Die vielen Täuschungen! Fehleinschätzungen! Warum musste das alles passieren? Trotz der genauen Planung, der vielen Vorüberlegungen. Haben wir das Risiko, die Gefahren unterschätzt? Eine gewisse Zeit beurteilte Bärbel meine Fluchtabsicht sehr skeptisch. Weshalb gab sie ihre Zurückhaltung plötzlich auf? Bewirkten es allein die Enttäuschungen bei der Wohnungssuche? Dachte sie vielleicht an ihre Zeit in Halle und wollte mir gegenüber etwas gut machen? An ihr Nein zur Flucht in Jugoslawien? All die quälenden Zweifel zermürbten mich. Ich sah in die mitfühlenden und fragenden Augen von Brigitte und Alfred.
„Der Bekannte hat euch sicherlich die Bildzeitung gegeben. Da seid ihr ja über die missglückte Flucht informiert."
Beide sahen in meine leidvollen Augen, bestätigten meine Vermutung mit einer bejahenden Kopfbewegung. Sie umarmten mich schweigend und drückten so ihr Beileid aus. Ich bedankte mich für ihren Besuch. Sie halfen mir, in den kommenden Jahren aus meiner schicksalhaften Lebenskatastrophe herauszufinden. Daraus erwuchs eine lang anhaltende Freundschaft.

Der letzte Tag im Lager. Ich legte meine paar Sachen in ein bescheidenes Köfferchen. Ich gehörte zu den wenigen Glücklichen, die dem Lagerleben nach weniger als zwei Wochen den Rücken kehren durften. Da gab es keine große Verabschiedung. Wen lernt man schon nach so kurzer Verweildauer bleibend kennen! Das Lagerbüro übergab mir eine Fahrkarte nach Siegen. Dort angekommen durchschritt ich das Bahnhofsgebäude und verweilte einige Minuten auf der obersten Stufe der Steintreppe:
Das soll meine neue Heimat werden. Hier will ich einwurzeln. Die nicht gerade kleine Stadt mit ihrer waldreichen, bergigen Umgebung könnte mir zusagen. Die Vermieterin machte auf mich einen positiven Eindruck. Und die neue Firma stellt die Maschinen her, die meiner bisherigen Tätigkeit entsprechen. Mit diesen Hoffnungsgedanken ging ich die Stufen hinab und suchte mein möbliertes Zimmer auf. Bettwäsche und Handtü-

cher inbegriffen. All meine bescheidenen Wünsche waren erfüllt.

Meine neue Arbeitsstelle: Ich kam ins Konstruktionsbüro, Gruppe Hobelmaschinen, so wie ich es mir gewünscht hatte. Die Kollegen, in der Mehrzahl junge Männer, die sich als technischer Zeichner zum Konstrukteur hochgearbeitet hatten und ohne zusätzliche Ausbildung doch recht gute Arbeit leisteten. Ihre augenblickliche Aufgabe bestand darin, die Konstruktionsunterlagen einer amerikanischen Hobelmaschinenfirma in die deutsche Norm zu übertragen. Das geschah nach einem Lizenzvertrag zwischen beiden Firmen. Oberflächlich gedacht, ist das in erster Linie eine Fleißaufgabe. Mir fehlte die Erfahrung, amerikanische Zeichnungen zu lesen, vom Zollsystem ins Metrische zu übertragen, alle Passungen umzuschreiben und vieles mehr. Total degradiert fühlte ich mich, als Konstrukteur jetzt jegliche Zeichenarbeit selber zu erledigen. Das heißt, alle Einzelteile der Konstruktion zu zeichnen, zu bemaßen. Arbeiten, die ich in den ersten zwei Semestern zu erledigen hatte. Unter meinen Kollegen sprach sich bald mein Schicksal herum. Mitunter unterstützte ich sie bei speziellen Berechnungen. Dagegen erledigten sie die Zeichenarbeiten schneller als ich. Das von Anfang an gute Betriebsklima entschädigte mich für meine weniger befriedigende Aufgabe. Ich fragte mich, wie kann Westdeutschland mit weniger qualifiziertem Personal gute Maschinen bauen. Die Zeit klärte mich bald auf: Das westliche Wirtschaftssystem bot dem Maschinenbau Neuheiten und mitunter ganze Baugruppen als Kaufaggregate an. Die Fachkräfte im Osten mussten Vieles selber konstruieren, bauen und Erfahrung sammeln. Dadurch entwickelte sich die östliche Wirtschaft langsamer und war nicht so flexibel.

Nach wenigen Wochen des Alleinseins und der Trauer überkam mich ein Gefühl der Unsicherheit, ja der Angst, die DDR-Behörden könnten mich bedrängen zurückzukehren. Ich befürchtete sogar, sie stellen einen Auslieferungsantrag wegen Mordes. Wenn ich dann nach Arbeitsschluss allein in meinem Mansardenzimmer saß und durch das Gaubenfenster auf den gegenüber liegenden Berg sah, überwältigte mich ein nie da gewesenes seelisches Tief. Ach könnte ich mich bloß mit meinen Eltern, Geschwistern, Bärbels Eltern, meinen Freunden und Kollegen in Aschersleben aussprechen, mitteilen, um Verständnis und Verzeihung bitten. Diese Bedrängnis forderte von mir, mit all den Menschen brieflichen Kontakt aufzunehmen. Wie soll das geschehen, ohne meinen Aufenthalt den Sicherheitsbehörden da drüben zu verraten? Ich entschied mich für eine Deckadresse. Als Absender gab ich bei Briefen und Paketen in die DDR jeweils Bärbels Onkel an. Nie gab ich eine Postsendung in Siegen auf, sondern in Battenberg, wenn ich Bärbels Grab besuchte oder irgendwo anders, wenn ich unterwegs war.

Stasi-Akte

Wie ich nach der Wende aus meiner Stasiakte erfuhr, machte ich mich durch mein Verhalten verdächtig, Wirtschaftsspionage betreiben zu wollen. Deshalb verheimlicht er seinen Aufenthaltsort und die Arbeitsstelle. So schlussfolgerten die Mitarbeiter des Ministeriums für Staatssicherheit. Meine Akte umfasst zweihundertfünfzig DINA4 Seiten und wurde erst im Januar 1971 geschlossen. Ich durfte sie nach der Wende 1993 in der Außenstelle des Staatssicherheitsdienstes in Halle einsehen. Beim Lesen saß mir ein Bundesbeauftragter am Tisch gegenüber. Er achtete darauf, dass ich mit einer Büroklammer markierte Seiten nicht lese. Ich wurde stutzig und fragte:
„Weshalb darf ich nicht alles lesen? Das ist doch die Akte über mich!"
„Die Stasi hat sehr viele Menschen verhört. Wir müssen ihre Persönlichkeitsrechte schützen, um Prozesse von verhörten Personen zu vermeiden."
„Ach so – deshalb."
Ich hatte den Eindruck, er kennt meine Akte sehr genau. Möglich, dass er sie zuvor gelesen hatte. Als ich die Abschnitte las, in denen der Stasimann versucht, meine Wesensstruktur darzustellen, meine Neigungen, Stärken und Schwächen zu beschreiben, hat mich mein Gegenüber sehr aufmerksam beobachtet, mein Mienenspiel und Gesichtsausdruck studiert. Ich lächelte vor mich hin und konnte mir eine Bemerkung dem Beobachter gegenüber nicht unterdrücken:
„Sehr aufschlussreich, wie mich die Hauptstütze des Staates einschätzt. Der Stasischreiber hat Aussagen verhörter Personen aus seiner Perspektive beurteilt."
Mein Beobachter nickte freundlich und widersprach mir nicht. Nach einer Weile äußerte er sich:
„Die meisten meiner Besucher sind verärgert und erbost, weshalb die Stasi in ihrem Privatleben so rumgeschnüffelt hat. Sie dagegen machen auf mich eher einen entspannten und gelassenen Eindruck. Weshalb wohl?"

„Die Stasi hat mit unglaublichem Einsatz und Aufwand gesucht, wo nichts gegen mich zu finden war. Ich musste ein Wirtschaftsspion sein. Davon ging sie aus. Ihre Aufgabe und ihr Ziel haben sie so geprägt, möglicherweise sogar deformiert. Anders lässt sich ihr Verhalten nicht erklären. Sicherlich gibt es einige Entscheidungen, die mir weh tun. Aber im Wesentlichen erzeugt in mir ihr fehl geleiteter Aufwand eine mitleidsvolle Gelassenheit."
„Ich danke Ihnen, dass Sie mir das so gut erklärt haben."
„Weshalb sind Sie daran interessiert?"
„Wissen Sie, ich bin Psychologe und will über die Stasiarbeit meine Doktorarbeit schreiben. Daher hinterfrage ich Ihr Verhalten."
„Darf ich von meiner Akte eine Kopie haben?"
„Selbstverständlich. Die schicke ich Ihnen zu."

In dem Duplikat sind die meisten Namen geschwärzt und damit unleserlich gemacht worden. Ich bedaure, dass nicht nur die lesegesperrten Seiten in der Kopie fehlen, sondern noch zusätzliche Blätter. Das sagt mir meine Erinnerung. Erneut erfahre ich aus der Akte, dass ich Geheimnisträger bin, weil ich in einer Konstrukteurgruppe mitgearbeitet habe mit der interessanten Aufgabe, ein Baukastensystem höherer Ordnung zu entwickeln. Das heißt, eine standardisierte Baureihe für Portalmaschinen vorzuschlagen. Einzelheiten dazu: Das Portal besteht aus einem rechten und linken Ständer, die beide oben mit einem Verbindungsstück Tor artig verbunden sind. Zwischen den Ständern befindet sich das Bett, auf dem der Tisch mit dem Werkstück bewegt wird. An den Führungen der Ständer ist höhenverstellbar ein Querträger angebracht. Auf ihm gleiten je nach Art der spangebenden Bearbeitung die Aggregate für Hobeln, Fräsen oder Schleifen. Je nach Größe der zu bearbeitenden Werkstücke wählt man aus der Baureihe die entsprechende Maschine aus. Der Größensprung von Maschine zu Maschine in der Baureihe ist jeweils 25 Prozent.

Manch einer wird sich fragen, weshalb versuche ich, das sogenannte OMEGA-Projekt so detailliert zu beschreiben? Im

Grunde genommen ist das Projekt eine Standardisierungsaufgabe, um mit einer geschickt gewählten Maschinenbaureihe Kundensonderwünsche hinsichtlich Maschinengröße und Bearbeitungsart mit wenig Aufwand abzudecken. Es müssen dabei sehr viele Gesichtspunkte berücksichtigt werden. Bekanntlich steckt der Teufel im Detail. Aber um das Ziel der Normierung zu erreichen, müssen nicht unbedingt großartige Neuheiten oder gar Patente erfunden werden. Nein, es wird Vorhandenes so geordnet, dass die Wünsche der Kunden kostengünstig erfüllt werden können. Mir war nicht bewusst, dass ich bei dieser Mitarbeit zur Geheimhaltung verpflichtet bin. Das erfuhr ich erst aus der Stasiakte nach der Wende Jahrzehnte später. Und übrigens war bei meiner neuen Arbeitsstelle Standardisierungstätigkeit nicht gefragt. Waldrich freute sich über jeden Auftrag, den die Firma an Land ziehen konnte, auch wenn die Extrawünsche aufwendig zu erfüllen waren.

Nun endlich zur Stasiakte selbst! Der Sachbearbeiter der Stasi verhörte all jene meiner Kollegen, bei denen er eine gewisse Distanz zum Staate vermutete. Besonders oft wurde mein Studienfreund Uli vernommen in der Annahme, er sei in meine Fluchtabsicht eingeweiht. Da er nichts Belastendes von mir wusste, beantwortete er jede Frage wahrheitsgetreu.
„Er hat am Freitag seinen Arbeitsplatz so verlassen wie immer. Aufgeräumt. Nichts fehlte. Ich wüsste nicht, dass er irgendetwas kopiert hätte ..."
Ich habe Uli die ersten Monate absichtlich nicht geschrieben. Ingrid, Ulis Frau, sorgte sich, weil er wiederholt verhört wurde. Ich wollte nicht noch zusätzlich Unruhe in die Familie bringen, zumal sie das zweite Kind erwartete. Lediglich mit Lia stand ich von Anfang an in Briefverbindung. Ich ließ ab und an Grüße an Uli ausrichten. Als im Januar Bettina geboren wurde, schickte ich ein Paket an Lia. In einem separaten Brief bat ich sie, es zur Taufe von Bettina an Uli zu überbringen. Das Paket kam eher an als der Brief. Lia öffnete es und glaubte, der Inhalt sei für sie bestimmt. Was war der Grund der verzögerten Briefzustellung? Die Stasi kontrollierte meine gesamte Post, die ich in die DDR versandte und von dort empfing. Ich finde Lias

Briefe an mich und meine an Lia kopiert in meiner Stasiakte wieder. Die Stasikontrolle verzögerte also die Zustellung des Briefes. Dennoch konnte Lia den größten Teil des Paketinhalts Uli übergeben.

Durch Verletzung des Postgeheimnisses wusste die Stasi alles über den beschriebenen Vorgang. Beim nächsten Verhör fragte sie:
„Herr Klimke, haben Sie Verbindung mit Richter?"
„Nein, nicht direkt. Er lässt manchmal Grüße ausrichten. Jetzt erhielt ich sogar Süßigkeiten, Kaffee und anderes über Lia von ihm."
Die Stasi merkte, er verschweigt nichts, sagt alles, wie es war.
„Wollen Sie als IM bei uns mitarbeiten?"
Ein IM war für die Stasi ein informeller Mitarbeiter.
„Nein, das will ich nicht. Ich habe Ihnen doch alles gesagt, was ich weiß."
Nach langer Wartezeit schrieb ich an Uli den ersten Brief. Er antwortete nicht spontan. Sonst könnte die Stasi schlussfolgern, er hätte nichts gegen mein Weggehen und wolle unsere Freundschaft wieder intensivieren. Der Kernsatz in seinem ersten Brief an mich:
„Die nehmen dir sehr übel, falls du was von deiner früheren Tätigkeit bei uns verrätst."
Uli fragte nicht nach meiner jetzigen Aufgabe, obwohl die Stasi an meinem neuen Arbeitgeber und an meiner augenblicklichen Arbeit brennend interessiert war. Stattdessen fragte mich Katharinas und Lias Mutter nach meiner jetzigen Aufgabe, als sie als Rentnerin zu Besuch in Essen weilte.
„Ich habe mit Programmieren zu tun", sagte ich ihr.
Den Satz finde ich in der Stasiakte wieder, ergänzt mit Annahmen und Vermutungen, inwieweit meine jetzige Aufgabe mit dem Geheimnisverrat in Zusammenhang zu bringen sei. Falls Uli in seinem Brief danach gefragt hätte, wäre ich bereit gewesen, alles genauer zu erklären. Das Programmieren war damals eine Sonderaufgabe, die ich zwischendurch zu erledigen hatte. Ob die kritische Stasi mir geglaubt hätte? Ich vermute, nein. Für sie stand fest: Ich bin nach dem Westen abge-

hauen, um der DDR-Wirtschaft zu schaden und für die westlichen Geheimdienste zu arbeiten.
Lia wurde nicht ein einziges Mal von der Stasi vorgeladen. Weshalb wohl? Sie sollte das Gefühl haben, nicht kontrolliert zu werden. Daran glaubte sie anfangs. In ihren langen und ausführlichen Briefen an mich beantwortete sie all meine Fragen ausführlich, ließ ihren Gedanken freien Lauf und ging auch auf mein Gefühl des Alleinseins ein. Mit ihr besaß ich eine Briefpartnerschaft, die Bärbel kannte und mit der ich über Bärbel sprechen konnte. Lia bedeutete für mich eine zuverlässige Stütze, gleichsam eine Kraftquelle in der schwierigen Anfangsphase.

Ihre Schwester Katharina erscheint in der Stasiakte als totaler Gegenpol. Sie wird von der Stasi als Kontaktperson öfter verhört, gibt bereitwillig Auskunft und lässt ihren Gefühlen freien Lauf. Aus ihrer Perspektive meint sie, ich hätte den Tod ihrer Freundin zu verantworten, ihren Tod leichtsinnig und fahrlässig in Kauf genommen. Hat sie überhaupt etwas von Bärbels enttäuschter Wohnungssuche gewusst? Zumindest muss es die Stasi erfahren haben. Sie stellt sich unwissend und fragt in ihren Unterlagen unaufrichtig nach dem Motiv unserer Flucht. Dem Stasi-Sachbearbeiter fiel natürlich das gegensätzliche Verhalten beider Schwestern auf. Daher fragte er Katharina:
„Hat der Richter ein Verhältnis mit ihrer Schwester gehabt?"
Die doch recht persönliche und neugierige Frage stand natürlich nicht in der Akte, sondern hat mir Lia selbst erzählt, als ich mit ihr über meine Stasi-Unterlagen gesprochen habe. Mit „der Richter" hat mich der Stasischreiber in meiner Akte jeweils genannt. Sicherlich wollte er sein Unverständnis gegenüber Republikflüchtigen hervorheben.
„Lia, was hast du Katharina geantwortet, als sie dich das fragte?"
„Natürlich die Wahrheit – nein!"
Wir wundern uns, wieso solch intime Fragen für die Sicherheit des Staates wichtig sind.
In der Akte finden wir die Begründung: Für alle verdächtigen Menschen ist ein möglichst komplettes Persönlichkeitsprofil zu

erstellen. Unter anderem wollte der Stasi-Mann von Katharina erfahren:
„Hat der Richter auch negativ über den Staat diskutiert?"
„Das hat er sich in unserer Gegenwart nicht getraut, weil wir ihm massiv widersprochen hätten."
Katharina durfte natürlich nicht die Wahrheit sagen. Sonst hätte sie sich ins eigene Fleisch geschnitten. Wie oft habe ich sie abends besucht, um mit ihr die Tagesschau auf ARD zu sehen. Natürlich haben wir hinterher miteinander darüber völlig offen gesprochen. Nicht immer waren wir einer Meinung.

Die Stasi hat sich natürlich auch für meine Schwiegereltern interessiert. Während Bärbels Mutter den Tod ihrer einzigen Tochter nicht verschmerzen konnte, seelisch total am Ende und nicht imstande war, sich verbal mitzuteilen, ließ der Stiefvater seinen Gedanken völlig freien Lauf. Nur so löste sich sein schockartiger Zustand allmählich auf und er fühlte sich in seinem Leid erleichtert. Dem Stasi-Menschen vertraute er an: Er hätte unsere geplante Flucht über Jugoslawien verhindert, indem er uns androhte, es der Stasi mitzuteilen, falls wir nicht versprechen zurückzukommen. Lassen wir die Akte zu Wort kommen:
„Nachdem der (...) – Name geschwärzt, gemeint ist der Stiefvater - vom Tod seiner Stieftochter Kenntnis hatte, war er über ihren Vertrauensbruch tief erschüttert und schien zu bereuen, dass er nicht tatsächlich dem MfS (Ministerium für Staatssicherheit) über die Absichten des R. und seiner Frau Mitteilung gemacht hatte."
Bärbels Vater wollte damit sagen: Falls er dem MfS unsere Fluchtabsicht verraten hätte, wäre Bärbel noch am Leben; denn wir wären eingesperrt worden und hätten über die Elbe nicht fliehen können.
Weiter in der Stasi-Akte:
„(...) – Name wiederum geschwärzt, gemeint ist der Stiefvater - war unmittelbar nach dem Tod seiner Stieftochter sehr schlecht auf Richter zu sprechen, (...) hat er ihn als Mörder und gewissen- und verantwortungslosen Menschen bezeichnet."

Ich habe völliges Verständnis für die unmittelbare Gefühlssituation von Bärbels Vater und war meinen Schwiegereltern sehr dankbar, als sich nach Monaten unser Verhältnis normalisierte und wir in einem regelmäßigen Briefaustausch standen. Sie haben mir wieder völlig vertraut. Nach sieben langen Jahren standen wir erstmals gemeinsam an Bärbels Grab und trauerten um unsere liebe Bärbel. Weshalb hat es so lange gedauert? Sie durften erst gemeinsam nach dem Westen reisen, als beide Rentner waren.

Bärbels Vater rief nach unserer Flucht meine Eltern in Leipzig an. So erfuhren sie alsbald den tragischen Ausgang. Unmittelbar danach verhörte die Stasi meinen Vater.
„Wussten Sie was von der Fluchtabsicht ihres Sohnes?", wollte der unwillkommene Besuch wissen.
„Nein. – Das hat er mir nicht gesagt."
Sie fanden bei der Wohnungsdurchsuchung das elterliche Sparbuch.
„Weshalb haben Sie Ihrem Sohn achttausend Mark überwiesen?", fragte die Stasi.
„Er hat sich einen Wartburg gekauft und da reichte sein Geld nicht."
„Wie ich hier sehe, hat er Ihnen das Geld bald wieder zurücküberwiesen."
„Er hat den Wartburg in einen Trabant getauscht. Der kostet halb so viel. Deshalb konnte er mir das Geld wieder zurückgeben."
Mit dem Autotausch glaubten die Schnüffler, ich hätte kein Erspartes. Sie beendeten die Durchsuchung der Wohnung. So blieb mein festgelegtes Geld in Leipzig unentdeckt. Gott sei Dank waren zu dieser Zeit die Banken über den Computer noch nicht vernetzt.

Mein Vater zu Besuch im Westen

Ich war nicht viel länger als einen Monat in Westdeutschland. Da erhielt ich von meinem Cousin bei Hannover die Nachricht: „Dein Vater ist bei uns. Bitte besuche uns am kommenden Wochenende. Ich lade dich zum achtzigsten Geburtstag meiner Mutter, deiner Tante ein."
Ich wollte die freudige Überraschung kaum glauben und fuhr mit dem Zug am freien Wochenende zur Tante. Während der Fahrt machte ich mir Gedanken, wie ich meinen Vater begrüßen werde: Freudig? Nachdenklich und etwas zurückhaltend? Um Verzeihung bittend? Ich bin allein – ohne Bärbel. Er hatte sie in sein Herz geschlossen. Wird er mir Vorwürfe machen?
Ich umarmte ihn im Wohnzimmer der Familie meines Cousins – einige Sekunden schweigend. Ein paar Tränen wegzwinkernd.
„Papa, schön, dass wir uns hier wiedersehen. Wie kam´s denn, dass du die Besuchsreise so schnell bekommen hast?"
„Die habe ich doch schon vor deiner Flucht beantragt. Ich wusste ja, dass die Genehmigung nicht so schnell geht. Und zum runden Geburtstag wollte ich natürlich bei meiner Schwester sein."
„Ach so. An den Geburtstag von Tante habe ich nicht gedacht."
Mein gutmütiger Vater machte mir keine Vorwürfe. Er verzieh mir alles, nachdem ich ihm den tragischen Hergang geschildert hatte. Er tröstete mich im vertrauten Schlesisch:
„Theo, mach dir nicht zu viele Gedanka! Kumm zur Ruhe! Es wird schun wieder weiter giehn."
Wir feierten in vertrauter Runde mit Tante Berta Geburtstag in heimatlicher Atmosphäre. Meine Verwandten besaßen unweit von unserem Dorf entfernt wie wir eine kleine Landwirtschaft. Als Vertriebene erhielten sie in Westdeutschland einen Lastenausgleich. Unterstützt durch den sogenannten Grünen Plan hatten sie sich mit dem erhaltenen Geld ein kleines, schmuckes Zweifamilienhaus gebaut. Und wie geht es uns, den Vertriebenen in der DDR? Unsere große Familie musste jahrelang in Untermiete leben und war glücklich, als wir endlich eine be-

scheidene Altbauwohnung bekamen – ohne sanitäre Einrichtung: Kein Bad, lediglich ein Kaltwasserhahn mit Ausguss in der Küche. Plumpsklo im Treppenhaus. Wir durften uns nicht mal als Vertriebene bezeichnen. Für die Ostbehörden waren wir Umsiedler, umgesiedelt in der kalten Jahreszeit in Viehwaggons! Dieser Ost-West-Gegensatz wurde meinem Vater und mir bewusst. Wir unterdrückten unsere Neidgefühle. Uns war klar: Eine Subventionswirtschaft mit eklatanter Verletzung der ökonomischen Gesetze kommt eben nicht so voran.

Beim glücklichen Wiedersehen durfte natürlich das beliebte Skatspiel für Vater nicht fehlen. Je näher der Abschied am Sonntagnachmittag kam, um so nachdenklicher und ruhiger wurde er. Ich versuchte, seine Gedanken zu ergründen: Gibt es in meinem Alter ein Wiedersehen? Bleibe ich gesund? Kannst du nicht noch paar Tage hierbleiben?
„Du, ich muss am Montag wieder arbeiten. In der Probezeit bekomme ich keinen Urlaub."
Einsichtig schaute er mich an. Tröstend sagte ich ihm:
„Nächstes Jahr kommst du mit Mama. Ich werde mir ein gebrauchtes Auto kaufen. Da fahren wir gemeinsam in Urlaub."
„Mal sehen. – Else geht es ja nicht so gut."
Mit diesem kleinen Hoffnungssplitter verabschiedete ich mich von meinem geliebten Vater.

Ein Jahr später: Meine Eltern Rentnerreise nach Westdeutschland für Juli beantragt. Ich Urlaub im Betrieb für vier Wochen eingereicht. Gebrauchten VW Käfer gekauft und optisch etwas hergerichtet. Der Reisetermin und alles, was damit im Zusammenhang steht, sind in Briefen zwischen meinen Eltern und mir mitgeteilt worden. Meine Eltern hatten die Reisegenehmigung bereits erhalten, als ein Offizieller zwei Tage vor Abreise vor der Wohnungstür stand und die Erlaubnis wieder einkassierte. Mein Vater fragte enttäuscht:
„Warum dürfen wir nicht reisen?"
„Das fragen Sie Ihren Sohn. Es hängt mit ihm zusammen."
Die Stasi-Akte gibt die Antwort. In einem Blitz-Telegramm von Aschersleben nach Leipzig heißt es:

„rentnerreise der familie richter (...) nach westdeutschland. durch abtlg. m wurde bekannt, das beide personen am 14.7.68 nach wd reisen wollen, vermutlich zu der person riedel (...). der sohn richter, theo war konstrukteur im veb aschersleben und an entwicklungsarbeiten eingesetzt. genannter ist dipl. ingenieur und wurde am 17.6.67 r flüchtig. die ehefrau verunglückte beim grenzdurchbruch tödlich. richter, theo hält sich vermutlich bei dem genannten riedel auf. richter theo wird operativ wegen verdacht der spionage bearbeitet. daher sofort die ausreise der eltern des richter nach wd sperren. Bitte um mitteilung über eingeleitete maßnahmen."
Zum besseren Verständnis sei ergänzt: wd = Westdeutschland; veb = Volkseigener Betrieb;
r = republik-;
Eine grenzenlose Enttäuschung! Ich verstand die Welt nicht mehr. Wie konnte das nur passieren? Ich ahnte damals nicht, dass die Stasi meine Post kontrolliert. Daher kannte sie mein Urlaubsvorhaben mit meinen Eltern. Sie rächte sich an mir wegen meiner Republikflucht. Die Rache traf mich besonders hart. Ich sah meine Eltern nie wieder. Sie starben nach wenigen Jahren. Freunde warnten mich, nicht zur Beerdigung zu fahren. Es drohe Verhaftung.

Entführung in die DDR

Im Juli 1969 besuchte ich die Europäische Werkzeugmaschinen-Ausstellung in Paris. Ungewollt sah ich dort meinen Dozenten von Chemnitz und den technischen Leiter von Aschersleben. Mit gemischten Gefühlen wich ich ihnen bewusst aus. Sie könnten mir unangenehme Fragen stellen, mich veranlassen, meine missglückte Flucht zu erzählen. Nein, das tue ich mir nicht an. Und trotz allem ließ mich meine Vergangenheit nicht los. Mehr zufällig als gesucht fand ich eine Informationstafel über die Aschersleber Werkzeugmaschinen an einem Messestand einer mir nicht bekannten Firma aus England. Ich schaute mir die Abbildungen recht genau an, erkannte keine Neuerungen. Auch die Texte verrieten nichts vom künftigen Baukastensystem. Nach einigen Minuten kam der Betreuer des Messestandes zu mir und begrüßte mich.
„Guten Tag. Sie interessieren sich für Werkzeugmaschinen."
„Hobel- und Fräsmaschinen – das ist mein Betätigungsfeld."
„Kommen Sie! Da lade ich Sie zu einer Tasse Kaffee ein."
Ich zögerte für einen Moment, zumal ich sowieso keinen großen Wert auf Kaffee lege. Der mir fremde Mann, nur wenige Jahre älter als ich, sah mich an und studierte auffallend genau meine Gesichtszüge.
„Sie waren doch in Aschersleben", bemerkte er mehr feststellend als fragend.
Ich erschrak. Angst kam in mir auf. Woher weiß er es? Er kennt mich doch nicht! Ich habe unbewusst mit dem Kopf genickt und verließ den Stand, ohne mich von ihm zu verabschieden. Er muss von der Stasi ein Foto von mir erhalten haben. Andernfalls hätte er mich nicht erkannt. Welchen Auftrag hat sie ihm gegeben? Der entsetzliche Gedanke, mich in die DDR zu entführen, beherrschte mich. Wollte er mir was in den Kaffee tun, mich willenlos oder gar ohnmächtig machen? Solche Fälle gab es wohl in der Vergangenheit. Ich versuchte, mich zu beruhigen. Da bin ich ein zu kleiner Fisch im Geflecht des Spionageteiches, sagte ich mir. Oder beabsichtigt der Messe-

mann zu erfahren, bei welcher Konkurrenzfirma ich arbeite, welche Aufgabe ich habe, ob ich Geheimnisse verrate?
Lassen wir die Stasi-Akte zu Wort kommen. Leider ist die Seite über die Aussagen des Messemannes nicht kopiert worden. Als ich die Akte in Halle lesen durfte, erfuhr ich, was der Messestands-Vertreter aus Frankfurt über mich aussagte:
„Er ließ sich nicht ansprechen."
Meine Vermutung, diese Person steht mit der Stasi in Verbindung, hat sich bestätigt. Welchen Auftrag er von ihr hatte, darüber möchte ich nicht spekulieren. Manch einer wird sich fragen, wie kann man sich an den Fünf-Wörter-Satz nach vielen Jahren noch erinnern. Das gibt es nicht! - Bloße Einbildung.
Ich wage eine Erklärung: Die Angstwunde von damals, entführt zu werden, ist zwar verheilt, jedoch die Narbe begleitet mich das Leben lang. An diese tieflastende Pariser Situationserinnerung hat sich daraufhin der kurze Satz des Messevertreters bleibend angehängt.

Wie mich die Stasi einschätzt

Die Stasi hat eine Unmenge Daten in meiner Akte über mich gesammelt – gewissermaßen für einen bestimmten Zeitabschnitt meinen kompletten Lebenslauf, versehen mit entsprechenden Kommentaren. So wird meine gesellschaftliche Einstellung während des Studiums positiv beurteilt. Vielleicht deshalb, weil ich in marxistisch-leninistischen Seminaren oft Darlegungen vorsichtig-kritisch hinterfragte. Meine Taktik, nicht durch destruktive Diskussionen aufzufallen, ging also auf. Wie heißt es in einem Sprichwort:
„Wenn man mit einem Löwen in einem Käfig sitzt, zieht man ihn nicht am Schwanz."
Mein Bemühen bestand darin, nicht als reaktionärer Student aufzufallen. Mein Balanceakt gegenüber der SED-Diktatur ist mir wiederholt gelungen. Es ist sogar ein Student geext worden, weil er sich westlich kleidete und ein modisches Bärtchen trug. Der Spitzel in der Katholischen Studentengemeinde gibt mir ebenfalls gute Noten, weil ich nicht alles gut fände, was die Kirche sagt. Erstaunlich, wie komplett die SED-Kontrolle mein Leben überwachte.
Lediglich in Aschersleben sei ich negativ aufgefallen: Aus weltanschaulichen Gründen den Dienst mit der Waffe abgelehnt. Nur als Bausoldat gemustert. Wollte nicht zur Volkskammer-Wahl gehen, obwohl Wahlhelfer zwei Mal bei meiner Wirtin auftauchten mit der Aufforderung, zur Wahl zu gehen. Meine gesellschaftlichen Aktivitäten beschränkten sich lediglich auf Schachspielen und Tauchsport. Ihr Leiter ist natürlich eingehend verhört worden, insbesondere deshalb, weil ich nur ein Tauchgerät angemeldet, aber zwei besessen hätte.
„Wo hatte der Richter das zweite Gerät her?", wollte die Stasi wissen.
„Die werden doch von Privatpersonen annonciert. Die kann man überall kaufen."
„War er auch in der GST, der Gesellschaft für Sport und Technik?"

„Das war er. Und er hat auch jeweils an unseren angemeldeten Taucheinsätzen teilgenommen. Seine Frau allerdings nicht."
Ich befürchtete, dass künftig alle Tauchgeräte zentral bei der GST aufbewahrt werden müssen, um ein Privattauchen zu verhindern. Aus diesem Grunde hatte ich Bärbels Gerät nicht angemeldet.

Bei meinen Spaziergängen auf dem Aschersleber Burggelände hatte ich einen baltendeutschen Rentner kennen gelernt. Er sprach perfekt Russisch. Ich vereinbarte mit ihm, künftig bei gemeinsamen Wanderungen meine Sprachkenntnisse aufzufrischen. Als mein Stasi-Schreiber auf irgendeine Weise erfuhr, dass ich mit diesem Menschen mal in Verbindung stand, wurde umgehend die übliche Verfahrensweise angeleiert: Thema - Maßnahmen – Aufklärung – Erledigung. Wir beide könnten eventuell mit dem westlichen Geheimdienst in Verbindung stehen, war die Vermutung.

Um möglichst ein perfektes Persönlichkeitsbild von mir zu erhalten, befragte mein fleißiger Stasi-Chronist die Verkäuferinnen des nahe gelegenen Konsums. Die Angestellten des Ladens äußerten sich recht vorsichtig, zurückhaltend über ihren ehemaligen Kunden. Ihre Namen wurden geschwärzt. Der Schreiber notierte:
„(...) schätzte im weiteren Verlauf des Gespräches den Richter als sparsamen und in politischer Hinsicht nicht negativen Mensch ein. Abfällig über die DDR habe sich Richter in Gesprächen nicht geäußert. Genannter habe stets einen sympathischen Eindruck hinterlassen. Er war sehr gesprächig (...). Zum Abschluss betonte die Befragte, dass man sich im Laden unter Kunden erzählt habe, nicht Richter wäre der treibende Keil einer Republikflucht gewesen, sondern dessen Ehefrau. Wer sich in dieser Form so geäußert hat, konnte die (...) nicht mehr sagen, da ca. drei Jahre bereits vergangen sind."
Das notierte Gespräch verrät, wie klug sich die Verhörten verhalten haben. Um Himmels willen – nur nicht irgendjemand belasten!

Der ungewöhnlich fleißige Schreiber meiner Akte nahm seine Aufgabe sehr ernst. Irgendjemand im vielfältigen Richter-Umfeld müsse doch mit den westlichen Geheimdiensten zusammenarbeiten. So schlussfolgerte er. Trotz pedantischer Postkontrolle, der umfangreichen Verhöre vieler Personen, mit denen der Grenzdurchbrecher zu tun oder die er lediglich gekannt hatte, gab es für meinen Schreiberling kein greifbares Ergebnis. Sein unstillbarer Kontrollwahn, sein überzeugtes Pflichtbewusstsein ließen ihm keine Ruhe. Er beabsichtigte, die Suche nach geheimdienstlichen Mitteilungen auf meine Geschenkpakete auszudehnen. Da könnten ja Anweisungen, Informationen, Aufträge für ihre Agenten zwischen Süßigkeiten versteckt sein. Über das Ergebnis schweigt er sich aus. Was gibt es sonst noch zu überprüfen, fragte er sich, von seiner angeblich sinnvollen Aufgabe völlig überzeugt.

Ihm fiel auf, dass Kathrina und Lia öfter als andere ins sozialistische Ausland fahren, speziell nach Ungarn und in die Tschechoslowakei. In diesen zwei Ländern waren sie vor ihrer Vertreibung beheimatet. Und zudem haben beide ein riesiges Gartengrundstück gekauft. Das gehe über ihren finanziellen Verhältnissen, mutmaßte er. Da liege es nahe, dass westdeutsche Geheimdienste ihre Geldgeber sind. Das nahm mein Stasi-Mensch an. Sein Beschluss – Kontenkontrolle! Über das Ergebnis hat er nichts festgehalten. Weshalb wohl? Weil die suchtartige Überprüfung auch in diesem Falle nichts gebracht hat. So gut kannte ich beide. Da war alles in Ordnung. Also wiederum ein Schuss ins Leere.

Sehr aufschlussreich, wie mich der Verfasser meiner Akte aus seiner Perspektive sieht. Lassen wir ihn zu Wort kommen:
„Richter war streng katholisch (. . .), hatte einen großen Bekannten- und Umgangskreis, besonders zu weiblichen Personen, die mehrfach wechselten."
An anderer Stelle erfahre ich über mich:
„Genannter kann als Frauenheld eingeschätzt werden, was an Hand der Ermittlungen bekannt geworden ist."
Ich kann durchaus verstehen, dass mich einige der jungen Mitarbeiterinnen so gesehen haben, insbesondere jene, die mich

persönlich nicht näher kannten. Es ist durchaus verständlich, wenn sie bei den Stasi-Abfragen mein Verhalten, ihre unvollständigen Kenntnisse über mich so dargestellt oder gar phantasievoll ergänzt haben. Natürlich haben die fleißigen Zeichnerinnen mit mir Späße ausgetauscht. So hat eine von ihnen auf der Zeichnung statt Bürstenhalter humorvoll Büstenhalter geschrieben, um zu sehen, ob mir das auffiele.
Mitunter kamen wir im Kollegenkreis am Wochenende abends zusammen, um Verlobungen oder runde Geburtstage zu feiern. Bei solch einer feuchtfröhlichen Fete hatte ich etwas über den Durst getrunken und in diesem Zustand eine junge, attraktive Zeichnerin vor den Augen anderer geküsst. Durch mein unvorsichtiges Fehlverhalten stand ich bis zum Ende der Feier im Beobachtungsbrennpunkt manch einer weiblichen Person. So erfuhr ich beim Lesen der Akte in Halle, ich hätte die neue Mitarbeiterin nach Hause begleitet. Nein, das stimmt nicht. Unweit von meinem Zimmer trennten wir uns. Sie wollte allein weitergehen, da es nicht mehr weit sei.

Weshalb habe ich mich zu Frauen nicht so verhalten, wie es die Stasi wiedergegeben hat? Mein christlicher Glaube vermittelte mir recht strenge Moralvorstellungen. Die mir selbst aufgelegte Grenze hielt ich weitestgehend ein, wobei ich Bärbel ausnehme. Lediglich ein einziges Mal gab es eine Überschreitung meines nicht immer leichten Vorsatzes unter den mir bekannten Frauen. Einige von ihnen sind in der Akte sogar mit Namen und Vornamen aufgeführt. Die näheren Umstände, wie es zu der einmaligen intimen Begegnung kam, darf ich hier nicht nennen. Sonst verletze ich die Persönlichkeitsrechte dieser Frau. Ich habe auch heute noch uneingeschränktes Verständnis für ihren Zuneigungswunsch, dem ich damals entsprochen hatte. Dass es zu keiner zweiten Begegnung kam, lag an meiner strikten Verhaltensänderung ihr gegenüber. Ich habe bedingt Verständnis für meinen Stasi-Aktenschreiber, da er meine Person lediglich bruchstückhaft erfassen konnte - ohne mein Hintergrundwissen, ausschließlich die Verhörprotokolle in den Händen. Falls es seine Pflicht war, meine Person zu charakteri-

sieren, dann wäre eine vorsichtigere, im Konjunktiv wiedergegebene Wortwahl passender gewesen.
Als mein früherer Technischer Leiter von Aschersleben zwei Jahre nach meiner Flucht die Firma Waldrich besuchte, erhielt er die Bestätigung, ich sei im Konstruktionsbüro der Hobelmaschinenabteilung beschäftigt. Über meine Aufgabe sprach die Firmenleitung nicht, was die Stasi veranlasste, mich weiterhin der Wirtschaftsspionage zu verdächtigten. Wiederum ein Jahr später wandte sie sich unmittelbar an den Schwiegersohn der Firma, Herrn Klein, um Näheres über mich zu erfahren. Er hatte inzwischen die Leitung der Firma übernommen nach dem Ableben des Firmengründers Waldrich. Mit einem Augenzwinkern sagte er:
„Der ist nicht mehr bei uns. Den habt ihr zurückgeholt. Das ist doch ein Mann von euch."
„Nein, er geht nicht zurück. Er würde wegen fahrlässiger Tötung und Wirtschaftsspionage verhaftet werden."
„Bei uns hat er von euch nichts verraten. Unsere Betriebsgeheimnisse wird er ebenfalls nicht an seinem neuen Arbeitsplatz preisgeben. Davon bin ich überzeugt."
Typisch für ihn - sein selbstsicheres und geschicktes Auftreten. Mit der Behauptung, ich sei ein Mann der Stasi, wollte er lediglich ihre Reaktion testen. Eine Zusammenarbeit mit den DDR-Behörden hat er von mir niemals angenommen. Da bin ich mir absolut sicher.
Erst vier Jahre nach Bärbels äußerst tragischem Tod schloss die Stasi meine Akte. Zuvor hatte sie, ich meine die Stasi, meinen Brief aus Frankfurt an Bärbels Eltern abgefangen und kontrolliert: Aha! Neue Arbeitsstelle - kein Konkurrenzunternehmen!
Sie begründete das Ende der Observation so:
„Das OMEGA-Programm ist weiterentwickelt worden und stellt zum heutigen Zeitpunkt Weltspitze dar. Richter hat darüber keine Kenntnisse. Richter konnte kein Nachweis des Geheimnisverrates nachgewiesen werden, er jedoch sich weiterhin außerhalb des Territoriums der DDR aufhält (. . .), dass dem Richter eine strafrechtlich relevante Verletzung (. . .) nachweisbar ist."

Ziemlich am Ende der Überwachung sprach die Stasi an Bärbels Schule vor. Sie hält schriftlich fest:
„Da die Republikflucht kurz vor den großen Ferien geschah, hatte die Richter vorher alle anfallenden Arbeiten genauestens erledigt und hingelegt."
Also doch von ihrer Seite alles länger vorbereitet und geplant? Die Stasi begann zu zweifeln. War eventuell die Richter die treibende Kraft? Über einen möglichen Grund verliert sie kein einziges Wort. Das Problem der Wohnungsnot ist auf den vielen Seiten der Stasi-Akte nicht mal ansatzweise erwähnt worden. Weshalb wohl? Das Ministerium für Staatssicherheit ist die Hauptstütze des Systems. Sie wird daher keineswegs ihr eigenes Nest beschmutzen. Davon können wir ausgehen.

Obwohl mir keine Wirtschaftsspionage nachgewiesen werden konnte, durfte ich bis zur Wende nicht in die DDR einreisen, weder meine Geschwister noch Freunde besuchen. Ich stellte Gesuche über die Transitkommission. Sie regelte Probleme der Verkehrswege zwischen beiden deutschen Staaten. Ich versuchte es bei der Ständigen Vertretung der Bundesrepublik in der DDR. In beiden Fällen Ablehnung ohne nähere Begründung. Ihre lakonische Antwort lautete:
„Wir bleiben bei unserer Entscheidung."

Hoffnungswünsche

Manch einer wird sich mit Recht fragen, weshalb ich mich als Rentner nach Jahrzehnten der quälenden Erinnerung entschieden habe, meine Höhen und Tiefen, die Wechselfälle des Lebens aufzuschreiben. Es war ein Suchen und Werden, eine Kette von Entscheidungen, leider auch Fehlentscheidungen, verbunden mit Freude und Trauer, aber immer wieder mit einem festen Glauben als Lebenshilfe und Kraftquell. Und das alles so genau und nahezu entblößend ehrlich, wie es meine Sinne freigaben. Grenzen haben mir die eventuell noch lebenden Personen mit ihrem Schutzbedürfnis gesetzt, die mir in diesem Lebensabschnitt begegnet sind oder mich gar begleitet haben. Anlass gaben mir nicht wenige heimgekehrte Afghanistan-Soldaten mit ihren traumatischen Erlebnissen, die sie nicht vergessen können. Das Geschehene ist bei ihnen stets belastend gegenwärtig. Als Therapie schlagen die Psychologen eine therapeutische Behandlung vor – heilende Gespräche oder alles von der Seele schreiben. Meine Forderung an mich selbst: „Höre auf zu sein, der du warst und werde, der du bist!"

Mein schmerzgefesseltes Erinnerungs-Ich hat sich für das aufwendige, nicht zu unterschätzende Freischreiben entschieden mit den Freuden, noch mehr mit all den Leiden des Noch-Einmal-Erlebens. Ich frage mich: Hat es sich gelohnt? Bin ich mit dem Ergebnis zufrieden? Als Kind sind mir nach dem fürchterlichen Krieg meine heimatlichen Wurzeln abgetrennt worden. Weshalb empfand ich die Amputation meiner dörflichen Verankerung ungewöhnlich lange psychisch leidend? Ich erlebte in meinem Geburtsort eine unbeschwerte, paradiesische Kindheit, verbunden mit einem naturnahen Erleben. Jede Bachwindung mit dem Wassergetier, jede Baumgruppe mit ihren Vogelnestern waren in meinem Kopf bildlich gespeichert und stets abrufbereit. Die bäuerlichen Aufgaben meiner Eltern und die damalige eingeschränkte Mobilität erlaubten das Kennlernen der benachbarten Dörfer lediglich sporadisch. Umso tiefer wurzelte ich in meinem Geburtsort. Die erzwungene Vertreibung in Viehwaggons in eine zerbombte Großstadt, deren Menschen einen mir völlig unbekannten Dialekt sprachen und die selber unter der Not der primären Bedürfnisse zu leiden hatten, gab mir keineswegs Nährboden her, um wieder einzuwurzeln. Das anfängliche Wohnen unserer großen Familie in zwei schrägen, nicht heizbaren Dachkammern ohne Toilette und Wasseranschluss, der ständig quälende Hunger sowie ausnahmslos getrennt von meinen schlesischen Freunden ließen in mir über Jahre stets wiederkehrend ein unstillbar traumatisches Heimweh aufkommen. Den belastenden Vertreibungsschmerz habe ich in den letzten Jahrzehnten hoffentlich bleibend überwunden. Ich habe in Bayern nach meiner Wahl eine zweite Heimat gefunden, in der ich verwurzelt bin und mich wohl fühle. Die Liebe zu meiner Geburtsheimat ist allerdings nicht verblasst. Ich fahre fast jährlich einmal hin, besuche meine polnischen Freunde und merke wohltuend: Meine dörfliche Heimat ist ebenso ihre Heimat geworden. Meine mitunter aufkommenden Wehmutsgefühle will ich nicht verschweigen, vor allem dann, wenn ich an meine Eltern denke und sie in meiner Vorstellung sehe, wie sie im Haus und Stall, in der Scheune und auf dem Feld jahrein jahraus für uns acht Kinder geschuftet haben, ohne sich Ruhe zu gönnen. Einen Mittagsschlaf gab es höchstens am Sonntag zwischen zwei Fütterungszeiten der Tiere. Urlaub? - Das kannten die Bauersleute grundsätzlich nicht.

Mit dem Todestrauma habe ich noch Probleme. Die nicht versunkenen Minuten der Fehleinschätzungen, deren genaue Beschreibung, das schmerzhafte Suchen nach Worten, die den Todeskampf realistisch wiedergeben, all diese tiefleidenden Empfindungen haben die vernarbte Wunde wieder schmerzen lassen. Ich bin jedoch merklich zuversichtlich. Die Zeit wird für mich Balsam und innerer Friedensstifter sein. Das personenbezogene Trauma wird sich in eine diffuse Zeit zurückziehen, hoffentlich nicht mehr ungewollt quälend auftauchen. Meine jetzige Frau und meine erwachsenden Kinder werden es mir erleichtern, die Fesseln dieser Erinnerung aufzulösen.

Zum Schluss habe ich das wohl verständliche Bedürfnis, einige kommentierende Sätze zum Schreiber meiner Stasiakte zu sagen. Bisher habe ich ihn stets anonym umschrieben mit Stasi-Mann, Stasi-Aktenschreiber . . . Ich will ihm einen Namen geben, ohne seine Persönlichkeitsrechte zu verletzen. Herr Seibert hat meine Akte recht sachlich verfasst, ohne in gefühlsbetont verletzende Äußerungen abzugleiten. Obwohl er durch seine überfleißigen Befragungen herausfand, ich sei ein kritischer Bürger der DDR, hat er sich kaum abfällig oder gar gehässig über mich geäußert. Ohne Zweifel hat er meine Akte aus der Perspektive eines überzeugten SED-Genossen verfasst. Ich habe es nicht anders erwartet. Lediglich eins schmerzt mich: Sein Telegramm an die Leipziger Stasi, um die bereits ausgehändigte Besuchsreise meiner Eltern nach Hannover in letzter Minute zurückzuverlangen.
„Herr Seibert, wer hat Sie gezwungen, unter der Verletzung des Postgeheimnisses so zu handeln? Auch nicht Ihre Aufgabe, mir Wirtschaftsspionage nachweisen zu wollen!"
Ich habe meine Eltern nie wiedergesehen, konnte nicht an ihrer Beerdigung teilnehmen.
„Herr Seibert, ein erlösendes Gespräch mit Ihnen ohne Vorwürfe würde mir gut tun."

Am Ende bitte ich meine Vorgesetzten und Kollegen in Aschersleben um Nachsicht. Mein heimliches Weggehen ohne Verabschiedung war keineswegs gegen sie gerichtet. Es hat mir viel Freude bereitet, an unserer sinnvollen Aufgabe gemeinsam zu arbeiten bei einem ausgesprochen harmonischen Betriebsklima. Zuversichtlich schaue ich in die Zukunft. Sie möge für mich noch ein paar Jahre der Ruhe, des inneren Friedens und der Gesundheit bereithalten.

Danksagung

Ich möchte mich bedanken bei:

Birgit Schnetzler für die hilfreichen Tipps beim Schreiben des Buches.

Dem Bürgermeister von Cumlosen und dem Grenzlandmuseum Schnackenburg für ihre Unterstützung.

Meinem Sohn Florian für das Korrekturlesen und die Druckvorbereitung.